U0139932

译文纪实

未解決事件　グリコ・森永事件
捜査員 300 人の証言

NHK スペシャル取材班

[日]NHK 特别节目录制组 编著   李莹 译

消失的怪人二十一面相

格力高－森永案三百名搜查员的证言

上海译文出版社

前言　为何现在重提格力高-森永案？

中村直文

（NHK 报道局总编导，生于一九六九年）

那是一起我至今无法忘记的未解决案件。

平成十二年（二〇〇〇）十二月三十日，二十世纪即将结束之时，世田谷安静的住宅区里，一家四口惨遭杀害，就连幼小的孩子也未能幸免。这就是世田谷灭门案。

当时我是节目报道组的编导，于是被紧急召唤，上面决定制作一期"现代特写"节目。这是一起隐藏在大城市不为人知角落里的恶性犯罪。现场的惨状，就连频繁出入凶案现场的资深刑警都忍不住落泪。凶手不但杀害了一家四口，还长时间滞留现场，使用了受害人的电脑，在房间里四处溜达，居然还吃掉了冰箱里的冰激凌！这些举动常人真的无法理解。虽然凶手留下了很多蛛丝马迹，但调查仍然困难重重。自那时起转眼二十年过去了，但这个案件仍然悬而未决。到底是谁、出于什么目的犯下了这样的罪行呢？这些，仍然是未解之谜。

当然还不只世田谷灭门案。令人记忆犹新的还有八王子超市劫匪杀人案、狙击警察厅长官案，向前追溯还有三亿日元案、朝日新闻社阪神分部袭击案等一系列令人铭记在心的"未解决案件"。这些案件不仅给受害人及其家属带来了无尽的悲伤和痛苦，同时也给参与调查的警务人员和新闻记者留下了深深的阴影。因为这些案件悬而未决，民间的不安情绪也会逐渐加深。

关于这些未解决案件对社会造成的影响，作家高村薰在与案件调查记者的对谈中说："对于个人来说，某个时代的某些案件，会成为他人生的一部分。提起某个时代，人们常用标志性案件做标注。'啊，那时候是有那件事。可不还有这件事吗？'如果案件悬而未决、不了了之，就会留下'那个案子还没弄清楚，案犯还逍遥法外'的印象。就好像人生留下了一个空洞的感觉。所以最好竭尽全力，不要留下这样的未解决案件。"

二〇一一年开播的 NHK 特别节目组的大型系列节目《未解决案件》正是抱着这样的初衷。也就是把这些未解决案件视作时代的巨大伤疤与失败，对其进行彻底的检验，希望能对未来产生重大的意义。

本书以系列节目中首发的《格力高-森永案》为蓝本，对节目中无法全部播出的海量采访、证词及资料再次编辑整理，对"战后犯罪史"上过程最为离奇的这起未解决案件进行真实再现和深度解析。（另外，本书写作过程中的二〇一二年四月，《未解决案件》系列的第二部《奥姆真理教》也在同步制作中。）

提起格力高-森永案，三十岁以上的读者中，应该有很多人都对自称"怪人二十一面相"的犯罪团伙和战后最著名的通缉犯模拟像之一的"狐狸眼男"画像印象深刻吧？

案件发生在昭和五十九年（一九八四），以格力高集团江崎社长的绑架案拉开序幕。犯罪团伙索要现金十亿日元及黄金一百公斤，在江崎社长自行脱险后，还在格力高纵火，并持续威胁格力高集团。犯罪不断升级，案犯以"怪人二十一面相"为名，向企业和媒体发送挑战书和恐吓信，讥讽警察办案不力，挑衅大众。随着此案被大张旗鼓地加以报道，案件甚至逐步"剧场化"起来。

犯罪团伙在威胁森永制果时，将含有剧毒物氰化钠的点心混入货架，采取了闻所未闻的"以普通百姓为人质"的卑劣行径。可是，投入了累计达一百三十万人次的警力，案件仍未侦破。在《未解决案件》的纪实剧①中出场的《每日新闻》原记者吉山利嗣表示："这件案子未能侦破，跟后来日本那种走投无路的绝望感紧密相连。"

读者中可能有人已经看过二〇一一年七月播出的 NHK 特别节目。《格力高-森永案》由三部分构成，三小时超长节目，分两天播出，引起了巨大反响。节目以当时参与调查的警方搜查员和案件的报道记者等三百余位相关人士的证词为基础，描写案件不为人知一面的纪实剧、案件过去二十七年后因 NHK 专访而浮出水面的众多独家新闻连缀而成的纪实文档、当时案件采访记者们回顾过去的访谈文件等，多种要素共同构成了这一特集。

这次特集旨在通过媒体、警方的双重视角考量案件。一般的节目因时间所限，通常只能展现单方面的视角。而真正的案件，往往因为受害人和案犯、当局和媒体的不同角度而呈现出各不相同的样态。已故导演黑泽明的电影《罗生门》中，围绕同一桩杀人案，被害人和凶手等各执一词、针锋相对。这次特集的制作，也是希望尽量尝试这种立体化的分析方法。

关于此案，不容忽略的还有犯罪团伙的目标——受害企业，尤其是被案犯选为第一个下手目标的江崎格力高集团。我们想就当时警方对其展开的周边调查进行正式取材，并重新采访江崎社长，可惜我们的取材申请遭到了格力高方面的拒绝。一方面，我们痛感受害企业所受的伤害之深；另一方面，我们想将对本案的取材作为流传后世的"历史记录"，从这个角度来说，未能实现对格力高集团的取材令人倍感遗憾。

---

① 由演员表演还原当时现场情况的情景模拟剧。[本书脚注皆为译注]

为何在为数众多的未解谜案中，首先选择格力高-森永案呢？

在挑选系列首发内容时，我们在 NHK 社会部的编导组中收集题材，请各位编导列举自己最关切、最想要再次挖掘的案件。在众多案件中，关注度最高的就是格力高-森永案。选择原因不一而足："目睹了前辈记者们为此案劳心伤神"，"此案是实质性的剧场型犯罪的鼻祖"，等等。当时负责案件报道的一位资深记者说，在该案超过追诉时效前，他一直揣着为案犯被捕而预备的新闻通稿，至今舍不得丢弃。"直到此案超过追诉时效为止，我一刻也没松懈过。万一被别的报社抢了先呢？心里一直抱着这种莫名的紧迫感。"

案件发生至今已经过去了二十七年。但警方相关人士也一直对此案魂牵梦萦。在所有参与格力高-森永案调查的警察中，仅有一位曾两次目击嫌犯狐狸眼男。这位警官称，时至今日"还会梦见追踪嫌犯"。正因案件未被解决，才有那种如鲠在喉的感觉，由此产生出悔恨和纠结之情。另一名原搜查员也深有同感地说："此案已经远远超出追诉时效，加上我现在又从一线退下来了，有些话才能说，不，应该说是必须要说出来。"

本书包含了案件当事警官和记者的珍贵证词（节目播出的仅是极小一部分）、NHK 获得的绝密资料、通过最新科学分析获取的罪犯画像等线索，由报道记者和编导们联袂呈现。

怪人二十一面相到底去向何方？

为何案件不了了之、未能解决？

若您想向这些问题的答案靠近一小步，从前辈们"巨大的失败"中汲取一点力量，那么就请翻开此书。

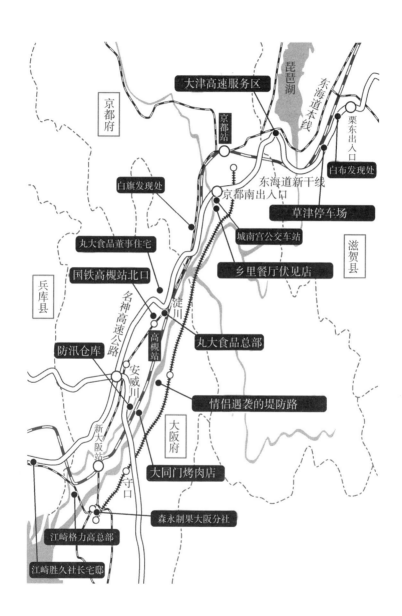

目　录

第一章　目击者证词

大阪府警搜查一科特警组

NHK 庞大的采访资料

1. 初期调查受挫

菅原研

（NHK 社会部记者，大阪府警记者负责人，生于一九六八年）

充满"怨念"的资料

"头儿，这些资料要扔掉吗?"

当时是平成十四年（二〇〇二）九月，地点是大阪府警二楼记者室，俗称"长屋"——各报社的细长形办公室一字排开，因此才有这个奇妙的叫法。

格力高-森永案于平成十二年（二〇〇〇）超出追诉时效。我是在两年后成为这拥挤的"长屋"中的一员的。当时大阪府警刚好搬到新办公地，而本次故事的舞台之一——记者室，也随之搬到了新地点。

开头的那句话，就是正搬家时我问领导的。"这些资料"，指的就是 NHK 的记者们围绕格力高-森永案所做的调查记录。大量陈旧的文件被装在数个大纸箱里，长年累月地尘封在记者室紧闭的文件柜中。

打个可能会引起误会的比方，记者们虽然平日都围着警察局转，但超出追诉时效的案件就好像是"前女友"，明明当时的一举一动都深深牵动着自己的情绪，可过了那个阶段，就会完全失去兴趣。

陈旧的纸箱里，堆满了褪色的照片和铅笔字迹已经有些模糊的笔记。这些记者前辈当时拼尽全力搜集到的信息，就这样长年沉睡于此。这情形跟我对这个案件的兴趣颇为相似。

"这些资料充满了怨念，可千万别扔！"头儿这样回答。

"这些过时的资料，就算拿出来也没用了吧。"我一面想着，一面把它们塞进最深处的资料架。

用铅笔写的记者笔记。鲜活地记录了记者与搜查员的对话

这次节目片头中出现的大量陈旧文件，便是这些深埋于故纸堆里的资料。在案件发生二十七年之后，它们终于重见天日。

多亏了头儿那一句话，成为这次节目出发点的这些 NHK 取材资料才得以保存下来。

这些文件中不仅记录了通过取材积累的大量事实，就连记者和警察之间打交道的过程、大阪府警当时的氛围与时代感等，很多细节都被记录下来了。

"大同门事件"魔幻般地成了《每日新闻》的独家报道后，宣称并彻底贯彻"要将保密工作进行到底"的大阪府警搜查一科科长成为众矢之的，其他报社负责搜查一科的记者的讽刺之声不绝于耳："跟调查工作比起来，一科科长好像更乐意做情报工作吧？！""那岂不是该叫他'保密科长'？"

刑事部部长也谎话连篇，任凭副主编们如何逼问也难辨真伪。

大家纷纷抱怨："刑事部部长可是明确说了，'不是真的'！""什么'不清楚'啊'不便告知'啊之类的倒也能理解，最可恨的是还往错误方向误导你！"

这次的节目中用到的对白，都来自真实的记者手记资料。正因为取材自真实资料，节目更富说服力。

为何现在重提格力高-森永案？

我们记者团队开始这期节目的取材工作是在平成二十三年（二〇一一）一月。原本打算在平成二十三年四月上旬播出节目，因此留给采访的时间就寥寥无几了。（注：后因发生东日本大地震，节目延至平成二十三年七月才播出。）

我们借用了 NHK 大阪放送局的一个房间，在负责节目整体制作的海老原史总编导的领导下，以 NHK 东京社会部为主，集结了来自大阪、札幌等地的同仁，共五名记者组成的取材组开始了采访工作。

"为何现在重提格力高-森永案？"

采访伊始，我们从当年的搜查员、记者等处听到最多的问题恐怕就是这个了。

这次节目采访到的原搜查员及相关人士总计超过三百人。采访对象以大阪府警为主，其次包含了京都、兵库、滋贺各地警察总部搜查一科的原调查员们。除此之外，警察厅①的退休警察和当时的检察官也是我们的采访对象。

不但采访对象这样问，就连报道局的领导和同事也抱有同样的疑问，我们算是被问了个遍。

---

① 由日本国家公安委员会管理的国家最高警察机关，主要职责是指导和监督全国的警察组织。

关于格力高-森永案，不仅当时的记者有诸多报道，时至今日，仍然有很多记者从多个角度反复取材、报道，相关出版物也不少。单从一亿国民全员化身侦探、参与推理破案的"剧场型犯罪"这一个特点来说，在日本二战之后的案件之中，像这样被"极尽报道"的案子是绝无仅有的特例了。

至于为什么现在又要重新对此案进行取材、制作节目呢？

诚实地说，最初的时候我们并没有明确、一致的答案。我自己也觉得无从回答。可渐渐地，随着新的事实不断被挖掘出来，我们才逐渐意识到制作、播出这期节目的意义所在。

尽管如此，和我们的旺盛斗志唱反调的，是采访过程之困难，这也是意料之中的。

在对原搜查员们进行采访时，每当听到自己不了解的信息，我们总忍不住一下子既兴奋又紧张，心中高呼一声："还有此事！"但也有很多时候，我们得到的信息在之前的书籍或节目中已经弄清楚了，只得将其束之高阁。

正式决定播出这期 NHK 特别节目以后，"NHK 要重新调查、报道格力高-森永案"的小道消息立刻就在警察和新闻记者之间流传开了。

能顺利播出符合"N 特"①水准的节目吗？关注度如此之高，这次的内容可不允许我们砸自家的招牌。

负责整体策划的海老原史总编导和负责统筹现场记者的我，紧迫感与日俱增。我本来平时挺乐观的，节目策划一定下来，为了采访目标对象和向局里汇报等事宜，马上就到了大阪。到达之后，因为那种两眼一抹黑的不安和压力，我甚至跟海老原总编导两个人在

---

① NHK 特别节目的简称。

大阪南区①喝了个通宵。

NHK 大阪局的上司跟我说："大阪这边媒体的社会部部长在会上也一直讨论这个话题呢。"我居然想不出什么机灵的回答，只能无力地赔着笑说："一定全力以赴。"

四处碰壁

取材是从想方设法跟参与格力高-森永案调查的原搜查员见面、向他们询问案情开始的。

可是，所谓"想方设法见面"就成了第一个难关。

我做记者以来，长期从事采访警察的工作，经验丰富。我深知警察不是那么好打交道的。

搜查员里本来就极少有人欢迎记者采访的，更何况格力高-森永案中没能把案犯绳之以法，对警察们来说是"最大的污点"。要向本就不爱接受采访的人打听他们滑铁卢的故事，难度可想而知。不用说，一天天过去了，光是想要对方同意见面，我们就已费尽了心思。

以某位记者采访工作刚开始时的记录为例：

●●先生：虽然说"想忘掉这个案子"，所以拒绝了见面采访，但我在电话里软磨硬泡，总算聊了几十分钟。听我讲了半天理由，最后还是拒绝了。

▲▲先生：虽然电话里就被拒绝了，但我还是上门去采访。刚好他出门了，我就在附近一直等到他回来，上去打招呼。"我不是都说不行了吗?"他有点恼，可又不得不硬着头皮应付了我一会儿。这要是门铃对讲机的话，恐怕早就被拒之门外了。但

---

① 指大阪难波一带的闹市区，非常繁华，游客众多。巨大的格力高广告招牌是南区的地标。

仍然交涉无果，对方只是说："我的任务到此为止了。"估计就算再去，也是吃闭门羹。

原搜查员中已经亡故的人也不在少数。或许他们会在日记或笔记中记录下案件调查的相关信息？怀着这样的想法，我们也试着采访了已故搜查员的遗属。

连续多日劳而无功，可是也无暇苦恼，只能硬着头皮尽量去寻找、询问下一位原搜查员。

对于那些打电话也没有着落或是因工作而在平日里联系不上的采访对象，我们都趁周六、周日想方设法去他们家里拜访。这些原搜查员大多见识过记者起早贪黑地蹲点采访，因此与其在温暖的房间里打电话去拜托他们，不如冒着严寒等上几个小时，直接见面争取采访，这样才能传达我们的诚意。这点也是我对人情的洞察。

可是，就算是直接见面、递上名片，也常常遇到"我都忘了"的推托之词，还有人会直截了当地拒绝说："下次请别再来了！"

但是有一点，这些原搜查员都对此案有着深入的反思。对于他们，我们尽力传达自己的想法："虽然是不了了之的案件，但问题到底出在哪里，还缺乏充分的梳理。这个案子绝对不能单纯地归于警察的失败，而应该由此总结教训，供全社会吸取。"

对于采访警察的记者来说，从犯罪和调查两个角度全面俯瞰事实，将案件调查过程中得出的教训一一向全社会公布，这样的操作方式在我们平时的工作中是绝不可能有的。而想挑战这一高难度工作的想法在我是由来已久。通过采访，我再一次感受到其难度之大，同时也充满了干劲儿。

启动采访

采访推进过程中，慢慢地，一些原搜查员开始理解我们想要从此案中得到一些教训和启示的初衷。

参与节目的大阪府原搜查员冈田和磨先生就是其中之一。曾在搜查一科特警组任职并绘制了狐狸眼男画像的冈田先生，起初一点都不肯配合采访。取材组记者第一次给冈田先生打电话时，留下了这样的记录："我不做警察已经五六年了，以前的事都不记得了，专心于现在这份工作，不想再谈这个案子的事了。就算勉强说上几句，也不过是发发对领导的牢骚，真没什么可说的。你们还是去问问其他人吧。"

说服冈田先生配合采访的，是节目中没有露面的大阪府警搜查一科特警组原干警——铃木建治先生。

这次节目中，没有露面的原干警和原搜查员提供的信息，其实占了相当大比重。我们渐渐意识到，有很多人都不愿让案件就这样被逐渐淡忘。经过多次拜访，在建立起信任关系的同时，他们终于渐渐开口了。

因为工作性质的关系，警察大多只陈述自己亲眼所见或亲耳听到的事实。

我们偶尔会遇到这样的采访对象：他们会把自己的经历和从媒体得来的见闻混为一谈，就好像自己对整个案件了如指掌一样。这样的信息最是麻烦，一定会跟其他人的证词有出入，到底哪一部分是正确的就无从判断了。

这次我们采访的对象很多，从曾亲临一线的原搜查员到当时负责案件的总部长都有。难得的是，他们都能够把自己的亲身经历和传闻截然分开，从采访者的角度来说，是非常难能可贵的。把几名记者获取的信息像拼图一样组合起来，案件的全貌就渐渐浮现出来了，没有什么矛盾和错综复杂之处。

对初期调查的检验

案件在发生之初是否存在侦破的可能性？凡是对格力高-森永案感兴趣的人，恐怕都在各种书籍中读到过这种说法。

此案的调查工作是以大阪府警为中心展开的，但案件始于昭和五十九年（一九八四）三月十八日发生在兵库县的江崎社长绑架案，因此兵库县才是本案最初的舞台。跨多个府县展开的大范围调查漏洞百出，也常为人所诟病。

可是，以结果论来评论"是这里出错了"虽然简单，却是不负责任且毫无意义的。因此，我们拟从参与初期调查的原搜查员和干警的证词出发，还原当时的状况和氛围，展开我们的检验工作。

案发后的初期调查是如何进行的，又是因何产生了决定性的转折？

我们找到了格力高的江崎社长在被绑架后逃脱时，最早参与案件调查的原搜查员。

2. 兵库县警——江崎格力高社长绑架案

角田舞

（NHK 社会部记者，生于一九七九年）

绑架案发生

昭和五十九年（一九八四）三月十八日，晚上九点多，两个头戴鸭舌帽的持枪男子闯进了西宫市的一处住宅。格力高-森永案拉开了序幕。

格力高社长江崎胜久（时年四十二岁）的母亲住在他的隔壁，两名男子首先闯入了其母的住宅，胁迫江崎社长的母亲，拿到了江崎社长住宅的备用钥匙。所以，虽然他的住宅安装了塞科姆警报系统，两名嫌犯仍然成功地入侵了。

当时，江崎社长和妻子、孩子都在家中。嫌犯先将江崎社长的妻子和长女用红色胶带捆住，使之无法动弹，然后走向浴室。此时，江崎社长正在和长子、次女一起洗澡。嫌犯用手枪威逼，把孩子们留在现场，只带走了赤身裸体的江崎社长，将他押上了家门口由第三个嫌犯驾驶的红车，就这样将其绑架。

其后，江崎社长的妻子奋力摆脱了束缚，拨打一一〇报警称"家里进了强盗"。从嫌犯侵入江崎社长母亲家里到其妻报警，中间不过短短半个小时。如此短暂的时间里，嫌犯居然避开了警报系统，将一个成年男子绑走！

我的童年时代是在京都和大阪交界的岛本町度过的，也就是格力高-森永案发生的舞台——北摄地区①。我家在国铁沿线，从家里就能望见疾驰而过的国铁列车，也就是当初嫌犯要求从车窗扔出现金的国铁。家里父母亲如今还常念叨，说嫌犯的老巢也许就在附近。因为这是发生在老家的案件，所以能参与采访我一直觉得与有荣焉。但是每次看到资料中狐狸眼男的画像，还是忍不住打个哆嗦，恍然觉得，他是不是正在什么未知的地方，窥探着我们这些重新调查此案的人呢？案发时我才五岁，可时至今日，那种惊恐可怖的感觉还记忆犹新。

平成二十三年（二〇一一）新年伊始，我们开始逐步接触案发当时的搜查员，此时，距离案发已经过去了二十七年。

按照手边的地址簿挨个去寻访当时的干警和搜查员才发现，因为平成七年（一九九五）的阪神大地震，很多人已经搬走，另有些人生病住院，还有数人刚刚去世。我懊恼不已，痛感这次采访迟了好多年。

有一位刑警从案件发生之初就参与了调查，可追诉时效未满就故去了。拜访他家时，我们有幸翻阅了他的遗物，他生前使用的记事本上，赫然贴着狐狸眼男的画像。记事本里不但认真地夹着嫌犯遗留下的物品的物证照片，还细致记录了案件发生之后，记事本主人一日不曾休息，对相关人员进行询问的情况。这位搜查员的妻子还说："那个案子始终令人难以释怀。作为调查人员的家属，案子就这样不了了之，我也觉得懊恼。我丈夫即使在天国也会不甘心吧。"所以，丈夫去世之后，这名妻子仍然坚持把格力高-森永案的新闻报道做成剪报，放入遗物箱中。

另一名搜查员说："虽然有时也想着'要是能跟当初的同事一起再调查一遍这案子该多好啊'，但事已至此，不得不认输。就让我把

---

① 一般指日本大阪府北部，有时也指阪神地区北部。

这个遗憾带进坟墓吧。"就此三缄其口。他们恐怕时至今日还未摆脱这桩旧案的影响,依旧焦灼不已。

在这困难重重之际,终于有人同意给我们讲讲案发之初的调查情况了。那人就是兵库县警搜查一科的二把手开发彻也先生。听说他已经退休,现在每周三次跟警局的老同事们聚在一起下围棋,兴致颇高。

三月初一个下雪的日子,我拜访了开发先生位于神户市高台的住宅。他后来还当过搜查一科的科长,看起来历任负责兵库县警相关采访的记者都常来他家拜访,因为就连接待访客的房间屋顶都被香烟的烟雾熏黄了。

嫌犯动机不明!

三月十八日,案发当晚,开发先生在县警总部收到了有案件发生的通知:"西宫警察局辖区内发生了抢劫案!"最初还以为是普通的抢劫案,等获悉案发现场是格力高的江崎社长家时,一下子引起了轩然大波。

"要是一般的抢劫案,我这个做副手的就去现场了。可是这回的被害人是大企业老板这样的重要人物,所以搜查一科的科长去了现场,而我就留在了局里。"

最先到达现场的西宫警察局的搜查员没找到偌大的江崎家的大门,只得翻越围墙进去。向报警的江崎社长的妻子询问家人的方位,她回答说:"我丈夫在跟孩子们一块儿洗澡。"于是警察跑去浴室,发现只有孩子们在,社长本人却不见了。孩子们已经吓傻了,就算问他们爸爸怎么了,回答也是不得要领。社长会不会藏在家里的什么地方呢?结果在家中遍寻无果。大家这才明白,江崎社长被绑架了。

可是江崎家的大门等进出口无一处损坏。在调查嫌犯是怎么进入宅邸时，江崎夫人提醒说："我婆婆就住在旁边。"于是警察来到江崎社长母亲的家里，果然发现窗玻璃被打碎了，江崎社长的母亲被人用电话线捆了起来。这才知道，嫌犯是先侵入了江崎社长母亲的家，威逼她拿出备用钥匙，然后用备用钥匙顺利打开了江崎社长家的门。

案发当时，留在搜查总部的开发先生怎么也想不通嫌犯的目的。

"最初一直搞不清楚这到底算什么类型的案件。嫌犯侵入时，江崎夫人曾说过'要钱的话给多少都行'，结果嫌犯却说'我们不要钱'。

"要是绑架案的话，就该由搜查一科负责，可如果涉及社会闲散人员管理、企业敲诈恐吓等案件，就是防暴警察和搜查二科的职责所在了。根据嫌犯的目的，该投入的警力是不同的，遗憾的是，我们还摸不清嫌犯的目的所在。当时我们只清楚一点，那就是江崎社长浑身赤裸地被绑架了。"

翻看当时的通信指令资料，记录下这些信息的字迹笔走龙蛇，充满紧张感。

"西宫警察局通信指令来电
发生持枪抢劫案
西宫市二见町　甲子园口150米处　110报警人　江崎"
晚9点42分　"紧急调集指令
机动搜查队、机动鉴证人员　出动。
着防弹背心"
"确认武库川堤坝上车辆的车牌号码"
"悄无声息地，把长女的双手用红色胶带绑缚在身后"
"正在洗澡的男主人、浑身赤裸　遭到绑架"

"联络大阪府警进行部署"

兵库县警于当晚十时许开始紧急出动。西宫警察局也开始了排查。开发先生回忆说："大家都确信嫌犯是乘车逃窜的，所以开始排查车辆。可是嫌犯既没露出什么马脚，又因为是晚上，没有目击证人，所以排查很难推进。西宫虽然在兵库县内，但离大阪也很近，嫌犯非常可能向东逃窜到大阪，所以我们也联络了大阪警方。"

大阪警方接到兵库县警联络后，也行动起来。可是此时距嫌犯侵入江崎社长家已经过去一个多小时，嫌犯团伙已经逃脱了。

载着江崎社长的车辆到底去了哪里呢？后来的调查显示，嫌犯的去向与兵库县警的判断一致，的确是向东逃往了大阪方向。当时江崎社长听到了一声："收费七百日元。"如果是从西宫上的高速，那就是在吹田或茨木的出口下的高速。

若是现在，路上一定有监控车流的相机等摄影设备，总能捕捉到蛛丝马迹，可惜监控摄像头在当时还没有普及。

囚禁江崎社长的防汛仓库。当地的人都不会留意这里

江崎社长被带下车，囚禁在大阪府茨木市安威川沿岸的一个防汛仓库里。

仓库里堆着防汛用的沙袋等物品，光线昏暗。仓库的管理者后来接受采访时说："根本没有人留意这个仓库。昭和五十六年（一九八一）仓库建好那年我去过一次，后来虽然保管着钥匙，但一次也没去过。听说有人被囚禁在那儿，真是大吃一惊。"

就这样，江崎社长被绑着，推进了这个即使在当地也无人留意、不惹人注目的防汛仓库。

备好十亿现金和金条

隔天，三月十九日凌晨一点，西宫警察局成立了"江崎社长绑架案专案组"。

凌晨一点十五分，位于大阪高槻市的江崎格力高董事长宅邸接到了一个男人打来的电话。男子指示董事长前往高槻市真上北自治会的釜风吕温泉的告示牌前面的电话亭。在指定的电话亭里，发现了一个褐色信封，里面的纸上用打字机打出如下文字。

人质在我们手里　准备　10 kg 现金　和　100 kg 黄金[①]

开发先生回忆说："收到恐吓信，我们总算大概知道了嫌犯的目标——绑架，要求赎金。可是现金金额过于巨大，又要求大量金条，这些实在太重了，根本无法运走。所以当时我们甚至觉得这是一种愚弄。"

---

① 案犯的恐吓信和挑战书全部是用打字机打出来的，因此许多一般写作日语汉字的字是写成假名（相当于中文的拼音）的，数字使用阿拉伯数字。例如案犯的署名"怪人二十一面相"写作"かい人 21 面相"，相当于"guài 人 21 面相"。为方便读者阅读，译文不做区分，信中假名全部译成汉字。

与此同时，江崎社长自己家里也接到了电话。从三月十九日到二十日的短短两天里，电话竟然有十七通之多！

当时驻守在江崎社长家的一名西宫警察局的搜查员回忆说："案发当日，我是西宫警察局的值班刑警，和凶案组的另外两名搜查员一起到了江崎社长家里，可谓阵势强大。我们跟兵库县警总部的（搜查一科）特警组一起执行反侦查工作。厨房有部电话，特警组守在那里。我们则负责客厅的电话。嫌犯索取黄金的时候，还问了江崎太太'有没有黄金'。可是如此巨大数额的黄金，当然不可能有。跟家人、公司商量后，最终准备了钞票。"

他还回忆说："可能因为犯罪团伙捆绑社长家人的时候动作比较柔和，并不粗暴，所以江崎太太电话里的应对还比较硬气。电话打进来的时候，特警组拿着纸提示江崎太太问这问那，尽力拖延时间。"

通常，发生绑架案的时候，各家报社会达成一个"报道协议"。协议的目的是避免泄露警方动向以致危及人质的人身安全，报社会放弃对案件相关报道的完全控制权，接受由警方统一提供的调查经过等信息。

可是这次，在发现要求赎金的纸条之前，各家报道媒体就已经刺探到了案件相关情况，纷纷聚集在案发地江崎社长家门前。报社为第二天的早报而准备的案件报道已经写好并付印了，电视、广播的新闻也均已播出，想要撤回已发出的新闻是绝无可能了。

实际上，从收到嫌犯索要赎金的要求开始，开发先生就已经协同刑事部部长、宣传科科长准备起草报道协议了。凌晨三点，搜查总部决定将案件性质更改为"以赎金为目的的江崎社长绑架案"，并试探记者们对签订报道协议抱有何种态度。

"一开始我们判断就是普通的抢劫案，媒体也马上就关注到了。通常在媒体注意到以前，就会收到要求赎金的勒索，我们也能提前为报道协议做好准备。可是这次案件已经被报道出去，覆水难收了。尽管如此，抱着被绑架为人质的江崎社长人身安全第一的原则，虽然已经报道了第一波新闻，但我们还是拜托媒体签订了报道协议。"

针对已经公开报道的案件，希望媒体签订报道协议，各家报社颇觉为难。但报社各分局局长集体商讨的结果，还是在次日早晨七点三十分签订了格力高-森永案的第一次报道协议。

对位于大阪府高槻市的江崎格力高董事长宅邸的电话，警方已经做好了反侦查和追踪的准备。与此同时，各个电话局都有警察严阵以待，等待嫌犯再次打来电话。

傍晚六点二十三分，电话响起。听声音判断，来电的居然是江崎胜久社长本人。后经鉴定发现，原来嫌犯事先写好内容，胁迫江崎社长照读并录音。"到茨木的寿餐厅，八一局七五〇〇号。中村你一个人去那里等！"

截至晚七时许，同样内容的电话共打来五次。与此同时，警方的反侦查也取得了突破性进展，锁定了电话打出地点就在大阪京桥站附近。

晚七点三十分，搜查员们暗中埋伏在寿餐厅。可是当晚没有接到关于进一步指令的电话。

因为指定的现金交付地点是在大阪府内，所以开发先生作为兵库县警搜查一科的二把手，直到后来江崎社长逃脱，都一直坚守在大阪府警总部。

江崎社长自行逃脱

到了二十日白天，嫌犯们才给被关在茨木市防汛仓库的江崎社长穿上了短裤和外裤。二十日晚上，嫌犯们短暂离开后又折返，让江崎社长录制了录音带。江崎社长已经被迫读过一次纸上的内容了，这次让他读的是"不给钱的话我就会被杀"。

随后，嫌犯们就离开了仓库。

不过，嫌犯们告诉江崎社长，他的长女 M 也被绑架了，如果江崎社长自己逃脱了，就会给女儿带来危险。所以，即使独自一人，江崎社长也不敢轻举妄动。

案发第四天即三月二十一日，距嫌犯离开已经超过十五个小时了，江崎社长终于在下午二点十分从防汛仓库逃了出来。嫌犯们在进出的门上加了一把新的挂锁，但实际上仓库还有另一个出口。据说在江崎社长敲墙的过程中，螺丝松了，所以他最终打开了门。

下午二点十五分，江崎社长逃进了防汛仓库旁边的国铁大阪货物总站，并寻求帮助。

发现江崎社长的工作人员说："他当时像喝醉了一样，走路摇摇晃晃的，直到走得很近了才出声求助。头发乱蓬蓬的，光着脚，很紧张，一看就知道出的不是小事。他穿着破旧、不合身的湿裤子，脸上带伤，手上垂着捆行李用的绳子，嘴边还有胶带的痕迹，说着'救救我''有人要杀我''他们要是知道我跑了，会杀了我女儿的'。卡车开动时，他俯下身体，不让外面的人看到。我觉得那些不是疯话，谁也不可能有那样的演技。"

到了货物总站的事务所，江崎社长借用电话，自己拨打了一一〇报警。

"我是被绑架的江崎。快来！"江崎社长的声音慌张、惊恐，甚至难以听清。大阪府警接到电话时甚至一度以为是骚扰电话。

接着，江崎社长又打给自己家里。据说他得知长女 M 一开始就没有被绑架，平安无事，忍不住放声痛哭。

江崎社长逃脱后，三点多一点，犯罪团伙紧接着打电话到格力高的董事长宅邸，内容是之前在防汛仓库强迫江崎社长自己录音的话："不给钱的话我就会被杀。"

由此可见，此时嫌犯们还不知道江崎社长已经逃脱。

守在江崎社长家里的西宫警察局的搜查员回忆江崎社长逃脱时的情形说："自从江崎社长被绑架，我已经埋伏在他家里四天三夜了，期间没有睡过觉。从窗帘和地板的缝隙，看到阳光射入，才知道天亮了；看到飘起小雪，心想外面一定很冷吧。那种感觉至今仍记忆犹新。随着时间的流逝，大家越来越担心江崎社长的人身安全，所以社长逃出来、打电话给家里的时候，所有人都欢天喜地的。

"说几句题外话，特警组的人离开时走的是玄关，但案发第一天就过来的我们接到的命令是要悄悄离开。所以我们只好爬墙，翻过三重围墙才到了大路上。结果被巡逻的警车发现，押上了警车，到车里我们才表明了身份。虽说是当成笑话来讲的，但想起来当时胡子乱蓬蓬、脏兮兮的，肯定特别可疑。外面聚集着大量的媒体，我们也想着怪不得给了我们这个指令呢。"

第一封挑战书

本来江崎社长自行逃脱，大家都觉得这个案子就此解决了。可是之后犯罪团伙仍然一再威胁江崎格力高公司和社长本人。

四月二日，江崎社长家收到了恐吓信，勒索六千万日元现金，信中称："四月八日星期日下午七点，在西宫市熊野町的麻美咖啡店等。"至于具体交付地点，信中要求持报纸广告作为接头暗号。信封里附有江崎社长被囚禁时被迫录制的录音带，还有被装在眼药瓶里的盐酸。

虽然江崎社长没有理会嫌犯的要求，但兵库县警和大阪府警怕嫌犯有所行动，为了以防万一，还是于八日当天出动了大批警力，在麻美咖啡店周围和新干线、名神高速等地布下了天罗地网。结果，嫌犯并没有进一步动作。后来才知道，当天嫌犯暗中窥探着店里的情形，掌握了咖啡店里的状况。

此时，报社收到了嫌犯寄来的第一封挑战书。信封上的邮戳显示为四月七日，寄件人写的是"江崎胜久"。信是用打字机写的：

> 致　笨蛋警察们
> 你们也　太笨了吧
> 那么多人　什么也干不了
> 真要是专业的话　来抓我们呀
> 对你们来说　障碍太多了
> 这样吧　给你们点提示
> 　　江崎家里　没有我们的同伙
> 　　西宫警察局　没有我们的同伙
> 　　防汛联盟　也没有我们的同伙（略）
> 就先说这些吧
> 还抓不住我们的话　可就是浪费　纳税人的钱了
> 什么县警的总部长　都得走人吧

同样内容的挑战书，也被送到了甲子园警察局。报社收到挑战书，便刊发了出去。

其后，犯罪团伙就自称"怪人二十一面相"，或讥讽警察，或透露一点案件的线索，向电视台、报社、杂志社寄送数封挑战书。这些挑战书由收件单位分别报道了出去。

挑战书均用打字机打好、印刷，文字之间稍留间隔，明明奇特又令人感到恐怖，可内容上多有戏仿当时流行的电视广告语的内容，也有很多按照七五调的规则合辙押韵的句子。这种行文风格让人忍不住猜想，难道他们之中有广告撰稿人吗？这些挑战书，成功地吸引了公众的注意力。

甚至有些报社懊恼不已：为什么人家把挑战书都发给了别的报社，却没有寄给我们呢？新闻记者和读者，完全被嫌犯牵着鼻子走了。

被指定为"大范围重要一一四号案"

四月九日，江崎社长时隔多日回到总公司上班。

他在公司门口对记者说："感觉非常不错。能到公司上班，心情大好。"当被问及关于嫌犯是否想起了什么时，他回答说："一点也没有。我想尽快忘记此事。不愿再想起不愉快的事情。"

可是接下来的四月十日，案件进一步升级，格力高居然连续遭遇纵火。

晚上八点五十分左右，大阪市西淀川区的江崎格力高总公司，工厂一角失火。加班的员工前脚刚离开，马上就发生了这样的事情，一百五十平方米的厂房全部烧毁。

有目击者发现，工厂附近的路上停有可疑车辆。那是一辆神户牌照的白色丰田皇冠，有两名男子钻进了车内。驾驶座上的男子大约三十岁，副驾驶座上是一名四十岁左右的烫发男子。

与此同时，距离江崎格力高总公司三公里远的淀川对岸的子公司"格力高营养食品"内，车库里的一辆轻型货车起火。目击者称，有一名身高一米七左右、戴棒球帽和白色口罩的男子随后逃走。

接下来的四月十一日，江崎社长家里接到了一个男子打来的恐吓电话："这下知道厉害了吧！以后给我小心点！"

虽然江崎社长"不愿再想起不愉快的事情"，可如今被嫌犯再三针对性挑衅，也不得不认清其恐怖之处。

从纵火案的第二天开始，兵库县警就在江崎社长家周围部署了全天警戒，并为保护社长的家人配备了警力。

所有纵火现场都发现了挥发性物质，这起连环纵火案和江崎社长绑架案的关联不言而喻。

警察厅将这一系列案件指定为"大范围重要——一四号案"，警方全力以赴，力图侦破此案。

至此，以兵库为中心发生的系列案件就转移到了大阪，也就是说，调查的重心转移到了大阪府警这边。

案发当时，兵库县警搜查一科的调查官田口肇作为格力高-森永案负责人，坚守在西宫警察局的搜查总部，准备彻查此案。

田口先生现已退休，和妻子二人住在神户市内的自家住宅。他每天早上雷打不动地走一万步，体格结实，绝对看不出来已经有七十九岁。

我去拜访时，他腰杆笔直地来开门，镜片背后透出当过刑警的人独有的那种锐利的视线。然后他把靠垫拿到玄关处，跟我说起此案。

"像那种大范围的案件可以说是前所未有，互相配合起来很不容易。

"原本以为是兵库县的绑架案，大阪府警这边也没那么积极。可是发生了格力高总公司和子公司的连续纵火案，案发现场转移到了大阪，大阪警方就脱不了干系了。说起大阪府警，那是跟东京的警视厅[①]并驾齐驱的全国第二大警察局，他们自己也一直以西部枭雄自比，颇有自豪感。

"后来嫌犯又让把现金拿来拿去，涉及的警局就更多了。最后连京都和滋贺也牵扯了进来，案件波及四个府县，就连警察厅也介

---

① 指东京都的警察总部。日本的一级行政区划为都道府县，各地警察总部被称为某某府警或某某县警等，唯有首都东京都的警察总部被称为警视厅。

入了。

"其间，四地的调查官和管理官会定期开会，我也会参加，交流信息。可是那会儿大家还是各怀心事、各据山头啊。各家都不愿意把自己掌握的信息和盘托出，希望案件是在自己这里取得突破进展。

"每逢得到了什么有力证据，总想着'多亏了我的线索才得到的呢'。当然了，刑警的本性就是希望靠自己的努力破案，反正我自己当时并没有要跟其他地区的警察一起破案的想法。"

格力高怨恨说

江崎社长的绑架案中，嫌犯索要赎金，所以立案侦查时此案表面看起来是为了金钱。可是，在格力高总公司和子公司纵火案相继发生后，调查的方向不得不转向了"与格力高的恩怨"这条线索。

迄今为止，从案发现场的情况来看，嫌犯对江崎家以及格力高公司都了如指掌。绑架江崎社长时，对其长女直呼其名让其闭嘴："M，安静！"还给格力高的公司客户寄恐吓信，要求用客户的名字刊登报纸广告等等，此种事例，不一而足。

兵库县警由此判断，嫌犯可能是格力高的公司员工、离退休员工或有业务往来的人员。因此，兵库警方投入了大量警力，调查格力高公司的相关人员，对格力高总部的员工逐个调查取证。

同样，大阪府警也派出搜查员对格力高总部员工进行调查取证。

当时大阪府警负责调查格力高相关人员的搜查员在此次采访中称："江崎社长是唯一见过嫌犯的目击证人，可他却不愿多说一句。我觉得他可能没有知无不言。"他还认为："会不会是在公司调整的过程中触犯了哪些业务员的利益，江崎社长因此招致怨恨呢？"时至今日，这名警察仍然坚持格力高公司内鬼犯罪说。

然而，兵库县警的搜查员对江崎社长和格力高公司的印象与大阪府警这边截然不同。

在格力高总公司负责调查离退休员工的一名搜查员，当时在工作笔记中写道："关于江崎社长。夫妇俩节假日的时候总是一起去打网球或高尔夫。不像是会因公事结怨的人。"格力高负责人事的员工也全面配合，调查顺利进行。

另外，当时蹲守江崎社长家里的搜查员也断言："我一直跟他的家人呆在一起，确信江崎社长没有一丁点隐瞒。"

全程跟进调查的兵库县警搜查一科调查官田口先生也说："我跟江崎社长谈过多次，并不认为他隐瞒了什么。既没有不配合调查，也没有一点说谎之感。另外，如果说嫌犯跟社长相识，那么监禁他的时候防备措施就不可能那样薄弱，眼睁睁让他跑掉。因为江崎社长逃走，岂不就意味着他们自己要束手就擒？"跟大阪府警比起来，兵库县警跟江崎社长和格力高总部的信任关系更加牢固。可是，案发之初，大阪和兵库警方分别多次对同一批案件相关人员进行了调查，似乎也给被调查人员增加了很大负担。假如警方产生了他们对调查的态度不太好的印象，可能也与此有关。

对社长本人的怨恨、对格力高公司的怨恨，甚至是历任社长时期遗留下来的纠葛，对这类人际关系的调查进行得非常深入，可最后仍然没有找到跟嫌犯相关的线索。

证物调查

案件被指定为"大范围重要一一四号案"后，召开了第一次联合调查会议。其后，四月十六日，在茨木市安威川的曙桥旁，发现了装有盐酸的红色塑料容器。容器上贴着的纸写着："盐酸危险（略）　江崎格力高　江崎胜久"。

这是最早暗示投毒的事件。

此案遗留了很多线索和物证。

首先是嫌犯给在浴室光着身子遭到绑架的江崎社长穿的衣物。后来的调查中，通过收款收据发现，案发当日下午一点左右，有人在大阪府枚方市一家叫作"泉屋楠叶店"的超市购买了同款内衣。

大量的恐吓信和挑战书也留下了很多线索。信中的文字是用老式铅字打字机敲上去的，字体是九磅细圆 Gothic 体，字间距 45 毫米。

与恐吓信一起送来的还有录有江崎社长声音的录音带，桥边放着的装有盐酸的塑料容器也是证物之一。

警方调查了这些物证，逐一排查购买者，可结果仍然没能追踪到嫌犯。

兵库县警搜查一科的原二把手开发先生指出，大量消费时代使证物调查陷入死胡同，恐怕也是案件不了了之的原因之一。

"本来调查物品和车辆，哪怕遗漏一件都会功亏一篑。可当时就是那样的时代，有一些无论如何都难以掌握的线索。如果是面对面买卖，跟顾客有过简短的对话，店家可能还多少会有些印象。"

然而当时刚好是从面对面买卖向大型超市转型的时期，自助式购物大行其道。大型超市又不像传统当面交易那样有账本可查，超市收银员很难对顾客留下印象。另外，监控摄像头也不像如今这么发达。试图通过量产、量销的商品顺藤摸瓜找出嫌疑人，实在是不太可能。

开发先生还回顾说："负责调查的警察是否抱有这是自己的案子的自觉性也至关重要。随着案发现场向大阪转移，要维持下属的干劲实在很困难。"

他接着说："因为大阪是勒索金交付的指定地点，所以大阪警方要保持干劲儿还相对容易一些吧。兵库这边只是最初的绑架案的发生地，还有后来含有氰化物的有毒点心被可疑男子放了兵库的便利店里，此后就没有其他事件案发地在兵库了。

"要展开对物品和车辆的种种调查，本想全部由搜查一科的搜查员负责的，可是光凭这点人手，不知要干到猴年马月去。所以只好从其他科甚至交警当中借调警力。可是，就算支援的警察报告说'这辆车的主人是清白的''那个人还得再调查'，真实情况究竟如何呢？到底该信几分呢？其中，恐怕也不乏敷衍了事、凑数交差的调查人员吧。"

随着案发现场逐渐向大阪转移，大阪府警也加入到案件调查工作之中。兵库县警就更加有必要保持干劲，全力以赴、踏踏实实地进行物证调查。

因不想被嘲笑而产生的顾虑

开发先生还指出，大范围联合调查的难处，除了各自为政的想法外，还有一重顾虑："万一提供了奇怪的信息而被嘲笑可怎么好呢？"

比如兵库县警在其后的十月，就遭遇了全家便利店甲子园店中森永制果的糖果被投放了氰化物的恶性事件。监控摄像头拍下了可疑男子的影像，但据说这一信息没能第一时间分享给其他地区的警方。

"录像里的男子到底跟案件有没有关系呢？我们也不确定，所以有了顾虑，想着先自己调查一下，后来才将信息提供给大阪府警。大阪府警跟兵库这边分享信息的时候，也有数次延误。

"把录像里男子的影像信息告诉大阪府警后，那边的负责人大喜过望，一迭连声地说'太好了，太好了，这下就能抓住他了'，结果关于男子的信息倒是搜集了不少，可最后都无功而返，无法找到跟嫌犯的关联之处。

"共享信息、联合调查之所以难以开展，除了大家都想各据山头、彼此争功之外，当时也有那种不想因为提供了无厘头的信息而遭嘲笑的想法。"

令开发先生倍感遗憾的还有，伴随大范围调查而出现的信息管理的问题。

过于注重保守秘密，严格限制相关警察数量，其结果就是手头的警力无法充分发挥作用。

"大范围调查的难点之一就在于，随着加入调查的地区越来越多，信息该在多大范围内流通，就变得很难判断了。警察厅加入后也要考虑他们的想法。但我总觉得在有可能抓捕嫌犯的案发现场，应该尽量调取、使用全部警力。

"虽然也有说法称，滋贺县警的巡逻车在不知情的情况下，贸然对格力高案的可疑车辆进行盘查，导致其脱逃，可是在完全不知情的情况下做出这种举动，和明知自己追捕的是格力高案犯而这般行事，性质截然不同吧。事到如今，我还是觉得当地警察对本地道路最熟悉，还是应该由滋贺县警投入警力。"

开发先生用自己喜爱的围棋举例，这样总结说："上位者的职责，就是在决定大方向时负起责任来。跟下围棋一样，如果一直采取守势，则必败无疑。在关键的时间节点上，应该能做到即使考虑到最坏结果，仍然决定放手一搏。格力高案中，大家在案发现场各自奋战，可是上面的指挥系统不良。大家本来应该上下一心、齐心协力的。"

"嫌犯挟持重要人物、索要赎金，这种欧美的犯罪类型，日本警方其实还是第一次遇到。具体该如何应对，大范围调查该怎样展开，我觉得这些都给日本警方留下了很多教训。"

垂直管理的组织壁垒

如今，跟案发之时相比，不会被监听的数字无线通讯设备、满大街随处可见的监控摄像头等各种新型办案工具层出不穷，调查的环境大为改善了。此外，DNA 鉴定、微物证据调查的准确度也跟当时不可同日而语。如果是今天发生同类案件，那么根据嫌犯留下的大量物品，追踪嫌犯的线索一定会大大增加。

可是，这次的采访中，很多当时的搜查员都提到"兵库和大阪警方各据山头、互相隐瞒证据"等等。我们也听到"各地区警力分别对同一名案件相关人士进行调查""过于重视保密导致未能最大限度利用警力"等反思。我们不由得想到，正是垂直管理的组织壁垒，为案犯大开了方便之门。

把对方视作对手，在切磋钻研的过程中产生竞争，这虽然有助于推进调查，但缺乏合作、各自为政的最终结果，就是在应该尽早撒开案件调查大网的时候却无法调配足够警力，贻误战机，同时也导致刑警们敏锐的直觉和高超的手腕不得充分施展吧。

写下这些，我所采访的搜查员恐怕会叱责说："刑警查案可不是你们想的那样！即使对其他人不完全满意，每位刑警也会想着'这也不算太坏'，尽职尽责地开展调查，一步步逼近真相。我们心里都是这样想，只是嘴上不说出来罢了。"

可是，追溯这桩二十七年前的旧案，受访的各位原搜查员甚至是他们的遗孀，至今仍对此案念念不忘，人们不难感受到他们为案件未能侦破而产生的自责、懊悔之情，也令人对案件各环节中表现出的信息共享的缺失、合作精神的欠缺感到深深的遗憾。

3. 大阪府警——审讯情况与"不信任"

菅原研

大阪府警是如何开展调查的?

这次,我拿到了警察的内部资料,根据其内容知晓江崎社长是于三月二十一日十四点十分逃出了位于茨木市安威川左岸的防汛仓库。

当时,大阪也为即将发生的事情做了准备,下达通讯指令、部署警力。

十四点二十二分,江崎社长逃至摄津市大阪货物总站,拨打一一〇报警。

十四点三十一分,第二通一一〇报警电话后,大阪府警的搜查一科科长开始行动,确认了江崎社长的所在地,随后更多搜查员开始投入调查。

自此,此案蔓延到了大阪,大阪府警开始在案件调查中占据主导地位。

江崎社长与抵达现场的搜查员同乘一辆警车,前往高槻警察局。

我得以从最早询问案情经过的大阪府警搜查一科凶案组的原搜查员那里打探到了消息。

一个周末的傍晚,雪花纷纷,带着几丝寒意,我去拜访了这位住在大阪郊外的原搜查员。他家附近有座神社,来参拜的只有寥寥数人。穿过神社参道到了他家，比原定的时间早了一个小时。我抑制着能够采访到与格力高-森永案直接相关的搜查员的兴奋之情，来到附近的公园，一手拿着热的罐装咖啡，另一只手翻阅着资料，等待约定的时间到来。

这位原搜查员刚刚退休没多久，给人感觉是个带着关西气质、人挺好的大叔。

我问他："听说江崎社长获救的时候是您去询问他的？"他爽快地承认了，坦率且详细地告诉了我当时的情形。他语速很快，这是关西人特有的习惯，因此我没能在笔记上记全他所说的话。当时为了不忘记聊天的细节部分，我一直拼命地将对话记进脑子里。

"因为母亲去世，我请了假，当时正睡在朋友家，就接到了电话。收到'速来高槻警察局'的命令，我立刻就赶过去了。但那时现场早已挤满了搜查员，警察局里来了大批记者。实在无事可做，我就去了防汛仓库现场，可那时又收到了一科科长让我快点回去的指令。

"回去后他就吩咐我询问江崎社长情况。当时明明有那么多搜查员前辈，还有许多比我先到的人，我就想着怎么就让我去问呢？但既然是命令，就得服从。

"总之我先看了一下江崎社长的资料，明白了个大概，就去警察局的审讯室了。审讯室里面有江崎社长和他们公司的干部，还有高槻警察局的搜查员和两名女护士。

"江崎社长的脚泡在热水里。看起来已经起了冻疮。看他应该很饿的样子，我就问他乌冬面和面包想吃哪个。从警察局的食堂叫来了外送，递给他吃的以后，他便一言不发，一口气吃掉了所有东西。

"听江崎社长说明情况时，他的态度不知该说是焦虑还是亢奋，反正就是那种感觉。这样下去也问不出个所以然，我就给他看了自己的警察证，跟他说：'我是代表府警来问话的，比你大一岁，咱们年纪差不多呢！'我就用自己的说话方式，比较温和地跟他搭话了。"

这位原搜查员据说在"攻陷嫌疑犯"，也就是让嫌疑犯自首这一方面十分在行。

绑架案的受害者在被解救后处于极度兴奋的状态。他的上司可能是判断他能够让处于这种状态的受害者敞开心扉，为了趁着受害者记忆还比较新鲜，早点获得与嫌犯相关的线索，才选中他询问江崎社长的吧。

然而，当时对江崎社长的问讯不过三十分钟就结束了。

在这有限的时间内，除了江崎社长的名字和籍贯等基本信息之外，并没有获得其他的信息。江崎社长在浴池被绑架时，被香皂砸到了脸，因此没能看清嫌犯的长相。在案件发生的最初阶段，案情毫无进展，没能获得有关嫌犯的强有力的线索。

关于大阪府警的初期调查情况，这位原搜查员这样回忆道："审讯室外，兵库县警的警察一直在请求问讯江崎社长，催着'还没好吗，还没好吗'，我就是在那种氛围下进行问讯的。天上还飞来了许多媒体的直升机，螺旋桨一直轰鸣，说实话真是没办法集中精力去问。要是当时能（向上司）申请再多给我一点时间就好了。"

另一名在场原搜查员这样说道：

"案犯能将那么大块头的男人赤身裸体地给绑架了，我估计他们一定是豁出命了。江崎社长也一定被威胁得够呛。他刚刚逃出生天、惊魂未定，肯定也在后怕自己差点被杀，那种紧张感非常明显。"

代表整个凶案组对江崎社长进行问讯的一名原搜查员说：

"江崎社长逃出来以后，董事给他洗了脚，穿上了袜子。之后我们的同事给他准备了面包和乌冬面。估计他两三天没吃过东西了，吃饭时候那个劲头可够吓人的。

"他最开始问的是女儿的情况，得知女儿没事，他仿佛放下心来，有种'那我什么都说'的微妙感觉。可是这个关键的节骨眼上，兵库县警就来要人了。兵库那边的人觉得'这是我们的案子，快点交给我们来办'，于是我们就把人交给他们了。什么重要的信息都还没问出来，就那么撤回大本营（搜查总部）了。只交了一页调查报告，之后无论是我还是我的组员们，就连被叫去调查会议、问问调查的感想之类的都没有。我一直觉得那个案件（社长绑架案）是关键也是源头。"

在大阪府警看来，江崎社长缓解了紧张情绪，正能问出关键信息的时刻，是兵库县警非要把人带走，自己才不得已中断了问讯。

另一名参与问讯的原搜查员也向我说起当时的情形。江崎社长被发现时已经饿了许久，吃到乌冬面的时候他承诺"我什么都告诉你们"。"可是后来……"这位原搜查员继续说道：

"吃完乌冬面没多久，格力高公司的人和兵库县警就来了，公司员工低头对他说完'社长您受苦了'之后，江崎社长就突然转变了态度，什么也不肯说了。

"这原本是兵库县警负责的案件，大阪方面也不好过多插手。而且，人家公司员工说要带社长回去，我们也就觉得没辙了。"

垂直管理的调查下的问讯

这些大阪府警原搜查员的话，虽然在时间线上有着些许记忆上的差异，但内容几乎都是吻合的。

初期调查中，最重要的对江崎社长的问讯为何中断，又为何会让社长离开大阪的警察局呢？

在这一点上，大阪府警的原搜查员似乎觉得，这个案件当时还并不是他们该负责的。

负责问讯江崎社长的原搜查员这样叙述道：

"问讯之所以只进行了三十分钟左右，背后原因是考虑到了兵库县警。警察的调查遵循的是案发地主义原则。从这点来讲的话，当时的案件应该是兵库县警的案子。"

问讯时在场的原搜查员也这样说道：

"当时就觉得这是兵库的案件。调查（社长被监禁的）防汛仓库时，也有一种大阪（府警）是在帮兵库（县警）忙的感觉，总之就是觉得，我们只不过是在给他们提供支援。

"四月十日的连续纵火案（根据本次获取到的警察局资料显示，着火的为格力高总公司工务科试作室与格力高营养食品一楼停车场车辆）之后，才感觉这是大阪（府警）该负责的案件。"

大阪府警从接到江崎社长被绑架的消息起，便认定嫌犯会通过高速公路进入大阪地区，于是在离兵库县边境很近的名神高速公路的吹田出入口派遣了搜查员，开展初次行动。

然而，三月十八日社长被绑架当时，大阪府警中的多数搜查员都还抱着隔岸观火的态度，认为这是"兵库县警的案子"。

即便是邻县发生的案件，由于管辖范围不同，大阪府警内众多的搜查员都认为应退一步观望，这"不是自己的案子"。正因为存在这种顾虑，搜查员在问讯江崎社长时才没有提出强硬要求。

并且，在大阪府警看来，兵库县警一定会抱住这个案子不放手。

就这样，问讯江崎社长一事就被草率地移交给了兵库县警。当时在场的大阪府警原搜查员这样说道：

"大阪府警和兵库县警联合调查时，我也不知道兵库那边有没有我们这边的信息，反正兵库那边的消息我们大阪这边是一无所知。结果就是，非法监禁江崎社长的那个案子，兵库那边一直封锁了消息。现在说来是应该联合调查的，但当时的确两边都抱着圈绳定界、各自为政的想法。"

大阪府警的一名原干警认为，此案悬而未决的最大原因之一，就是当时警察对江崎社长的问讯处理上出了问题。这名干警也参加了高槻警察局对江崎社长所作的问讯，他说：

"社长已经很久没有好好吃过一顿饭了，在拿到乌冬面外卖时他的吃相十分狼狈。当时江崎社长还说'吃了饭我就知无不言'，我们也回应说'好的'。但是社长正吃饭的时候，兵库县警就来要人了。跟上司确认过后实在是没办法，就把社长移交给了兵库那边。之后，兵库县警也问讯了事情经过，但是江崎社长见了格力高的董事后，就开始什么也不肯说了。"

大阪府警的部分原搜查员，因兵库县警毫不掩饰地划地盘、打断问讯而产生了强烈的不信任感，加上移交后也没有收到问讯的信息，更加剧了这种焦虑。

另一方面，兵库县警的原干警说："本来这就是兵库县警的案子。监禁现场属于大阪府警的管辖范围不过是偶然。接到社长的报警电话后，我们兵库县警不到一个小时就可以到达现场，大阪府警就不应该大费周章。"言语间毫不掩饰敌意。

也有原搜查员的证言提到，因为两边的警察都在问讯中反复问到了同样的问题，江崎社长不耐烦地回答"这个问题刚才我已经回答过了"，导致调查无法继续。

兵库县警搜查一科原二把手开发先生回忆道：

"接到江崎社长从防汛仓库逃脱的消息后，兵库县警派出了搜查员。起初是大阪府警向江崎社长问话，后来才是兵库县警开始问讯。大阪府警问的是逃脱时的经过，兵库县警问的是被绑架时的经过。江崎社长的确会被多次问到一样的问题。"

对大阪府警而言，这也是"自己的案子"

然而，四月十日这天，大阪市西淀川区的格力高总公司附近的关联企业停车场中的车辆遭人放火，这之后大阪府警也开始将该案认作"自己的案子"，正式开展调查工作了。

四月十二日，因该案涉及关西圈多地，警察厅将其指定为"大范围重要——四号案"，大阪、兵库以及京都、滋贺的警察总部联合办案，展开调查。

可联合调查之初，部分搜查员似乎就明显感受到大阪府警与兵库县警间存在着严重的摩擦。

NHK记者当时的采访笔记中也记录了不少大阪府警的干警与搜查员的言论，剑拔弩张的气氛在笔记中随处可见。

如三月二十二日，兵库县警结束防汛仓库的现场勘查后，某搜查员如是说："累的都让我们干，好的全让对方（兵库县警）干了。"

另一名搜查员也说："摆明了功劳都让兵库县警得了，可上面还鼓励说什么大阪别受干扰，自己大干一番。"

四月上旬，某干警称："我没问兵库县警都在做什么调查。汇报工作（搜查员给干警的调查报告）也是大阪和兵库各做各的。"

类似言论很常见。虽然调查的是同一个案件，但大约是出于竞争意识吧，能够感受到两个组织间壁垒森严，隔阂很深。

另一名搜查员说："大概也是有些小人之心吧，总觉得兵库县警在大阪地盘上能安什么好心！就算兵库那边有了什么好思路，需要在大阪展开相关调查，大阪这里也肯定是盘算着让自己人干。调查就是这样才被拖延的。"

还有很多疑神疑鬼的言论，比如："茨木（警察局）那儿好像来了一个兵库的组。那个组一直动向不明，总感觉是不是兵库那边查到什么好东西了。"

虽然大阪府警和兵库县警已经召开了联合调查会议，但是大阪府警"正式"问讯江崎社长是在五月十五日，距案发已经过去近两个月了。

当时记者的采访笔记中充斥着大阪府警的干警和搜查员对兵库县警做法的批评、不解与抱怨。

"我们大阪一直催兵库县警去做监禁现场的实况分析，可他们一直拖着不做。"

"就算给我们看兵库县警取得的江崎社长的笔录，也不能完全掌握监禁当时的情况。关于嫌犯的行动，有些笔录中写着江崎社长与警方说了很多，其他的笔录中又写着江崎社长什么也没回答。"

"光从兵库方提供的江崎社长的笔录来看是没有矛盾的。但是在制作笔录阶段是否存在矛盾？我们觉得有必要亲自和实际问讯江崎社长的警察了解一下。"

"兵库县警有和江崎社长联系的渠道，大阪就没有。大阪也希望加强和江崎社长的联系。"

"社长逃离监禁回到自己家中的时候，兵库县警的搜查员已经在他家保护他家人的安全了。这样一来，他是不是更信任兵库县警？大阪府警问话的时候，社长会把没说给兵库县警听的话说给大阪府警听吗？这让人感到不安。"

当然，原干警中也有人说，大阪府警与兵库县警从一开始信息交流就很密切且合作顺利。上面列举的都是站在大阪府警的立场而说的话，要是从兵库县警的角度来看情况很可能是不一样的。

采访一名大阪府警原搜查员时，听到了这样一则轶事。

"江崎社长被监禁的大阪茨木市防汛仓库是由兵库县警做鉴别勘查的，大阪府警连碰都没碰到。但江崎社长一起去做现场勘查的时候，大阪府警也派出了搜查员。当时，只要大阪府警的搜查员一问讯江崎社长，兵库县警的搜查员便会插嘴问江崎社长：'社长您是对着哪边说话呢？'打乱问讯的节奏。"

当然，从兵库县警的角度来看，自己或许并不存在这样意气用事的念头。

尽管这次的采访中，有证词表示大阪府警与兵库县警的搜查员也有关系好的时候，但极大部分大阪府警原搜查员清楚地记得自己当时对兵库县警抱有敌对竞争意识。刑警大多抱着"想由自己揪出案犯"的想法，从这个角度出发，自然就能理解这些插曲了。

大阪与兵库之间的隔阂

在之后的调查工作当中还发生了很多插曲，令人感受到大阪与兵库之间存在着隔阂。

在大阪府警的退休警察中，有一名在大阪市西淀川区的格力高总公司纵火案之后，加入西淀川警察局搜查总部的搜查一科原搜查员，他这样说道：

"局里来了四个兵库县警那里的人，说是要调查公司关系，他们就在单间里调查。我们没能跟兵库那边共享信息，向相关人员问话时，人家说'已经告诉兵库县警了'，这样的事是家常便饭。"

另一名大阪府警搜查一科原搜查员说：

"我也是从同事那里听来的，我们曾向上面强烈要求对江崎社长的问讯由大阪一方负责，但是兵库县警坚决反对交给我们。兵库一直有种想法，觉得'不能让大阪夺走了'。这要是（和大阪府警关系良好的）京都府警或奈良县警的话就不会这样了。前辈也说那个时候兵库是绝对不会放手的。"

另一方面，兵库县警和京都府警的反应完全相反。

他们的退休警察纷纷对主导调查的大阪府警提出批评意见。

兵库县警的一名原干警说道：

"兵库县警的初期调查没有问题。但之后的大阪府警什么都要来抢。"

京都府警的原搜查一科科长说：

"在开始的半年里，主导方大阪府警就不容他人置喙了。与案件相关的对外窗口全都是大阪府警的，宗派主义太强了，一直是他们在唱独角戏。'这是大阪府警的案子，所以大阪府警要怎样……'总是什么都得带上他们。我们实在是看不懂大阪府警大本营（搜查总部）在干些什么。"

在这种情况下，进入了平成时代①，新任刑事部部长在大阪上任后为了改善机制，开始频繁地召开干部同事聚在一起的大范围调查会议。这么做的理由应该是警察厅感觉大阪、兵库、京都、滋贺的合作十分糟糕吧。这是大阪府警搜查一科的原干警讲的。

还有一个插曲，证实了大范围调查应对不充分的指责。

一名原干警说："要想考证那个案件，首要问题应该就是大范围调查吧。"

从一名兵库县警的退休人员那里，我们也得到了同样的证词。兵库县警的原干警说：

"这起史无前例的大范围案件已经不是一个地区的府警或县警能解决的程度了。最初大家都是各据山头，各府县警对收集到的信息也遮遮掩掩，没有眉目之前都只是自顾自行事。可后来就变成四个府县的干警在会议上交换情报了，因为必须打破那些地域上的局限性，大家齐心协力合作。"

那么，想将这些警察总部统合在一起的警察厅又是怎样看待两者的关系的呢？

一位曾在大阪府警与兵库县警任干警的警察厅退休人员讲道：

"最初的时候，大阪府警和兵库县警都是圈绳定界，确实有没能好好协作的地方。双方好像还曾经在县境附近打探彼此的消息。

"我个人觉得，这有好的一面，警察们互相竞争，能够挖掘到更深的线索。太过注重合作还指不定会怎样呢。从结果来看每名刑警都尽了自己的力量。大阪和兵库当时的竞争意识确实很强，但我觉得正因如此，也产生了一些好的结果。"

---

① 一九八九年至二〇一九年。

庭院里的灯电源被拔了

然而也有原干警说，合作不足给调查行动带来了具体的坏影响。上述提到的大阪府警搜查一科原干警与其他退休干警曾说过这样一段插曲。

"绑架案件发生两周前，江崎家安装在庭院里的灯电源被拔掉过。如果不用很大力气是拔不出来的，因此明显是有人故意为之。"

案件发生后，兵库县警除了在江崎社长家周边巡逻警备，还派遣搜查员二十四小时保护江崎社长及其家人的安全。上述事实正是在警备工作中得到的线索。

然而兵库县警并没有立即把这个消息告知大阪府警，大阪的搜查员就在不知情的情况下进行了问讯。

"关掉庭院里的灯，江崎一家家中的情形就能在外面看得一清二楚了。什么时候打开警报装置的开关、一家人什么时候开始吃饭等生活习惯，我们推测犯罪团伙是为了知道这些，才拔掉了屋外灯的电源，在外面偷偷观察江崎家的情况。若是早些知道这件事，就可以在问讯的时候了解两星期前的情况了，有可能就能捕捉到点什么。这或许就是兵库与大阪合作糟糕（的结果）吧。"大阪府警的这名原干警如此感慨道。

第二章　怪人二十一面相和三大案发现场

大同门烤肉店

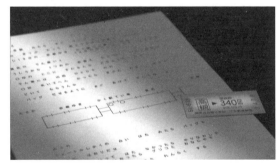

嫌犯的指令："上电车!"

1. 最逼近嫌犯的瞬间——大同门烤肉店之夜

小川海绪

（NHK 报道局编导，生于一九七二年）

平成二十二年（二〇一〇）八月，格力高-森永案的取材工作终于开始了。此案在当时发展为重大的社会事件，案发时我年仅十二岁，但至今想起仍觉恐怖。

案发当时负责联络、采访大阪府警的 NHK 记者畑野祐一（现任埼玉放送局局长）帮我约了一名搜查员见面。此外，我还有幸听畑野先生谈自己的采访心得，更为深刻地体会到案件侦破的难度。

"记者和搜查员都被嫌犯随心所欲地玩弄于股掌之间，这样的案子可以说是绝无仅有。尤其是对于搜查员来说，社会影响如此巨大的案子，最后却成为未解决案件，实在是一段痛苦的回忆。或者说，不啻于奇耻大辱。此案至今，二十六年过去了。与其再说点什么，不如绝口不提。大家都想着把这件事带进坟墓。所以没有充分心理准备的话，是没办法重新挖掘此案的。"

畑野先生现在还郑重地保存着准备好的新闻通稿，时刻等待着嫌犯落网。正因案件悬而未决，每一位当事人因此案而生的怨念一直无法消除。

我先奔赴大阪。

要见的，是原大阪府警搜查一科的前和博先生。格力高-森永案从案发到超出追诉时效，狐狸眼男始终与案件紧密相关，甚至可以说他是此案的象征。前先生就是与其短兵相接、直接见过面的搜查员之一。虽说我已彻查案件资料，觉得自己对案件的把握比较全面，但要与前先生见面，紧张之情还是难以掩饰。

为什么会变成未解决案件呢？

调查为什么会失败呢？我太想向当事人问清楚了。未能解决此案，他们一定深以为耻。这是被当事人封存的记忆，我却想要在这一天揭开这个旧伤疤。

前先生到达约定地点时晚了十分钟。汹涌的人潮中，一个目光锐利的大个子男子走进我的视线。他已于四年前退休，现在在一家百货商店的总务部工作，但他看起来仍像一名刑警。短暂寒暄过后，正要谈及采访的主题，前先生突然开了口："事到如今，为什么又翻出这个案子来呢？"我一时答不上来。他又接着说："还是算了吧！我没什么好说的。"我俩陷入短暂的沉默。采访一开始就碰了钉子。

想到自己是风尘仆仆赶到大阪来的，我忍不住一股脑地开始说起采访的主旨来。

准备好的咖啡，前先生碰也不碰一下，一直闭着眼。

我也不管他的反应，只管一路说下去，他连个点头之类的反应也没有。

我只想着，不能就这样回去。那个原本打算和前先生熟悉一些再问的问题，我决定现在就直截了当地问出口。我本来想着，要是在他这里问不出答案，再去别的搜查员那里试一试的。

于是我冲口而出："为什么最后没能解决这个案件呢？"

有那么一瞬间，他眼皮下的眼球动了一下。我继续追问："那样的惊天大案，您保持沉默真的合适吗？那个案子的教训到底是什么？对于那之后发生的其他未解决案件，您难道就毫无感觉吗？就这样大家都蒙在鼓里，时间可就过去了呀。"

其实这时我已经泄气了。

就在这时，前先生终于睁开了眼睛。

"我们为什么失败了呢？估计只有嫌犯知道吧。我也想问呢！到底哪儿出了问题？"

前先生渐渐打开了话匣子。

"那个案子，可以说是空前绝后。这么说虽然不太好听，但调查起来如此让人期待的案子还真就没有。就算调查出了纰漏，嫌犯也一定会再送挑战书来，那样就好像永远有机会把他们抓捕归案。"

接着，他说出了令我意想不到的话。

"现在想来，六月二日的大同门烤肉店对我们来说，可能是最初同时也是最后的机会了呢。其实从那之后嫌犯就销声匿迹了，就好像游戏结束了一样。大同门交付现场的失利实在是太可惜了。嫌犯当时应该也特别紧张。"

说到这里，那天的采访就该结束了。我们约好了下次在他家见面，就此分别。

大同门的那次勒索金交付，现场到底是什么样子的呢？我满脑子都是这个问题。

原大阪府警搜查一科的前和博先生

负责"动态案件"的特警组

案发时，前先生所属的是大阪府警搜查一科的特警组，负责绑架、劫机等恶性案件。特警组在警察中是一个历史比较短的部门。

说起搜查一科，主要负责调查杀人案。案发之后，搜查员会开展周边地区的调查取证和物证分析等工作，抽丝剥茧，找出嫌犯。

特警组的工作方式则与此不同，他们在案发后第一时间便开始调查，一面对劫持人质或劫机的嫌犯的举动及周围状况作出反应，一面力图迅速逮捕嫌犯。

警方内部一般把杀人案称作"静态案件"，把特警组负责的案件称为"动态案件"。

格力高-森永案无疑属于"动态案件"。

然而，一九八四年案发当时，特警组刚刚成立没多久，办案手法不够娴熟。前先生等很多搜查员都提到，经过此案，特警组的调查手法大大改变，并就此确立下来。

此案在当时极为特殊，案情的发展出乎所有人意料。

"可能是最初同时也是最后的机会"。

前先生如此定义发生在大同门的调查。为了就那次调查进行采访，我登门拜访。

前先生的家在奈良一处闲静的街区，距离JR①车站坐公交不到十分钟的距离。我顶着八月的烈日，步行前往。此时的我内心很矛盾，一方面迫不及待地想见到前先生，当面采访提问，另一方面又不知为何有些踌躇，害怕将那些问题问出口。

当时为什么会是那种心情呢？我至今也不得而知。也许当时我

---

① Japan Railway 的缩写，即日本铁路公司。

已经感受到格力高-森永案相关的诸位心里怀着某种"怨念"?

"今天我老婆和女儿都去看 SMAP① 的演唱会了，家里没有人。也没准备茶水什么的，见谅哈！"这样说着，前先生就把目光投向电视机，那里面正在直播日场棒球比赛，他是阪神队的超级球迷。他一面盯着电视机，一面说道：

"对不住哈，不过最近阪神的确实力不济呀。"

我一面随声附和，一面看向电视机。

于是，电视机上面装饰着的一张照片映入眼帘——那是狐狸眼男的模拟画像。那种面无表情中含着一种阴郁的感觉，使人倍觉惊恐。镜片后面好像有一道冷冷的眼神，一直盯着我和前警官。

定睛一看，书架上的列车时刻表和字典当中混着关于格力高-森永案的书。旁边的相框里，是前先生荣休那天拍的照片，他穿着警服，手里拿着狐狸眼男的模拟画像，表情冷淡严厉。

前先生正全身心地追着电视里转播的比赛进程，可在他那看似专注的表情之下，其实内心深处从来无法忘却这件事，不仅如此，这桩案件恐怕像个毒瘤一样，成了他的内伤。

看着电视的前先生突然嘟囔道："你总不会是来给阪神队加油的吧？咱们开门见山吧！你想问什么？"

于是，我从大同门的调查说起。

上次采访之后，我把在 NHK 能找到的案件相关新闻和节目资料都重过了一遍，还就大同门调查的详情把当时负责的记者都问了个遍。我逐个询问自己梳理出来的疑点。

像是要回避我的问题似的，前先生打起了太极："倒也不能那么说吧。""这么短的时间，你下了不少功夫啊！""还有别的想问的吗？""问完了吗？"

---

① 日本国民偶像团体。

然后，他终于从电视画面上转回视线，看着我："我不是说过了吗？大同门是我们最有可能抓到他们的机会了。因为我们警方确定，那天嫌犯一定会来现场。"

大同门调查发生在六月二日，距案件发生不到三个月。在那之前，嫌犯屡次对格力高的江崎社长提出现金勒索的要求，可是每次警察按照嫌犯要求去交付赎金，嫌犯却从未现身。大同门这次不同，据称警方确信嫌犯一定会出现。

从案件发生到大同门调查的近三个月，警察简直被耍得团团转。其中很重要的因素就是嫌犯发出的恐吓信和挑战书。比如，案件发生一个多月后的四月二十二日，《每日新闻》和《产经新闻》各收到了一封挑战书：

　　　致　　笨蛋警察们
　　我说　　撒谎可不好哦　　撒谎可是　　学坏的第一步
　　挑战书　　我们给甲子园警察局　　也发了一份
　　没收到吗　　藏不住的　　接招吧
　　快哭着求我　　就再给你们点提示
　　我们是　　从后门　　溜进工厂的
　　打字机是　　铅字打字机　　塑料桶可真是个　　大家伙

　　怪人 21 面相

嫌犯提及了警方未曾公开报道的案件内情和四月十日江崎格力高总部纵火案的一些细节。

当然，挑战书的内容马上就被报道了出来，无人不晓了。对于警方来说，办案内容泄露，可就很棘手了。

另一方面，媒体蜂拥而至，根据挑战书透露出的信息向警方求证。回顾当时的警方发布会，好多搜查员面对媒体问讯时似乎都表现得很烦躁。

"——解释调查内容，只会对嫌犯有利，他们可能趁机湮灭证据甚至逃走！该说的、能说的我们都说了，下周开始这种例行记者会不要办了！"

聚焦于嫌犯发来的挑战书，媒体开始了铺天盖地的报道，而嫌犯则背地里给公司寄去了恐吓信。

四月二十二日，挑战书寄达媒体的同时，嫌犯给江崎格力高发出了恐吓信。

　　致胜久

　　就这么办吧
　　这次私下交易　不许透露给　警察和媒体　带现金来
　　我们不会把　司机××怎么样　不必担心
　　只要把现金以　每1000万　为单位　放在布袋里　装进白色皮包　准备好
　　穿白色或象牙色的　雨衣　让××　开白色或　象牙色的卡罗拉　过来
　　4月24日星期二　晚上7点30分　我们会打电话　到△△家里等着　记录指令
　　让××到　丰中市　上津岛的山麓餐厅　电话是863－16●●
　　带现金来　等候指令
　　××准备好　注意　蛛丝马迹
　　到时让　△△跟　山麓餐厅的　××联系
　　电话的声音　可能有点怪　别说话　仔细听好
　　记不下来　可就没办法了
　　如未联络上　　27日　星期五　晚上7点30分　我们会

再打电话到　△△家

　　收到钱后　社长也好　格力高也罢　所有的一切　一笔勾销
　　别指望　警察了　你们心里也清楚　他们靠不住的
　　麻美咖啡店里　拿着报纸的　是傻警官　还有那个看漫画的
　　这回　再背叛我们的话　可就不会再　写信了
　　格力高　就等着完蛋吧　诸位有一个算一个　片甲不留

　　怪人21面相

　　　　（××是司机的名字，△△是公司董事的名字）

　　嫌犯的信息来源无从得知，恐吓信里所写的当时江崎格力高的董事和司机的名字居然分毫不差！而且，嫌犯还告知，在指定交接现金的麻美咖啡店里，他们看到来了警察。

　　江崎格力高最终还是把这封恐吓信交给了警方。

　　以前先生为首的特警组的搜查员决定前往山麓餐厅。当然，此时媒体尚不知情，也绝不可能加以报道。

　　四月二十四日，一名搜查员乔装成格力高的司机，在山麓餐厅待命。

　　与此同时，江崎格力高董事的家里，接到了一个女声的电话录音，指示他们"沿名神高速公路，以八十五公里时速，前往吹田服务区"。于是搜查员按指令到达吹田服务区，在香烟自动售货机的上面找到了传达下一步指令的信件。

　　从高速　茨木出口　下
　　沿　171国道
　　去　国铁高槻站　南口
　　把车停在　松坂屋　前面　〇记号处

进到　松坂屋　北面　画×记号的电话亭
在轮椅专用　电话亭　旁边的
亭子里　电话的　下面　粘着
一封信
照信上的　内容　去做

　　指令信下面有一张标记出高槻站和松坂屋的地图，地图上画着〇和×的记号。

　　可是搜查员到了指定的电话亭，电话下面却没有信件。

　　于是调查就此中断。嫌犯的目的到底是什么呢？

　　特警组把这一系列举动都看成是嫌犯的"试探"。

　　"这些家伙不是指示说接下来去哪儿去哪儿吗？他们的同伙会先去踩点，对现场进行监控。我们警方携款人去指定地点的时候，也会派搜查员先去现场查看，观察有没有形迹可疑的人啦，现金放置处的最佳地点是哪儿啦。如此这样反复几回，嫌犯一看警察还在活动，就不会在现场现身了。我们分析呀，嫌犯想经过几次这样的精心试探，找到格力高没跟警方通气、能够与自己暗中交易的机会。"

　　虽然这完全是警方的推断，但颇有道理。

　　二十四日在山麓餐厅进行的调查是不是被嫌犯察觉了？不得而知。可是警方和嫌犯在山麓餐厅交锋的蛛丝马迹，被《朝日新闻》的记者敏锐察知，并在日后做了报道。对于媒体来说，这可是独家新闻。

　　报道中称，嫌犯毫无疑问确信现场有警察。前先生说，当时特警组的高层勃然大怒，那情景至今记忆犹新。

　　"高层质问：'为什么会出这种事？'其实当天的调查是大阪府警和兵库县警的第一次联合调查行动。虽然江崎社长被绑架是发生在兵库县，但那之后的格力高纵火案等都发生在大阪，所以调查逐渐变成以大阪府警为主。说句不该说的，大阪府警想着自己把嫌犯逮捕归案，而兵库县警呢，因为这本来是自己地盘上发生的案子，也想着自己解决。这也是警察的习惯使然吧。要是没有这样的动力，警察还叫什么警察呢？可是这样一来就导致，兵库县警掌握的情报不会告诉大阪府警，大阪府警获得的信息，也不会分享给兵库县警。这种现象也不少见。

"但是大家也心知肚明，这样是不行的，所以还是决定联手。第一次联合调查行动就是在山麓餐厅。"

这次联合调查虽然扑了个空，但搜查员士气高涨，坚信嫌犯们还会再有动静。可是报道一出，兵库县警开始不信任大阪府警。

"肯定是大阪府警里有人把消息走漏给了记者。这事儿要是兵库县警干的，一开始双方就不可能联合调查了，可当时双方已经商量好了要合作。这种事给调查可带来了大麻烦。

"新闻报道的重要性我们也清楚，可是在这个案子上，我们的确觉得自己的敌人不只有怪人二十一面相，也有他后面的媒体。"

当然，也不是说这个报道一出，大阪府警和兵库县警就各行其是了。可是一旦彼此不信任，有了隔阂，联合调查就很难进行了。我自己也身处报道者的行列中，听闻此事，不由得反思新闻报道的本质究竟为何。

此次，以前先生为首，我们采访了超过三百位搜查员。他们中的绝大多数都提到了对媒体的不信任。还有很多搜查员表示，跟媒体无话可谈，让我们吃了闭门羹。

媒体或许还是给调查造成了障碍。

嫌犯通过挑战书，巧妙地利用媒体，暗地里反复卑劣威胁。一想到这里，总是忍不住觉得郁闷。

制作这期特辑时，我们在大阪和东京街头询问了不同年龄段的人对此案的看法。

"挺有意思的案子。"

"感觉嫌犯好帅。"

有很多简直像是享受案件经过的言论，格外引人注意。

我们也以 NHK 的负责记者为主，采访了很多当时的报社记者。

其中一位这样说道："我甚至有一种错觉，感觉民众在享受案犯华丽的作案手法。当然，我也想过，也许是我们媒体的报道把大众引向了歧路。可是我们也有自己的苦衷。那样的惊天大案，而且案犯还说往点心里投了毒，就算我们判断那是谎言，可万一是真的可了不得。威胁到国民安全的信息，我们也只能如实报道。"

随着对案件的不断报道，大众越来越期待案犯下一步的举动了。

这也是格力高-森永案被称为最早的"剧场型犯罪"的缘由。

是否存在"暗中交易"？

可能略微有些跑题，我们为什么如此确信嫌犯一定到过大同门的交易现场呢？那是因为就在"大同门事件"的不久之前，有一个警方都不知道的与嫌犯交易的现场。

确切地说，作为嫌犯"试探"的一环，已有一次警方不在场的现金交付。

那次案件始于五月二十日。

位于大阪市东区的江崎格力高的客户——香料制造公司长冈香料，收到了嫌犯的恐吓信。

> 致　原田
> 把这个　交给　格力高社长　或董事
> 警察会　监听　别打电话
> 邮局也在　警方的　监控下　不行　你自己带去
> 按我们　说的做　跟格力高　亲亲热热地　见个面
> 否则格力高　一定会垮台

你们那里　我们也放了　100 桶　炸药　耍滑头的话　就
等着上天吧

怪人 21 面相

信封里面，还另有写给江崎社长的一封信。
这封信的风格跟众所周知的挑战书相去甚远，言辞辛辣。

致　格力高的傻瓜们
你们还是　生意人吗　生意人可　不会那么做
乖乖听　警察的话　有什么　好果子吃吗
要是乖乖　听我们的　6000 万不就　解决了
再过　一年半　格力高就　等着垮台
我们不是说过吗　要是敢搞花样的话　就把你搞垮　氰化
钠　我们有的是
下次　情人节　之前　我们会备好　氰化钾
去年　夏季低温　光是冰激凌　你们就亏了 40 亿
今年　加上氰化物　会亏 100 亿以上吧
200 亿的存款　光人工费　也花得差不多了
我们不是说了嘛　一定守约　和警察共事　就会把你们
搞垮
话虽如此　我们也想过　饶过你们也行
乖乖交罚金的话　就不欺负你们了　相反　还会给你们
做广告
帮你们热卖　我们的广告　可好使了
罚金　2 亿 4000 万　广告费　只要 6000 万
每 2000 万　一捆　用绳扎好　装在　2 个白色袋子里
一个 1 亿 6000 万　另一个 1 亿 4000 万　跟司机　什么也

别说

我们　可比警察　厉害多了　绝对　不会被抓住

就算有一个被抓住了　也不会说的　要是我们有一个被抓

住了

格力高的人也好　工厂也罢　都保不住

交钱的　暗号是　5 月 22 日和 23 日　从总公司中央研究

所南面的

国铁线路　就能看到的　围栏内侧　四辆红车和一辆白车

按照红红红白红的　顺序摆好

现金交付后　18 管氰化物　就延期投放

通过　长冈香料　联系

怪人 21 面相

长冈香料和江崎格力高有业务往来，这件事当时并非广为人知。三天前，江崎社长亲自去了当时被绑架并监禁的防汛仓库，配合警察进行现场调查取证。他回到公司后，案发之后首次召集公司全体员工，宣布"要一起克服困难"。江崎格力高公司内部，为解决此案也开始加快了动作。而嫌犯恰在此时趁势哄抬价码，江崎格力高恐怕有些感到恐惧了。

这之后过了五天，长冈香料又一次收到恐吓信。信封表面标有"加急"字样，是一封写给江崎社长的恐吓信。

致　胜久

26 日星期六　晚上 7 点 45 分　我们会打电话到　道修町

的　长冈香料

203 - 34●●　注意是打到　长冈香料　让格力高的　总务

科长接电话

到时　会告诉你们　放信的地方

准备好红车　等找到信　再回到长冈香料　给茨木市中穗积的

乐天利茨木店　打电话　0726‑26‑02●●

交付现金的人　坐白色的　卡罗拉　带好钱　在停车场等

司机　到店里　接电话　××不可以当司机　会做好记号

司机和　交付现金的人　要从社长室和　总务部　45 岁以上的人中选

两个人都穿上　白色夹克　司机要选个　熟悉北摄地理的

事先准备好　北摄地图　电话时间太长　或者看到信没有马上行动

则交易取消

怪人 21 面相

（××是一个人名）

五月二十六日。

格力高的公司员工独自奔赴嫌犯指定的勒索金交付地点——茨木的快餐厅。可是，他并没有接到嫌犯打来餐厅的电话，勒索金交付自然也流产了。

关于那一天的真相，在这次的采访中没能找到答案。

大体上有两种说法。其一是，警方接连失败，江崎格力高已经无法信任警方，加上嫌犯的行动对企业的打击不小，所以江崎格力高选择和嫌犯私下交易。另一种说法则坚称，为引嫌犯出动，格力高特意不让警方参与，而只由自己的员工出面。

当然，真正的答案只有江崎格力高的负责人清楚，但格力高方面没有答应接受采访。以前先生为首的其他搜查员对这件事则含糊其辞。

唯一能确定的就是，当天茨木的快餐厅里的确没有警察。

如果嫌犯事先踩过点，也许当时就已判断出这次的交易并没有警方参与。

五月三十日。嫌犯紧接着又寄来了新的恐吓信。

致　胜久
6月2日　星期六　交易重启
我们无论何时　都是自由的
警察不靠谱这件事
这回你们　总算明白了吧
只告诉你们哦
打字机　是偷来的
警察　净干蠢事

怪人21面相

周六之前　我们会跟长冈香料联系

当时，媒体还没怎么察觉，茨木的事情丝毫没有见诸报端。

也就是说，嫌犯通过茨木的"试探"，确定了对这次勒索金交付，警察完全不知情。

特警组由此判断，嫌犯一定会去现场。

事实上，第二天即五月三十一日寄到长冈香料的恐吓信里，嫌犯对勒索金交付事宜做出了非常详细的指示。

致　胜久
跟之前一样　准备3亿日元现金

6月2日晚上8点30分　在摄津市鸟饲中1　的大同门烤肉店

来两个穿白夹克和　白裤子的　45岁以上的员工

用白色卡罗拉　装好钱　等着　一个人在店里等

另一个人　负责交付　车和现金

店里的那个　名字写上　东食的中村　由×郎　8点前进店

我们会跟　长冈香料　道修町联络

8点30分　打电话　就说是　长冈香料的江崎

我们会告诉你　信在哪里

无论江崎还是中村　都必须乖乖听话

按我们说的做　就会一切顺利

中村　尽量坐在　窗户边

大同门的　电话是　0726 54 30●●

怪人21面相

希望咱们从此两清　再无瓜葛

"希望咱们从此两清，再无瓜葛。"嫌犯的气焰之嚣张令人不寒而栗。

这天离大同门调查只有短短两天了。

特警组倾尽全力、紧张准备。为了应对这次不同寻常的案件，警方也采取了前所未有的大胆的办案手法。

对媒体"说谎"

首先，是如何应对媒体。

万一大同门调查被媒体察觉到并加以报道，那案犯又会反复"试探"，不会出现在现场了。

为了迷惑媒体，搜查员甚至撒了谎。

在那之前，一般来说，媒体和警方之间是不能有谎言的，因为这样做会出现不实报道。警方宁可反复重复"不清楚""不知道"也不会说谎。这一规则的底线却被打破了。

在案件的例行记者会上成为媒体众矢之的的，是时任刑事部部长的铃木邦芳。他接受了我们的采访。

我们打电话预约采访时，铃木先生一口应承了下来，理由如下：

"其实以前从来没有像那样对媒体说过谎。可是这次警局内部一直坚持，不屏蔽媒体的话就没法把案犯逮捕归案，所以只好出此下策。大同门那次是最有可能抓捕案犯的机会了，因此绝对不能被媒体察觉。说谎是自然而然的选择，我自己可以说是毫不犹豫。

"只是事到如今再回想，这个选择是好是坏？我也很难说清。我们的谎言肯定给媒体造成了困扰。所以，虽然不算赎罪，但当时没能说的情况，我现在想要说出来了。"

这次的采访当中，只要联系当年的搜查员，总是一上来就被拒绝，所以听到铃木先生的回答，我们紧绷的弦一下子松开了。

铃木先生现在在东京的警备公司工作。在好几次电话采访后，我们终于能见到本尊了，那是在取材工作开始的第二年，即二○一一年一月的一个星期日。跟铃木先生约定的会合地点，是位于千叶县他家附近的车站。可能是靠近东京迪士尼乐园的缘故，到处都是年轻人。铃木先生出现在车站的检票口附近。

铃木先生个头不大，看起来就是一名随处可见的上了点年纪的男性，一点也瞧不出他从前是刑警。这半年来见到的搜查员，大多有一种说不出的警察气场，可在铃木先生身上就看不到。他给人一种非常平易近人的感觉。

"哎呀，当时实在是太不好意思了！抱歉抱歉！"似乎是在对当时的记者说话一样，他先为说谎道起歉来。

我们都习惯了在采访当中自己总是道歉的那一方，接受别人道歉还是第一次，更何况还是刚一见面就如此。

我们来到咖啡店开始采访，询问关于"大同门事件"的谎言，也就是铃木先生道歉的原因。

"格力高-森永案那会儿，几乎所有报社的记者都聚在搜查一科前面的房间里，虎视眈眈。搜查一科的房间里但凡有一点点可疑的动向，搜查员们身后就跟满了记者。秘密行动之类的，几乎没有可能。

"所以说，大同门调查如果也这样处理的话，办案信息泄露只是早晚的问题。当时为了保密，就连警方内部也做了周密部署。尽管如此，为什么还会走漏风声呢？因为有记者比我们更了解调查情报。这样说可能会惹某些人不高兴，但的确有搜查员在调查不顺利的时候就会向记者发牢骚，这也是人之常情吧。

"因此，大同门那时候就把调查人员控制在了最小的范围内，其他搜查员对此次调查一无所知。要是记者问四方总部长和我们这些干部：'还没什么动静吗？'我们就打马虎眼说：'没有啊。最近太累了，这周要歇歇。'糊弄过去。"

这件事在当时的记者笔记中被如实记录了下来。

例如，五月二十日记录的特警组组长发言如下：

　　　　只要有一家（报社）写了，其他被落下的几家就会拼命写吧。其中不乏一些从警察那里获知的、只有警察才掌握的信息。这样一来，调查就很难推进了。科长也会很不高兴的。所以我再三跟组员们说，就算是值夜班也绝对不能聊天。

　　面对前来值夜班的记者，这名搜查员不但批评了媒体，还让人家吃了闭门羹。可是，自从嫌犯指示五月三十一日在大同门进行交易之后，搜查员在应对记者方面就发生了变化。不得已的"谎言"开始了。

　　笔记也记录了铃木刑事部部长的话：

　　　　犯罪团伙停止了活动，真闹心。也许还会送来装有氰化物的恐吓信吧。兵库县警的刑事部部长也变得情绪不稳定起来。我也特别累，也许周末该安排一下跟妻子一块儿去个观光酒店什么的？

　　两天后就是大同门调查了，这一周没有什么动静，也许能让记者们安心些。

　　此外，还有关于搜查一科科长平野雄幸的笔记。

　　自从案件发生之后，他第一次边喝酒边见了记者。当时他说：

　　　　也是喝闷酒啊。得少喝一点，要是（记者）都蜂拥来家里，就喝不成了。已经六月了，案子也没有进展，也得让搜查员们稍微休息一下。

　　笔记上还记载，平野科长脸都喝红了，靠在柱子上。

　　大同门调查当天，平野科长怕值夜班的记者发现搜查员不回家会觉得可疑，所以还请当班的记者去打保龄球。

　　铃木先生这样补充道："虽然不方便说出名字，但当时上层有指示，可以跟记者虚与委蛇。所以我们就光明正大地跟他们说谎了。可是当时想着在大同门一定能抓住案犯，本来都打算好了，到时候就向记者们道歉，说实在不好意思。那时甚至想着，等把案犯抓捕归案，就能请记者们喝酒，开着玩笑道歉，事情就过去了。那时候，记者跟我们是一边的，像是战友一样。感觉大家都在为了抓捕案犯齐心协力。当然，这酒最后也没喝成，到现在我还深觉遗憾。"

听说我还要采访其他报社的记者，铃木先生郑重地拜托我替他向记者们道歉。

民宅中的绝密"搜查总部"

特警组应对媒体丝毫不敢大意。事关格力高-森永案，特警组不在搜查一科办公，而是租了一栋民宅作为总部，制订作战计划。早上上班的时候要是遇到了记者，那就没办法，只能先到搜查一科去，之后再立即返回民宅中的总部。

另外，因为不清楚调查计划到底是何时何地泄露的，所以关于这栋民宅的一切都禁止外传。即使在搜查一科内部，也只有特警组和一部分搜查员才知道民宅的存在。

在这栋民宅里制订的大同门作战计划到底如何呢？

一位熟悉内情的搜查员终于开口讲述。他就是原大阪府警搜查一科特警组的冈田和磨。在前一章中曾讲过，一位赞同本节目宗旨的干警说服了冈田先生接受采访。

据前先生说，冈田先生是剑道五段，块头也大，是特警组里的行动派。另一方面，其实他也是个理论派，据说他自己不认可的事情，不管是谁、怎么说，他都不会动摇，就算恐怖分子出动也没用。

即便问当时轮流值夜班的前辈记者，他们也都说冈田先生不但口风特别严，而且使人倍感压力，大家甚至都希望自己值夜班时能赶上冈田先生不在的时候。采访冈田警官之难可见一斑。

冈田先生首先强调，这个案子完全是个特例，普通的应对方式根本不起作用。

"要说困惑，肯定是有的。当时一切都是新的，既往的经验都不起作用。所以每一次都是大家群策群力，尽量让事情向好的方向发展。"

接着，就快到大同门调查的日子了。

案发后的将近三个月时间里，嫌犯屡次送来挑战书，都以"致笨蛋警察们"开头，不把警方放在眼里。

虽然冈田先生对茨木发生的事含糊其辞，但如果江崎格力高不信任警察，自行在茨木的快餐厅里与嫌犯完成交易的话，这个案子可能已经结束了。

对于警方来说，大同门调查是绝对不允许失败的绝佳机会。

大同门调查从迄今为止的失败中总结出嫌犯的惯用伎俩，断然采取了不同以往的办案手法。

"按常理来思考，嫌犯会把电话打到大同门，指示交接人到某个地方去，然后在指定地点放下指令书，让交接人接着折腾个两三回。在此过程中，嫌犯就可以检查是否有警察的踪迹。可供检查的地点有好几处，一旦确认安全，嫌犯在最终地点怎样交付现金呢？这就是我们考虑的问题。"

所以冈田先生想到的是，在嫌犯指定的车辆上动手脚。具体来说，就是搜查员可以通过开关，将该车辆紧急制动。

这可是按过去的经验绝对无法想象的办案手法。

"只要嫌犯上了车，就必须把他捉拿归案。所以，要是嫌犯上了车就拼命开，给他跑了可不好办。我们于是就做了手脚，加了一个可以将车辆制动的开关。这项工作难度可挺大。刹车是通过发动机排出的气体来起作用的，所以只要通过开关关停发动机，刹车也就失效了。

"要是上了高速、车速加快，那时候这样做很可能引起重大事故。因此在多远的距离、跑出的公里数为多少时比较安全，我们就连这一点也考虑在内，才安装了紧急制动装置。"

冈田先生托了开汽车厂的熟人，迅速对车进行了改装。虽然他笑着说"就像007电影一样"，但这其中其实饱含着警察们的殷切之心。

特警组格外谨慎小心。

改装车的后备厢里藏了一名搜查员。当然，事先已经把后备厢改造成能从内部打开的构造。无论嫌犯是弃车逃走还是驾车逃之夭夭，后备厢里的搜查员都是最后的"大招"，能够确保抓获嫌犯。

特警组准备了两辆嫌犯指定的白色卡罗拉（A车和B车），车牌一模一样。

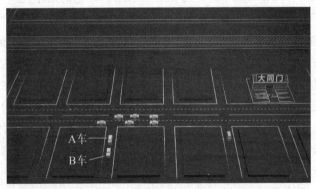

大同门作战的示意图。原本应将A车引入辅路，迫使其停下，实际情况却出乎意料

按照计划，嫌犯中的一人驾驶A车离开片刻后，开车和骑摩托的特警组组员跟上去尾随其后，把A车引入车流较少的辅路。此时，后备厢里的搜查员按动开关，把车制动。

与此同时，在辅路上待命的同款 B 车启动出发。当然，驾驶 B 车的是一名搜查员。之所以要把嫌犯的车引入辅路，是为了确保嫌犯的同伙无论从何处监视，也无法发觉车辆已被调换。

　　这期间，搜查员进入引擎熄火的 A 车，向嫌犯问出犯罪团伙的藏身地或会合地点，一旦获知犯罪团伙的方位，就用无线电通知驾驶 B 车的搜查员。B 车便可赶往会合地点，只要一到，立刻将嫌犯一网打尽。

　　考虑到嫌犯的车有可能摆脱追踪，特警组还准备了摩托队在附近待命。如此等等。总之，在极短的时间内，特警组针对能够想到的一切情况，考虑了应对措施，做了万全的部署与安排。

　　"女警骑摩托值勤，还有男警骑摩托值勤，都是从此案开始的。哪怕只是一点点，也想尽早到达现场，所以才这样安排部署的。灵活的先遣队的出现，我觉得也是'大同门事件'的产物。"

　　前先生还说，他本来对这一天的搜捕抱有绝对的信心。

　　"当时我觉得，无论能否成功诱敌深入，我们已经制造出能在嫌犯无法察觉的情况下将其抓捕的局面，因此嫌犯一定会上钩，他们会来的。

　　"那天嫌犯可能先去大同门踩过点了，但实际情况我们也并不清楚。他们可能要真的看到白色的卡罗拉，并且确认没有疑似警察的家伙才会采取行动吧——虽然这些不向嫌犯求证也无从得知。我们创造出了那样的环境。当时想着要是有疑似警察的家伙在大同门附近转悠，嫌犯可能就不会现身，不过大同门附近完全没有这种情况。所以那时候就想着，这个方案一定能成的。毕竟采取的可是当时最先进的办案手法了。"

　　然而……

　　嫌犯的手法完全颠覆了特警组的预想，简直是将搜查员玩弄于股掌之间。

假扮成一家人出动

六月二日，大同门调查当天。

嫌犯们可能会踩点，若让他们察觉到警察在行动就不好了，前先生便提出了一个方案。

在此之前，都是由一男一女两名刑警身穿便衣、开普通轿车，假扮成情侣前往与嫌犯进行交易的现场的。但这次是在星期六晚上，地点是一家餐厅。前先生便提议，应该假扮成一家人出动。

于是，提出汽车改装方案的冈田先生在副驾驶和后座上载了三个孩子。

此外，还有几名搜查员带着家属来到现场。特警组的每个人都做好了在这一天了结此案的心理准备。

晚上七点五十七分，装载了整整三亿日元的白色卡罗拉到达大同门的停车场。车内坐着两名假扮成格力高公司职员的特警组搜查员，另有一名搜查员藏在后备厢里，掌握着能让汽车熄火的开关。

当天，有三十多名搜查员来到了现场。

大同门前有一条国道，大家分头躲在通往这条国道的不同岔路上，各自在车里待命。

有一名搜查员，始终冷静地关注着整个调查过程。

他就是特警组的松田大海。

如今，松田先生已回到老家宫崎县，一边做着行政秘书的工作，一边和妻子一起做农活。

第一次拜访松田先生是在二〇一〇年的十月。

我跟他在宫崎县和鹿儿岛县之间一个城市的小站碰头。我正在车站上等着，一个个子不高的男人在夹道上朝我小跑过来。他看起来就是一名性格温和的中年男子，完全看不出做过刑警的样子。这是松田先生给我的第一印象。

他带我来到他家。一走进松田先生的房间，一件意想不到的东西出现在了我的眼前。

那是一块曾经挂在格力高-森永案搜查总部的牌子。

木板上用墨水写着"警察厅指定第一一四号案指挥总部"，就放在一开门便能看见的显眼处。

"这样我每天都能看到了，因为一进房间就会映入眼帘。唉，也算是对自己的鞭策吧。虽说案子破不了就毫无意义……如果案子破了的话，可能我就不会把这块牌子拿回来了吧。"

说着，松田先生的表情严肃了起来，之前那种温和的感觉为之一变。他露出了刑警才有的表情，陷入了沉默。再度开口时，他说起对这个案子的后悔和遗憾之情，比我们采访到的任何一名搜查员都要多得多。

"这个案子啊，到我死恐怕都破不了。"

第一次见面的这一天，他对案件的详情只字未提，却讲起了他至今仍会做的梦，令我印象深刻。

"梦里，那个狐狸眼男就在我眼前。可我一想抓他，他就逃跑。所以我就一直追着他。可是，追来追去怎么也靠近不了他，就是抓不住啊。嫌犯的影子从我手心里溜了出去，我就醒了。"

格力高-森永案悬而未决，是松田先生心中长久的遗憾。

我很想向他询问案件的情况，便经常拜访他家，并一直对他说，为了挖掘未解决案件所带来的影响，他的发声是不可或缺的。

过了将近三个月，松田先生终于接受了采访。

"或许现在的刑警们也能吸取一些教训。案子没能解决，这本来就应该视作刑警的失职。国民也难以接受。所以，至少要说点什么才行。道听途说的事我是不会说的，我只说我自己亲眼所见的事。"

松田先生的证言具有颠覆以往所有采访的冲击力。如果说之前的采访信息是散乱的点，现在它们终于串成了一条线。

在案发现场附近讲述案情的原大阪府警搜查一科的松田大
海先生

大同门之夜

初次见面的那天，松田先生坚称自己对大同门调查记不清了，实际上他记得一清二楚，这次事无巨细地说了出来。

当天，松田先生和特警组组长一起乘坐了指挥调查的 L2 号车。

大阪府警的搜查总部是"指挥 1 号"（即 Leader 1，通称 L1）。

一边与 L1 频繁通过无线电交换现场状况信息，一边在现场负责指挥的是"指挥 2 号"（即 Leader 2，通称 L2）。

在 L2 号车内，松田先生摊开现场地图，掌握每位搜查员所在的位置后，把棋子移动到地图的相应位置上。

松田先生的任务是迅速掌握通过无线电传来的现场状况，移动棋子，将 L1 的指示传达给现场。这份职责让他比任何人都更加准确地了解整体情况。

晚上七时五十七分。搜查员各就各位后，无线电刺耳的声音便响起了。

"○○队呼叫 L2。有穿红色衣服的可疑男子通过。"等等信息此起彼伏，现场只要有一丁点风吹草动，无论多么细微的事情都会通过无线电进行汇报。此外，在大同门前待命的车上人员还不断念着过往车辆的车牌号。如果嫌犯来踩点了的话，之后就能从车牌号码中推断出来。

不用说，在此期间，L1 也一直在通过无线电发出指示："△△队，在×丁目的十字路口待命。"诸如此类。所以要掌握无线电信息的全部内容是极其困难的任务。

晚上八时二十分。L1 发布指令："通话管制！"话音一落，所有无线联络都被禁止了。

只有在大同门门口待命的车辆通过无线电汇报情况，所有人都在侧耳倾听。为了等待与嫌犯接触，警方全神贯注地盯着停在停车场的卡罗拉。

晚上八时四十五分，有了新的进展。

据报告说，一名年轻男子小跑着进入店内。

"有一名男性顾客进入店内。"

"男顾客正在靠近目标警察。"

"目标警察"是警方用语，指负责运送现金的搜查员。

店内有一名伪装成格力高职员的目标警察。他的衣服里装有小型无线电通讯设备。那名男顾客激动的声音通过无线电响彻了全车。

"快把车钥匙和东西给我！我的同伴要被杀了！"

于是，目标警察把藏在拳头里的另一台小型无线电凑到嘴边，汇报说："我要交钥匙了。"

负责实况转播的车上立刻传出了无线电信息。

"目标警察已把钥匙交给了那个男人。"

"男人到了停车场。"

"已上车。"

"车子右转，朝寝屋川方向驶去。"

这些消息全车人都听到了。

紧接着，L2 发出了无线指令。

"○○队负责第一追踪，第二追踪是△△队。"

松田先生冷静地把精神集中在无线电联络上。此时，他也认定上车的男乘客一定是犯罪团伙的一员。

"那名男子上车了，让我非常紧张。他上了指定的车，所以现场的人都觉得'这个人就是案犯吧'。我当时也是这么想的。"

无线电里，不断传来负责追踪的车辆所作的汇报：经过了哪个胡同，在哪个红绿灯处停下了，等等。

松田先生一边听着无线电信息，一边移动着地图上的棋子。

这时，与松田先生同乘一辆车的组长按照作战计划，正在计算把车开进辅路的时机。

在发出把车开进辅路的指令的同时，无线电里传来了负责追踪的车辆的汇报："车停了！"

"什么？这也太早了！"组长不禁叫了起来。

汽车因为熄火而停了下来。可是，这比进入计划好的路段提前了一点。

实际上，是那时在后备厢里控制开关的搜查员出了差错。

原来是无线电通讯中断了。

这次采访中，有不少人都把当天调查的失败归咎于后备厢里搜查员的失误。

但松田先生说这不能怪他。

"无线电就是经常会这样。即便一开始都好好的，到了正式出任务的时候就是会有不好使的时候，迄今为止已经有好几次了。

"那个时候，用来获知情况的无线电出了故障，他也不知道自己走到哪里了吧，所以肯定会感到不安。设身处地想一想，要是我也会和他一样吧。接收不到任何信息，肯定会紧张的。虽说有其他警员的车跟着，交给他们就行了，可这种情况，车跟没跟上来也不清楚，只好由他本人做出判断了。"

当天，本应该完美的作战计划从这里开始状况频出。

首先，第一追踪车里的两名警员上了停在路中央的卡罗拉。

"警察！你是什么人？"

"不是我！我的同伴要被杀了！"

该男子头部流血，脸上有被殴打的痕迹。

但是，既然坐上了嫌犯指定的车，就不可能和嫌犯毫无关联，于是搜查员继续盘查："撒谎！"

"我的同伴要被杀了！我必须得去大坝啊。求求你，快点让我走吧！"

双方都很激动，完全不得要领，后来警察们才大致听明白了：该男子在自己的车里遭到袭击，和他在一起的一名女性被人带走了。

"那你说说自己的车牌号。你自己的车你总该知道吧！"

"不知道。"

"你怎么能不知道？"

这就导致花费了更多的时间。

在 L2 号车里的松田先生通过搜查员配置的无线电听到了这一切。

"那个男的说自己在车上遇袭，我们当然会问那辆车的车型和车牌号啊。但他竟然想不起自己的车牌号，真是让人搞不懂，这就太可疑了吧，怎么能不知道自己车牌号呢？只要他记得车牌号，就能部署行动了，或者只要知道这辆车是谁的，确定是他本人的车，也能证明他没在说谎。总之，要是他清楚地答上来了的话，案件进展可能会大不相同。"

后来才知道，这名男子是在三天前刚买了那辆二手车，所以不记得车牌号。

事实上，那名男子遭到了犯罪团伙的袭击，他只是和嫌犯毫无关联的路人。

袭击发生在晚上八时十五分左右。

袭击地点是寝屋川市木屋元町淀川堤坝旁的道路上，距离大同门只有三公里。淀川沿岸可以看到夕阳，是约会胜地。男子和女友正在车里听广播的时候，突然从车窗的缝隙间伸进来一样似乎是枪的东西，抵住了男子的脑袋。

这名男子曾是自卫队队员，对自己的力气很有自信，但他刚从车里出来，就被三个蒙面人殴打了脸和头部，完全是被摁着打。事情就发生在转瞬之间。

后来警方公布的三名嫌犯的特征分别如下：

① 三十岁左右。身高一米六八上下。头戴黑色毛线帽，黑布遮面，手里拿着疑似猎枪的管状物。

② 二十五岁左右。身材偏瘦。蒙面，持水果刀。

③ 二十五岁到三十岁之间。声音低沉。

遇袭男子被架回车里，其中一名嫌犯用黑色袋子罩住了副驾驶座上的女性，用刀逼着她，说道：

"不想丢掉性命的话，就照我说的做！"

然后，女子被带到了外面，坐上了停在后方的另一辆车。之后，蒙面的犯罪团伙成员之一坐上驾驶座，车子绝尘而去。

余下的两名嫌犯坐在男子的车后座上，命令道："照我说的，开车！"男子照指令驾驶，在大同门附近被赶下了车。

他接到的指示是：进入店内，从一个叫中村的男人那里拿到钥匙，然后开走停车场里的卡罗拉，沿着同样的路线返回堤坝。

男子一心想救自己的女朋友，便按照嫌犯说的，开着卡罗拉驶向了堤坝，可是，车子突然停了下来，接着就被便衣警察团团围住了。这种情况下，他不可能冷静地做出解释。当然，关于车牌号，他也无法说出令人信服的解释。

警察不清楚其中的原委，车熄火后，双方围绕着车牌号的问题争执了好一阵子。

松田先生通过无线电听到了对话。渐渐地，他开始察觉到有些不对劲。

"无线电里不断传来'你叫什么名字''为什么来这里'之类的话。因为是在无线电里，所以有杂音，听不太清楚。我使劲儿听着，发觉不对。就像他本人所说，他身上有被殴打的痕迹，脸上也有伤痕。说不定真的就像男子说的那样，约会时女朋友被抓了，或者变成人质了。"

过去，人们普遍认为，这种由第三者充当中间人的情况完全出乎调查人员的预料。但事实上，松田先生说，准备了同样型号的 B 车就是考虑到可能会有第三者出现。也就是说，尽管预料到会出现中间人（警方用语为"联络员"），但无线电设备状态不佳，导致警方无法随机应变。

"虽然设想过这种情况，但是辨识这个第三者到底是'联络员'还是案犯花了很多时间。换了是别的事情，也许说一句'不走运'也就罢了，可是对于搞调查的我们来说，真是遗憾至极。简直悔到肠子都青了。"

还有更遗憾的事。

确认该男子不是案犯之后，现场的调查人员便想问出他和犯罪团伙在堤坝的什么地方碰头。

答案是淀川对岸。

这可是完全没有预想过的地方。

为了当天的调查，特警组不仅改装车辆、制定行动方案，还针对嫌犯的活动范围预想了多种情况，反复进行训练。可是，特警组所设想的活动范围只限于大同门所在的摄津市一带，即淀川的这一侧，对岸的寝屋川市等地区是他们未曾想过的。

特警组的艰苦训练

稍稍跑个题。特警组的训练到底是怎么回事呢？

提出汽车改装方案的冈田先生解释了训练的内容。

"就是训练搜查员们即使手里没有地图，也能顺利到达现场。比如将搜查员分成 A、B 两队，两队人马在没有照明设备的情况下，在一片漆黑的山中分别从北侧和南侧发起进攻，双方在某处碰头，先暴露的一方被视为出局，就是这样类似夺取阵地的练习。在完全没有地图、没有道路的地方，该如何到达目的地呢？那就只能像动物般凭直觉去做了。这种训练经常进行到深夜。

"我们提出了各种各样的方案。特警组在调查工作中，有一队人马负责预先到现场查看有没有可疑人物，他们就是先遣队。打个比方，如果现场有树，他们就会伪装成树干一样。

"我们还做过在大阪城的那个公园里快速爬行的训练。穿一身黑色劲装，偶尔还在脸上涂上鞋油什么的，总之一身漆黑，站立行走时，远远看去还能发现是个人，可如果加上手，用四肢快速爬行的话，看起来就像是狗之类的动物，尤其是在晚上。

"当然，要想从高速公路上下来，就得让游击队员之类的人借助绳索下去，所以我们经常在大阪城的石墙上爬上爬下，进行训练。说起来我们的训练简直像极限运动一样。"

训练方式是由三四名搜查员扮演案犯，制订犯罪计划，然后由特警组的成员负责应对。当然，此时负责应对的特警组组员对犯罪计划毫不知情——有时甚至连要训练的事都没告诉他们，经常像实战一样。因为还实际使用无线电等设备，所以一些其他科室的刑警不知道是在训练，常常误以为真的发生了案件。其实，有媒体将训练当成是警方和犯罪团伙之间有了什么新动向，甚至写了这样的报道。

大同门的调查方案确定后，特警组就锁定了以摄津市为中心的淀川西岸，将其作为主要目标。然而，案犯当天等待取钱的地点却恰恰是淀川东岸。

冈田先生认为大同门以北茨木市内的流通中心是一个很适合交付现金的地方，大同门调查当天，他一直埋伏在那里。在听到无线电里传来的搜查员与男子的对话后，他立刻赶往堤坝附近的案发现场。

犯罪团伙蛰伏的那条沿堤坝的路，如此想来确实是个绝妙的地点，冈田先生为自己没能预想到这一地点而懊恼不已。

"以前我也坐巡逻车上去过，那个堤坝本身就是约会胜地，时常有案件发生。后来一想，那个位置确实非常好啊，要是在那里事先做安排就好了。寝屋川啊，就隔着淀川，在正对面呀，我们的行动本身可能在几个步骤上就有拖延。案犯还是出其不意吧，我们的假设、预测，都有差错。"

在 L2 号车上收听无线电的松田先生，在听到嫌犯等待的地点后也不禁愕然。

那就在松田自己住的公寓附近。虽然反复训练了那么多次，却漏掉了眼皮底下平时散步的地方。

"我当时立刻想到，'啊，那是我家附近'。尽管我原本便知道'大同门事件'的现场就在自家附近……所以说，总之，越早摸清那个人到底是不是'联络员'，就越能随机应变。

"毕竟已经是过去的事了，说什么都是事后诸葛亮。但讲白了，我们的行动全都朝着对嫌犯有利的方向发展，甚至用力过猛了。"

特警组到达堤坝边的那条路时，已是晚上九点多了。警方在早已空无一人的路上等待跟嫌犯接头，可是，嫌犯并没有出现。

晚上十一点，当天的调查宣告结束。

尽管特警组做了前所未有的精心准备，但还是被反将一军，让嫌犯逃之夭夭了。由于无线电的故障，无法随机应变地应对"动态案件"。在格力高-森永案的系列犯罪中，这是为数不多的嫌犯确实来到了现场附近的一次，因而搜查员们后悔至今。

和嫌犯的车擦肩而过

其实还有一个人，对大同门调查懊悔不已，抱着复杂的感情。

那就是前和博先生。

初次采访的时候，就大同门调查，前先生曾说"嫌犯当时应该也特别紧张"。这次他说出了原因。

实际上，听说负责接应的男子和犯罪团伙的接头地点在淀川的堤坝边上后，前先生是最早赶到现场的。

当天，前先生一直在可以看到大同门的位置观察着情况。

当那名男子乘坐的白色卡罗拉停下时，前先生认为他一定是犯罪分子的同伙，所以不由自主地通过无线电大喊："确保嫌疑人！"

得知男子不是案犯后，前先生火速赶往现场。

现场还在继续对嫌疑男子进行审问，他没有停车，穿过淀川桥前往寝屋川方向。桥上正堵车，前先生只能心急如焚地往前赶。

过了桥，左转驶向堤坝边上的道路。开上平缓的坡道时，他发现右手边有一可疑车辆。

"当时一片漆黑，那一块都看不太清楚。那辆车好像调头了，它停在一般情况下别人看不见的地方，可我就是看见了。大概是觉得嫌犯就在附近吧，所以我下意识地特别注意这些。"

更蹊跷的是，前先生朝堤坝前进时，刚才看到的那辆可疑的车突然从后方飞速超车。那条路是单行道，那辆车是闯到对面车道后超车的。路很窄，驾驶稍有失误就会引发事故。

"现金交付的指定地点就在附近。那车是向着我要去的方向开的，不知道为什么就开始加速逃跑，我当时觉得嫌犯一定就在眼前，那辆车实在可疑，便开始跟踪那辆车。"

前先生立刻尾随那辆车。

但是，当他开到与国道相接的十字路口时，不得不踩了急刹车。

国道是单向三车道的大型公路。嫌犯以几秒之差卡进了绿灯时间，通过了那里。而其后追上来的前先生，在无法通过国道的情况下，在稍微闯进国道的位置停下了车。

"一号线的辅路是绝对不能闯红灯的。如果能闯红灯过去的话，我肯定就过去了。可那条路不行。嫌犯也是勉强在绿灯时间里开过去的。要是能早几秒变成红灯，那些家伙大概也过不去。那样的话，恐怕他们就只能弃车逃跑或者就地开战了。"

这正是前先生所说的"嫌犯当时应该也特别紧张"的缘由。

尽管警方花了很长时间才发现所谓嫌疑男子只是"联络员"，而且打听出堤坝边上的接头地点也颇费了一些时间，但为了拿到钱，嫌犯一直等到了最后一刻。

然后，警察将嫌犯逼迫到差点闯红灯的地步。

"让我感受最深的就是那些家伙的组织能力和抽身逃跑时的利落劲儿。大多数案犯会注意到刑警来了，不过呢，他们会劝自己说那不是刑警。要说为什么，就是因为他们想拿到钱。只要他们一伸手拿钱就会被抓。这些家伙一旦察觉到危险，就会立刻撤退。而且，超过了一定的时间，他们就会离开现场。我觉得这就是他们和其他案犯不同的地方。

"但是，要说这帮家伙是个有头脑的犯罪团伙，那倒也不是。差点闯红灯就是一个例子，如果稍稍发生一点'意外'，他们就很有可能被抓住。是我没能好好制造出'意外'。在几次案发现场里只要能成功制造一个'意外'，我想案犯就会落网。"

慎重起见，警方在案件发生后，将嫌疑男子带到寝屋川警察局做了调查。之后，再次明确了该男子与案犯无关。

当然，和他在一起的女性也和案犯毫无关联。被嫌犯绑架后，她被罩上黑色布袋放倒在后座上。晚上九点半左右，她在距离被绑架地点约两公里的京阪电车光善寺站前被解救。

"让嫌犯走了运"

大同门调查次日。

充当"联络员"的男子的汽车被找到了。车被遗弃在距离前先生没赶上绿灯的地点不足三百米的鞆吕岐神社的参道上。

在场的搜查员回警察局做笔录的时候，前先生悄悄地把他叫出来，忐忑不安地向他确认了车牌号。

车牌号和前先生跟踪的车辆一致。

被遗弃在现场附近的车，正是前警官跟踪的车辆

毫无疑问，与前先生擦肩而过的车里，肯定坐着嫌犯。而且很有可能，嫌犯被前先生逼到绝境后，马上弃车逃走了。

二十多年过去了，时至今日，前先生仍在自责。

"唉，都是我的失误，真是失败呀。我的行为每一步都是失败，我觉得就是因为这样才让嫌犯走了运。如果我不是个外行的刑警，或者有更优秀的刑警在场的话，可能早就抓住嫌犯了。实在是抱歉啊。

"真的，这起案件发生之后，嫌犯一直逍遥法外，我常常觉得现场最严重的失误就是我所导致的。这起案件会这样发展，都是我的错。可能有人会说'你少自以为是'吧，但是对我来讲，就是觉得是我搞砸了许多机会，对此我应该深刻反省。实在对不起。"

距第一次采访已经过去半年了。前先生接受多次采访后，终于答应在摄像机前接受记者采访。他一边讲述案件的细节，一边为案件未能解决反复道歉。

最后，前先生说想向现役的搜查员们说几句：

"对于案件的调查，只有满分和零分之别。即使是误打误撞抓到了案犯，只要能抓到，就是满分。即便你不眠不休、一直埋伏、追踪、调查，但抓不到案犯就是零分。所以这次调查在大家看来，我们得的就是零分。因为没有取得令人满意的结果。花了那么多时间，投入了那么多警力，还是没能抓到案犯，这就是零分。

"不过，我们这些当时的搜查员这次能像这样讲述这起案件失败的内幕并且反思，虽然是零分的结局，其中也孕育着新的希望。果真如此的话，那我也就觉得不算一无所获了。"

正如前先生所说，我衷心希望这次采访不止于单纯地讲述过去的故事，而是能够在今后发挥作用。

警方四分五裂

特警组遭到的打击仍在继续。

新一周的六月四日，在山阴地区①等地发行的《每日新闻》的早报报道了警察在大同门的行动，发布了所谓的"独家新闻"。

头版刊登着"格力高案案犯被捕"的字样。这则独家新闻，是严重的不实报道。虽然《每日新闻》在最终版报道中删除了"被捕"字样，却令警方在大同门与嫌犯进行勒索金交付一事闹得沸沸扬扬。

大同门调查本应绝对保密。其他没有被告知调查情况的搜查员看到这篇报道后只觉得怒火中烧，矛头率先指向了特警组。

当晚值夜班的记者在笔记中也记录了当时的部分情况。

> 我完全不知情。傍晚的会议上也有人质疑到底是怎么泄露的。负责这起案件的，不是只有特警组吗？

搜查员们边喝酒边说，向记者发泄着愤怒。没有参与大同门调查的搜查员感觉自己被排除在外，对特警组的不信任感不断高涨。

更有甚者，有名搜查员已经失去了干劲：

> 明明要建两三层包围圈才够用，光靠那么点人行动实在是没经过大脑。只靠特警组是不可能的，也太小看案犯了吧。暗中行动又失手，然后又信誓旦旦说什么下次肯定抓住他们！这样只会越来越没有干劲！

这次采访中，也有不少搜查员批评了负责大同门调查的特警组。即便是二十七年后的今天，大家仍像对昨天发生的事一样，群情激愤。

---

① 指日本本州岛西南部地区，一般包括鸟取县、岛根县及山口县靠日本海地区，有时也包括兵库县和京都府靠日本海地区。

说实话，这种状态下，我也大致理解了案件未能解决的无奈之处。

与此同时，警方和媒体的关系也遭到了严重的破坏。

大同门调查当天，搜查一科的平野科长还邀请一科的记者负责人去打保龄球。逮捕报道刊登出来的当天，科长也忍不住多次怒斥记者。

"如果没有报道，案犯还会觉得格力高并没有和警方取得联系，他们接受了幕后交易，只是负责交易的公司职员可能碰到什么麻烦了，嫌犯可能还会再尝试一次接头。可现在没一点希望了。下次再有什么动向的话，大家都会暗中行动了。因为要向诸位保密，可比抓到嫌犯难多了！"

在此之前，值夜班的记者对一线搜查员来说也是一个发泄不满的渠道。

因为调查失利挨上司训斥，在无法抓捕嫌犯的压力之下，搜查员会向记者抱怨。记者从这些谈话中，就能捕捉到蛛丝马迹，发现调查行动不为人知的动向，不断收集取材线索。

也就是说，两者之间本可以相互扶持，但自从大同门相关报道刊登后，连抱怨的搜查员都没有了。

警方对媒体说谎的情况也愈演愈烈。

对警察来说最严重的后果，就是失去了江崎格力高的信任。

这一时期，由于案犯对江崎格力高的内部情况了解得太多，内鬼犯罪说渐渐盛行。当案犯暗示投毒的挑战书被报道后，格力高的商品被迫从超市等店铺下架召回，股价也开始暴跌。

但警方的调查却接连失败。据说，一直以来协助调查取证的江崎格力高，也从这个时候开始对搜查员大发脾气。

警察、媒体以及受害企业，三者之间的关系从大同门调查开始，逐渐破裂。

从这个意义上来说，大同门调查也是此案的转折点。

案件也在此后有了新的动向。

案犯有一阵子没什么大动作，但二十多天后的六月二十六日，突然给媒体寄去了宣告停止骚扰江崎格力高的挑战书。

致　全国的粉丝

我们已经　玩腻了

社长已经　向我们　低头　既然这个男人　已经低头

那不如就　放过他吧

我们的一个同伴　家里有个　4岁的孩子　每天都闹着要吃格力高

哭个不停　我们最近　也吃不到格力高了

过去是　经常吃的

让小孩这样哭　我们也于心不忍

所以我们决定　放过江崎格力高　超市也可以　售卖格力高

含有氰化物的　18盒巧克力　都拿回来烧掉了

一盒是5月9日　被我们放在　大荣超市的茨城店

不知为何　一盒在5月18日　从别的店里　被拿回来了

日本也　越来越热了　下次再作案的话　我们要选个好地方

比如欧洲　把有毒的东西　放到苏黎世　伦敦　巴黎　的某处

这次我们把　日本的警察　也折腾得够呛

福尔摩斯先生　也不是我们的对手　读读怪人20面相[1]

---

[1]《怪人二十面相》是日本著名推理小说家江户川乱步的作品，书中塑造了一个擅长易容变装的反派角色——怪盗"怪人二十面相"，他是江户川笔下的名侦探明智小五郎的宿敌。

脑子也许能变聪明吧

警察的　欧洲行

为了抓住　怪人 21 面相　去了　欧洲

旅途上带着　格力高的　百奇

我们也　爱吃的　美味的　格力高

怪人 21 面相

明年 1 月　我们会回来的

　　江崎格力高是否与案犯进行了幕后交易？对于这突如其来的终结宣言，人们有种种猜测。

　　在这种臆测的报道引起社会哗然之时，案犯又在暗地里开始对丸大食品发起新一轮的威胁。

　　此案的第二章开始了。

遇袭情侣的证词

　　根据此前一直缄口不言的搜查员的证词，大同门调查是格力高-森永案的转折点，而且其详细情况也清晰起来了。

　　但是，案犯的目的到底是什么呢？案件未能侦破，真相永远成谜。

　　可以说，掌握嫌犯形象线索的，无疑是江崎格力高的江崎胜久社长。因为他是直接与嫌犯交谈过的人，虽然嫌犯蒙住了脸，但他毕竟是目击到了嫌犯身影的当事人。

　　如果还有一个人的话，那就是在大同门被迫担任勒索金交付"联络员"的那名男子。他曾直接和嫌犯对话，也看到了对方的样子。

在警方排除该男子的嫌疑后，他仍被媒体紧追不舍。原因在于，该男子的工作地点恰是防汛仓库附近的营业所，和格力高也有业务往来。

记者的采访热情过于高涨，甚至到了在男子家附近埋伏的地步，因此警察在六月八日召开记者招待会，对寝屋川袭击案的经过进行了说明。此外，还会专门由该男子召开一次记者招待会。警方要求记者，在这两次招待会后，不得再对该男子进行任何形式的采访。

六月十二日，寝屋川市民会馆的二楼会议室里召开了该男子的记者招待会。

记录招待会情况的资料如今还保存在 NHK 大阪放送局，这是能了解到嫌犯形象的为数不多的线索，因此我想先介绍一下。

虽然没有详细说明，但从他时常带着颤音说话的方式中，可感受到他突然被卷入这起案件的恐惧。

在记者招待会上，该男子被称为 A 男，同行女子被称为 B 女。

——被袭击时的状况如何？

"八点左右，我和 B 女在车里聊天，听着收音机。周围好像还有别的情侣。有人跟我说了一句'我要开枪了'，所以我认为那人拿着枪之类的东西。

"我（被嫌犯殴打）几乎昏迷，所以也不知道 B 女被带出去了。感觉嫌犯像是拿着什么凶器似的东西指着 B 女。"

——之后嫌犯的行动是怎样的呢？

"我觉得应该有两个人坐进了我车里。他们让我开车，命令我沿着那条路往右走，或者让我在下一个红绿灯处转弯。我不记得嫌犯之间有过什么对话。我记得过了大同门之后他们让我下了车，但距离多远我不记得了。"

——嫌犯下达了什么指令？

"进了大同门，左边有个叫中村的男人，他们让我从那个男人那里拿到车钥匙，然后去开车。我想他们的目的地应该是我之前被袭击的地方。他们跟我说的是'把车开到先前的地方'。"

——那之后怎么了？

"出了大同门，沿着来时的路往回开。过了几个红绿灯后遇到红灯，我停下车，灯变绿时我正要出发，一辆车突然插到了前面。我都没反应过来（冲过来的警察）跟我说了什么，因为 B 女正处在危险之中，我感到十分焦灼。都是因为和我见面她才被卷入那样的案件里，我感到非常抱歉，只求她平安无事就好。我满心都只是为她担心。"

——对嫌犯的长相有印象吗？清楚嫌犯的目的吗？

"他们全都蒙着脸。他们威胁我说'你有一点可疑的举动这女孩就没命了'。在车里，他们命令我'不准向后看'，我只能听他们的。我也不知道那帮男人有什么目的，一心为 B 女感到担心，没有思考其他事情的余地了。"

——想控诉犯罪团伙什么呢？

"为什么袭击我们？我怎么也想不通。下次再发生什么事，也许还会有无辜的人被牵连进来。希望他们不要对无辜的人下手。"

必须传述下去

二〇一一年二月。

时隔二十七年，我和在现场指挥车内负责调查的松田大海先生来到了"大同门事件"的案发现场。

如今的建筑和当时有些不同，但松田先生还是一脸严肃，回忆着当时的情景。他偶尔也会面带苦涩，仰天长叹。从他的身影中可以感受到，对于特警组来说，大同门调查是多么令人扼腕。

在淀川堤坝边的路上，将近半小时里，他一直默默地咬着嘴唇。

良久，他终于开口，说了这样一段话，令我难以忘怀：

"警察就是要抓捕案犯的，这就是根本啊。拘捕案犯就是警察的第一使命，从这种意义上来说，正因为此案未能解决，才更应该传述给后世，消灭未解决案件与获得国民信任息息相关。因此，从这种意义上说，我觉得应该一直关注、谈论此案。"

必须传述下去。

这一天，我再次确信，这句话就是未解决案件留下的最大教训。

2. 狐狸眼男现身——丸大食品恐吓案

平山升

（NHK 大阪局记者，生于一九七九年）

因为一直没能从原搜查一科的退休警察那里打探到消息，采访难以推进，令我心力交瘁。二〇一一年二月十六日零点过后，接到一通手机来电，使我倍感疲惫。

给我打电话的是冈田和磨先生。前面的章节中也提到过，他是搜查一科特警组的原搜查员，格力高-森永案的代表性人物"狐狸眼男"的模拟画像就出自他手。

我无论如何都想找他谈谈，去他家拜访过几次，但他好像都不在家。于是我在印有自己手机号码的名片上写了句话，投进了他家信箱。

然而，他在电话里说："我不做警察已经五六年了，以前的事都不记得了，已经开始做现在的工作，不想再谈这个案子的事了。没有什么特别要说的。你们还是去问问其他人吧。"虽然说话语气很有礼貌，但他还是斩钉截铁地拒绝了我。"接下来到底该怎么办呢？"我至今还记得自己那时听了这番话，情绪非常低落。

我参与未解决案件的采访是在二〇一一年一月中旬。自担任大阪府警搜查一科的报道负责人，已有一年零四个月。当时的府警方面记者负责人告诉我："我们决定把你派去采访小组。""居然能采访到那样的历史案件"，还记得自己当时高兴极了。

但是，那种轻松的心情很快就被打消了。自从专职负责这个案子以来，我每天都要给搜查一科的原搜查员们打几十个电话。有的人已经联系不上了，也有很多人的妻子说"丈夫几年前去世了"。

我甚至直接去了那些听说很了解案件情况的人家里。花了好几个小时，去了中国地区①和北陆地区②，那里积雪尚未消融，景象与大阪全然不同，我茫然地想道："既然到了这里，总不能什么也没打听出来就空手而归啊。"

就算是见到了愿意接受采访的人，他们也只会说："关于格力高-森永案的调查，警方哪里做得不好？这样的话题我们不可能和媒体说啊。有句老话说得好，'媒体似敌非敌、似友非友'。的确是这么回事啊。"当时负责深入调查的人都不约而同地选择了沉默不语，不愿透露案件的详情。

虽然距案件发生已经过去了二十七年，但我强烈地感觉到，参与调查的搜查员各自都背负着精神上的重担。

然而，情况发生了变化。对于我们的采访，有位搜查一科的退休刑警态度软了下来，说："稍微说一些也不是不行吧。"

于是我再次尝试联系了冈田先生，他决定来见我。原搜查一科科长铃木先生等人帮我说服了冈田先生，冈田先生理解了我们这次采访的宗旨，说："那种大案并不是谁都有机会经历的，所以有些自己可以传达的教训，我希望能够传达给我的后辈们。"那时已经是二月末了。

我怀着紧张的心情走进了位于大阪市市内的冈田先生家。我曾听搜查一科的现役搜查员说过："冈田先生是个非常严厉的人。"

---

① 指日本本州岛西部地区，行政上包括冈山、广岛、山口、岛根、鸟取五个县。
② 指日本本州岛中部沿日本海的地区，行政上包括福井、石川、富山、新潟四个县。

原大阪府警搜查一科的冈田和磨先生。他绘制了狐狸眼男的模拟画像

一到他家，就有两条狗过来迎接我。其中有一条是血统纯正的黑色甲斐犬，据说是作为猎犬培养的犬种。它对着我"呜呜"地叫了好几声。

"喂，住嘴！"冈田先生呵斥道。果然和传闻中一样，我想道。来到二楼的起居室，房间里装饰着很多油画，有甲斐犬的画和冈田先生的肖像画等。

冈田先生点着了香烟，一副下定决心的表情，对我说："虽然也有不能说的部分，但趁这个机会，就把能说的说出来吧。"

何谓特警组

冈田先生高中毕业后离开了冈山县，被大阪府警录用。经过派出所工作和警车巡逻工作后，于昭和五十一年（一九七六）被分配到了搜查一科。平成十九年（二〇〇七）退休之时，他在搜查一科工作了约十七年，一直在特警组参与调查工作。

冈田先生最初被分配到特警组，是在大阪府警成立特警组不久的时候。昭和三十八年（一九六三）发生了"吉展绑架杀人案"，为了应对绑架和挟持人质等"动态案件"，警视厅搜查一科设立了全国第一个特警组。大阪府警紧随其后，在昭和四十五年（一九七〇）左右设置了特警组。

被问到令他印象深刻的案件时，他首先讲到的是昭和五十四年（一九七九）一月二十六日发生的"三菱银行劫持人质案"。在大阪市住吉区旧三菱银行北畠支行，一名手持猎枪的男子挟持了人质，杀害了四名警察。

冈田先生当时迅速赶到了现场。嫌犯挟持着人质，案件陷入了胶着状态，当时的行动指挥官不断向各个搜查员发出详细的指示，但唯独没有给冈田先生任何指示。

他被告知"你可以随心所欲地行动"。"该做什么呢?"冈田先生思考着。于是，为了确认嫌犯的动向，他决定在店铺的卷帘门上开孔。为了避免发出声音，他一边上油，一边用手转动钻头，钻了两三个孔，从中就可以看到里面的情况了。

"特警组是一个不墨守成规、为了发挥搜查员的能力可以随机应变的组织。"关于特警组，冈田先生这样解释道。

昭和五十七年（一九八二），冈田先生回到搜查一科，负责调查发生在堺市的"大赛璐化学工厂爆炸案"。就在此时，发生了以江崎社长绑架案为开端的格力高-森永案。

丸大食品恐吓案

大阪府警搜查一科特警组初次遭遇"F"即狐狸眼男（F是狐狸的英文FOX的首字母），是在丸大食品恐吓案的勒索金交付现场——国铁的电车里。在案件的后续发展中，追捕F成了大阪府警搜查一科特警组的执念。

昭和五十九年（一九八四）六月二十六日，案犯以"致全国的粉丝"开头，给各家媒体寄去了挑战书。

我们已经　玩腻了

社长已经　向我们　低头　既然这个男人　已经低头

那不如就　放过他吧

（中略）

所以我们决定　放过江崎格力高　超市也可以　售卖格力高

含有氰化物的　18盒巧克力　都拿回来烧掉了

内容暗示犯罪团伙将停止威胁江崎格力高。

但是，另一方面，犯罪团伙将目标换成了丸大食品。

昭和五十九年（一九八四）六月二十二日，犯罪团伙给丸大食品的社长寄去了恐吓信。

你们那儿　因为格力高的案子　挣了不少吧

挣来的那部分　给我们分点

他们要求丸大食品支付五千万日元。

不按我们说的做　你们的下场　将和格力高一样

我们　可比警察　厉害多了　盐酸　氰化物

炸药　步枪　我们都有

注射器　往火腿跟香肠里　这么一扎　氰化物就

注射进去了

嫌犯以此来显示自己的厉害。他们在恐吓信中指示，如果同意交易，就在报纸上刊登招聘兼职员工的广告，并于六月二十八日晚上准备好现金，放在高槻市的董事家中，等待下一步指示。

交款人将从董事住宅出发，特警组对嫌犯可能要求交款人如何行动做了各种设想。

"当时，董事的家是在离高槻很远的大山里，所以，只有带着钱直接从山里出发和从车站出发这两种选择，二选一。从车站出发的对应措施和直接从山里带着钱出发的对应措施，当然，都是以董事的家为中心来考虑的。"

据说他最担心的就是嫌犯要求交款人坐电车。

"如果是让人把钱直接带出山里的话，那警力是可以后续补充的，要多少有多少。但如果是让人从车站出发坐电车的话，搜查员的行动不够迅速就无法应对。"

犯罪团伙要求丸大食品董事充当交款人的角色，把五千万日元装在白色包里，穿白色西装夹克过来。

一名搜查员代替董事担任交款人。搜查员为了和头顶头发稀少的董事外形更相似，就把头顶上的部分头发剃了。据说搜查员们都感叹说"要做到这种地步吗"，为他的敬业精神大为感动。

晚八点零三分，董事家里接到电话。电话那一端放出一段录音，是女性的声音，指示如下："高槻的西武百货商店的三井银行南边，市公交车停车点的观光指示牌的背面。"观光指示牌背面贴着的指令信上写着：

进国铁高槻站
坐 8 点 19 分　开往京都　各站都停的那趟电车
　　　　　　　　　　19 分的要是没坐上　那就坐 35 分的
绿色的　电车
坐倒数第二节　朝京都方向　左边的
有〇记号的　位子　（略）
看见一面　长 1 米的长方形　白色旗子　就把包

从那里　扔出窗外

信封内还有着一张从高槻站出发的三百四十日元的车票。

冈田先生最担心的要求交款人坐电车的指令还是出现了。当时的搜查干警也说：

"在电车里，无线电完全用不了，我就想着：'真倒霉，这可怎么办！'实际上，特警组的搜查员上了电车后也什么都做不了，只是干等着。"

发现观光指示牌背面的指令是在晚上八点十六分。因为赶不上八点十九分的电车，根据指挥官的判断，就坐上了嫌犯指示的八点三十五分开往京都方向的普通电车。

狐狸眼男现身

冈田先生和一名女警一组，伪装成情侣，当天执行先遣队任务。他的任务是第一时间获取嫌犯的指令后展开行动。冈田先生通过无线电听到了嫌犯的指令，便开车前往高槻车站。

"一得知站前的指示牌后面有指令信，我们马上来到高槻站站前，在比较偏僻的地方停了车。我的任务是要赶在交款人前采取行动。当然，既然说了让我坐电车，那就必须得坐，我让同行的女警提前买了差不多时间到京都的车票。"

从嫌犯迄今为止的行动来看，冈田先生以为嫌犯会让交款人开车过去，结果却接到了乘电车的指令，冈田先生慌忙下了高槻车站的楼梯，飞奔进了电车。

贴身护卫组的松田大海先生收到嫌犯的指令，承担起开车把带着现金的搜查员送到指示地点的任务。他和带着现金的搜查员一起上了电车，在近处加强警戒。

"梅雨时节，大多数人还穿着短袖，但送款的搜查员却穿着白色的西装夹克，拎着白色的包。可能在下达指示的嫌犯看来，这应该是在适合的场合下最容易分辨的服装吧。

"连交款人在车厢内的位置都指定好了，我想嫌犯应该是有什么意图。服装那样显眼，嫌犯就是从对面开过的特快电车上也能看到，也就是说，即使嫌犯自己不现身也能看见交款人。我就想那附近是不是会有什么动静。"

拿着现金的搜查员没有听从嫌犯"坐倒数第二节"车厢的指示，而是坐上了第一节车厢。

这是特警组的行动计划："只要坐上离嫌犯指定地点最远的第一节车厢，嫌犯为了寻找交款人，就可能会现身。"

这时，一个形迹可疑的男人出现了。他像是在寻找什么似的在车里走着。

那就是狐狸眼男。

冈田先生为了与拿着现金的搜查员保持距离，坐上了相邻的第二节车厢。

"接到了乘坐后面电车的指示，我们便早早地去站台等着。这时，拿着现金的搜查员来了。但是，因为不能坐同一节车厢，所以我们在后面一节车厢占了座。在这个位置，即使嫌犯来了，发生任何情况，我们都能及时应对。贴身护卫组的同事应该都在同一辆车上，但搜查员不可能都窝在一个地方。"

冈田先生和伪装成情侣的女警一起坐在第二节车厢靠前的座位上。

这时，狐狸眼男出现在他们眼前。

彼此相距只有两米左右。

女警说："我有意中人。"冈田先生回答："是吗？"狐狸眼男就在眼前，所以两人不能用谁都听得懂的方式明着传递信息。他们说的是日常训练中使用的对话模式，无线电另一头的搜查员们一听，就都明白了车厢内存在可疑男子。

观察交款人（白色）的狐狸眼男（F）和搜查员们

"乘客稀稀拉拉的，没人站着。可狐狸眼男却以很大的动作幅度看着前面车厢的交款人。我想着要是有什么事，就把他抓住。但是，又不能把自己的想法表现在脸上，只能一直和边上的女警聊天，一边嘻嘻哈哈地笑着，一边还要想这些。真是不容易啊。"

冈田先生一边思考个不停，一边继续和女警假扮情侣。在到达京都站前的二十分钟里，他一直近距离盯着狐狸眼男。

和拿着现金的搜查员一起坐在第一节车厢的松田先生，也收到了关于狐狸眼男的信息。

"从后面车厢的搜查员那传来无线电信息，说有个可疑的人在往前走，当时我还半信半疑，一边想着是什么样的人，一边听着无线电。

"在第二节车厢的最前面，有个男人一直盯着交款人看，我就想，啊，就是这家伙吧。我时不时趁他不注意的时候看着他。"

男子从第二节车厢隔着玻璃目不转睛地盯着头节车厢里带着现金的搜查员。

调查资料显示，狐狸眼男的特征是年龄在三十五到四十五岁之间，身高在一米七五到一米七八之间，眉毛稀疏，眼睛上翘。他穿着灰色光面西装，戴银框透明眼镜，随身携带一把有花纹的黑色高级雨伞和一张折成四折的报纸。

冈田先生对那个男人的服装印象颇深。

"那件衣服非常显眼。因为是六月，穿西装的人不多。但狐狸眼男却穿着非常显眼的西装。从款式上看，正好是我这个年龄的男人喜欢的款式。所以，我想他应该和我同岁，或者比我稍微大一点。这西服不是在附近的量贩店能买到的，从做工来看，应该是件做工精良的西服，颜色也没怎么见过。

"所以，即使他走到很远的地方我也能马上认出来。从京都站返回时，虽然我和狐狸眼男隔了三节车厢的距离，但还是知道那个男人就在这趟电车里。"

尤其让搜查员印象深刻的是，狐狸眼男"体格壮硕，气质像上班族，但又有点不太寻常"，给人的感觉明显与普通人不同。

收到无线电信息后，一直锁定狐狸眼男的松田先生说：

"他面无表情，眼睛直勾勾地看着交款人。给人感觉就是，说不好是眼神锐利呢，还是有什么其他地方不同，反正令人印象深刻。他从内而外散发出来的那种气场，感觉很不寻常。"

总之，狐狸眼男有一种让人感到他绝非等闲之辈的威压感。

冈田先生也感受到了那种几乎称得上是杀气的氛围。

"他的体格特别像运动员。而且这个男人不单块头大，气场也很强。我那时也年轻力壮，身边是女同事，可能不得不由我来制服他，但我真能和他打得不相上下，最终获胜吗？要是只有我一个人对付他，心里也有点没底。"

特警组的搜查员都感受到了那个不寻常的男子散发出的威慑力。与此同时，狐狸眼男的举动也让所有人都觉得可疑。

"狐狸眼男感觉毫无防备，四处张望。他看起来坐立不安，总之就是沉不住气的样子，还一直重复着任谁都觉得奇怪的动作。"

把戴在左手上的手表换到右手腕上，明明穿着西装，却在裤子右后方的口袋里放了一个对折钱包。他从钱包里拿出一张一千日元的纸币，放进了衬衫口袋。

狐狸眼男不顾搜查员的目光，堂而皇之地重复着可疑的动作。

一名调查人员说："现在有说法认为狐狸眼男只是一个'联络员'（受案犯指示探查现场情况的人）。他在国铁电车里的举动实在太没防备了。可能即使他被抓住了，犯罪团伙也可以像壁虎一样断尾逃走吧。"

冈田先生说："总之，直到京都站为止，他都一直在重复着可疑的动作。可能同一节车厢里有他的同伙，他是在跟同伙发什么信号吧。"之所以这么想，是因为车厢内还有其他可疑的男人。

两个可疑男子

特警组还在电车里发现了另外两个可疑男子。一个是五十岁左右的男人，另一个是摆弄着无线电的男人。

据说，冈田先生在高槻站上车时，那个五十岁左右的男人应该就已经在车里了。他穿着花哨的西装，"我已经不记得他长什么样子了，要说是黑帮吧，也不会是大佬。感觉像个暴发户或包工头。反正一看就不像是正经人"。

他似乎在窥探旁边车厢里带着现金的搜查员，一直不是很安稳。

在冈田先生的印象中，这个男人是在高槻站到京都站之间的神足站（现在的长冈京站）附近下车的，像是交班一样，紧接着上车的是狐狸眼男。不像现在，那个时代还没有手机，交款人明明没有坐犯罪团伙指定的车厢，嫌犯真的能那么顺利地交接吗？他们真的是同伙吗？这些都不得而知。但是出于刑警的直觉，冈田先生觉得他很可疑。

另一个男人三十多岁，清瘦高挑，和冈田先生他们坐同一节车厢，但他的座位不在同一侧，且位于车厢后方。男人一直在摆弄无线电。警方一看到带有天线的大机器就知道那是什么了。

冈田先生说："我想他大概是想调成和警察同频，因为他一直用自动调频功能摆弄着无线电。"

据说，狐狸眼男在车内几乎一直盯着带了现金的搜查员，并没有什么与该男子对视的动作。

但是冈田先生觉得这个男人也很可疑，他担心使用无线电会被窃听，所以就没有用。

冈田先生的上司——另一名搜查员也在盯着这个男人。电车到达京都站的时候，那名搜查员对冈田先生说："有个拿着无线电的可疑男子。"冈田先生用手示意："我知道。话虽如此，但现在正在活动的这个男人更可疑。"

当天在现场的搜查员共有五人。以这个人数来说是无法跟踪两个男人的。作为上司的搜查员决定盯防狐狸眼男，于是所有的搜查员都开始追踪狐狸眼男。用无线电的男子似乎是在京都站下的车，但警方之后并没有盯着他，所以他就这么不知所踪了。

我再三追问冈田先生这两个可疑男子的特征。但是，"狐狸眼男给人的印象太过深刻了，所以对他们两个的印象就模糊了。想不出来他们长什么样子了。估计就算是现在见到这两个人，我也认不出来"。

由此可见，狐狸眼男给冈田先生留下了十分深刻的印象。

追寻狐狸眼男

就像嫌犯所指示的那样，搜查员在山崎站和当时的神足站之间，发现铁路旁有一面白色的旗子，但他并没有将装有现金的包扔出电车。他担心在下面没有搜查员的情况下，如果把包扔出去，只会被抢走现金。

晚上八点五十七分，电车到达京都站。

带着现金的搜查员等车内的乘客全部下车后才下了电车，朝时刻表走去。之后，又过了一会儿，狐狸眼男下了车。然后，他开始跟踪带着现金的搜查员。

和女警一起伪装成情侣的冈田先生也在京都站的站台下了车。

"交款人待在站台不动的一小段时间里，狐狸眼男就在交款人附近走来走去。那时我们也在站台，狐狸眼男可能觉得：'前面的那对情侣是要待在这里吗？'有一次他就带着这样的眼神来我们附近绕了一圈，看我们长什么样。"

冈田先生觉得自己可能被那个男人发现了，于是和狐狸眼男保持了几十米的距离。

带着现金的搜查员从站台走下楼梯，而狐狸眼男则在楼梯周围转了一圈，确认周围是否有人尾随，然后下了楼。

搜查员用小卖部的公用电话，假装给丸大食品打电话，与总部取得了联系。

"接下来该怎么办？"搜查员问道。搜查干警指示说："乘下一班电车回高槻。"狐狸眼男紧靠着墙壁，看着交款人搜查员打电话的样子。

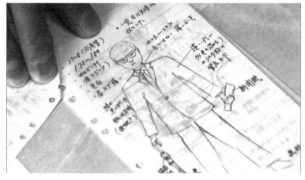

松田先生在笔记里根据自己的印象记录下的狐狸眼男的形象

狐狸眼男一边继续着明显可疑的动作，一边继续追踪着带着现金的搜查员。搜查员先出了检票口，买了到高槻的车票，又回到了车站内，狐狸眼男就从检票口里一直盯着搜查员。然后，他用小卖部的公用电话不知打给了谁。搜查员去了趟厕所，男子也跟着去了厕所。那里是地下通道，有很多支柱，狐狸眼男就在柱子后面一直观察着搜查员的情况。

　　在电车内，松田先生从相邻的车厢看到了狐狸眼男，只觉可疑，男子下了电车后的行为让他更加确信。

　　"太异常了。他的行为就像是古装片或电视剧里演的那样，跟踪别人的时候要紧贴着墙壁，好让对方看不见自己。这和是不是刑警没关系，谁看到都会疑惑这个人在干什么。怎么说呢，感觉像是在搞笑一样。"

　　冈田先生也在几十米开外的地方看着。

　　"带着现金的搜查员出了检票口，在外面买了车票又进来了，这个男人当时真的是一下子就贴在墙上，不时地看着交款人在干什么。交款人干什么，他就跟着配合做什么。像忍者一样贴着墙行动的样子真的很可疑啊。"

　　带着现金的搜查员去了返回高槻站的电车站台，男子也一起上了站台。

　　他还时不时地回头看看身后，像是在确认有没有人尾随一样。狐狸眼男的行动超出一般人的想象，一直监视他行动的松田先生开始感到不安了。

　　"说是异样吧，其实更是有点出乎意料。我觉得是有点不对劲，反正感觉很不安。"

　　站台上，男子继续做出更加可疑的举动。

　　搜查员坐在站台上的长椅上等车，狐狸眼男居然在三米多远的地方，慢慢绕圈走了起来。他甚至时不时停下脚步，目不转睛地盯着搜查员。

参与行动的特警组的成员都开始觉得，这个男人一定是犯罪团伙成员。

负责保护携款搜查员的松田先生说：

"那个男的一直跟交款人保持着三到五米的距离，慢慢地打着转，然后有时还停下来注视着交款人，感觉就像在查看这到底是不是真的交款人，或者交款人会不会做出什么奇怪的举动之类的。谁看了都会觉得他可疑。"

而且，狐狸眼男在开往高槻的电车上上了下、下了上，反复了好几次。

冈田先生说：

"从他的举动来看，实在有点不寻常。我也觉得他可能受过专门训练，所以让坐上车的搜查员留在车厢里，然后在外面也安排了搜查员。如果他在电车即将发车、车门关闭之前就出去，搜查员也从车厢里一下子钻出去的话就会被发现。所以，在外面留了人就是为了应对这种情况。我们在现场推进调查活动非常艰难。"

返回京都站的狐狸眼男

带着现金的搜查员坐上开往大阪的普通电车的第二节车厢，前往高槻站。狐狸眼男上了相邻的第三节车厢，坐在座位上，用报纸遮住了脸，目不转睛地看着带着现金的搜查员。搜查员到了高槻站，直接从检票口出去了。

狐狸眼男确认过后，就再次回到了开往京都的电车站台。

护卫组的松田先生觉得犯罪团伙的人有可能在看着，所以就开车载带着现金的搜查员回了董事的家。

前先生和冈田先生等人一回到高槻车站，就和待命的两名搜查员换了班。

在高槻站的站台上，男子没有上第一班开来的特快电车，而是上了接下来的一班普通电车。

松田先生认为，只有带着现金的搜查员不在了，才会有机会。

"我期待着可能会得到什么好消息。对方也会因为交款人已经回去了而难免松懈或者产生安全感吧。如果他因此有什么疏漏，留下很多痕迹，我们应该就能得到什么宝贵的信息吧。但是，他果然是个小心谨慎的人。"

晚上十点十七分，电车再次到达京都站。下到站台后，狐狸眼男就开始站着等对面方向的电车。

电车开过来，其他乘客都上了车，他却没有上车。站台上只剩下狐狸眼男和两名搜查员。搜查员一边在洗手台的角落装作喝醉了恶心的样子，一边观察着狐狸眼男。

狐狸眼男确认了站台上没有人之后，就朝地下通道走去。

搜查员看准男子下楼后，也跟着下了楼，但此时男子已经不见了踪迹。搜查员出了检票口往外找，又把所有的站台都找了一遍，结果还是没有发现狐狸眼男的身影。

虽说是工作日的星期四，但已经是晚上十点半左右了。京都站的下班高峰期已经结束，乘客相对较少。松田先生解释了这种情况下跟踪狐狸眼男的难度。

"要是不保持一定距离尾随的话，狐狸眼男会停下脚步回头看的。要跟踪这样的人是非常困难的。到达京都站的时候已经相当晚了。要是车上的人多还可以藏在人群里，可人一少，就非常难藏了。所以，他可能就是故意挑这个时候的。"

大阪府警就是在京都站追丢了狐狸眼男。

为什么没做警方盘查

在阅读大量关于格力高-森永案的资料时，我和很多人一样，都有这样的感慨："丸大案发生时，为什么不进行警方盘查，逮捕那个狐狸眼男呢？"所以，当时的相关办案人员在接受采访时，一定会被问及："对于没有进行警方盘查这件事，您有什么看法？"

回答明显分为两派："不得已"和"无法理解为什么没做"。

一名曾在搜查一科任职的人士发表了自己的意见："行动指挥得太糟糕了。虽然府警的一科搜查员很优秀，但如果指挥不够好就完全无法调度。""特警组成员虽然是搜查一科的搜查员，但是和负责凶杀案的搜查员不同，他们对警方盘查之类的并不熟悉。"

另一方面，一名搜查相关人士表示："关于跟丢了狐狸眼男这件事，当时的搜查干警解释过：'虽然有一些批评的声音，但也确实是没办法。'尽管有意见表示，警方自己撞过去，以妨碍公务执行为由把他逮捕就好了，但这属于违法行为。我觉得没能在那里做警方盘查，让他逃走了，也是无可奈何的。"案发二十七年之后的今天，意见仍未统一。判断难度之大可见一斑。

第一次见到冈田先生时，我也不厌其烦地向他询问了这一点。冈田先生说："在那之前我的做法一向是很过激的，但当时我说：'以这种态势，在现场做判断的话不太合理，还是接受总部的指示比较好。'"

他看起来难以启齿，给我留下了深刻的印象。

搜查一科特警组的基本方针是"一网打尽"。目标是一口气逮捕犯罪团伙的所有成员。

这在特警组负责的绑架和劫持人质的案件中，可以说是常识。因为在这样的案件中，如果放走一个嫌犯，人质就可能会受到伤害。

但是，在格力高-森永案的调查中，比起现场搜查员的意愿，更能反映出的是警察厅的意向。从兵库县的江崎格力高社长绑架案开始，到格力高工厂纵火案，再到被警察厅指定为大范围要案的格力高-森永案，皆是如此。

一般来说，在凶杀、绑架等恶性案件的调查中，搜查一科是在刑事部部长的指挥下进行调查的。但是，这起案件属于要案，大阪府警的总部长亲自来到前线指挥。而且，据说警察厅的干警经常从东京到访大阪，协商调查的推进方法。

　　而高层的办案方针就是"一网打尽"。

　　当嫌犯第一次到达京都站时，现场的搜查员就认为"这个男人肯定是案犯的同伙"，当时就有人提出应该对他进行警方盘查。

　　警方盘查是指在《警察职务执行法》中被警官认可的行为，是对犯了罪或被怀疑即将犯罪的人进行制止并盘问的行为。叫住可疑的男子，询问他情况，甚至将其逮捕，这是日常生活中常有的事。

　　狐狸眼男不仅在电车里一直盯着携带现金的搜查员，甚至还追着搜查员到厕所，种种纠缠不休的行为令现场的搜查员异口同声地说："谁看了都觉得可疑。"

　　松田先生说："狐狸眼男在京都站上了站台，一起返回高槻方向的时候，我们就更确信了。到了高槻站就应该马上对他进行警方盘查，我向总部传达了自己的意见。"

　　据说该男子在京都站暂时出了检票口却没有买票，直接回到了高槻站，所以也有意见认为应该以"非法乘车"为由将其逮捕。

　　冈田先生说："非法乘车是我们亲眼所见的事实。从高槻站到京都站是一笔车钱，回去的时候应该再付一次车钱。这段车程间，他就是非法乘车。严格来说，这也是犯罪行为，有意见说以这项罪名将他逮捕就好了。还有意见说装作喝醉了酒，砰地撞上他的肩膀，挑起事端，让他先动手，再以暴力伤害罪为由把他抓起来也可以。"

　　但是，冈田先生对于警方盘查还是采取了慎重的态度。

　　"因为我们有基本方针。原则就是当现金被案犯拿到手时，将其作为现行犯逮捕。"

　　一名搜查员从京都站给负责指挥的干警所在的大阪府警总部打

电话，直言"想进行警方盘查"，但被搜查干警以"违背调查方针"为由拒绝了。

据说，该搜查员在京都站收到反对警方盘查的指示后，又在神足站中途下车，再次提出了"想进行警方盘查"的请求，但依旧遭到了拒绝。

结果，特警组在京都车站跟丢了狐狸眼男。

松田先生这样描述自己心中的遗憾：

"最后，负责指挥的人应该还是认为获得了一些有用的信息吧。但我们实际看到的情况，可能并没有完完全全地传达给指挥总部。在移动的电车里，即使想用无线电传递信息，也无法很好地传达。无论怎样都会有无线电信号不好的地区，信息是不是没有很好地传达过去呢？如果能清楚地把男人的一举一动准确地汇报到位，指挥部的想法应该会有所改变吧。我事后这样想过。

"该说是不能错过机会吧……好不容易得来的机会，我觉得一定要抓住。应该被警方盘查的人出现时，如何才能让搜查总部更详细地掌握现场情况呢？我觉得就该营造出一种能让他们判断'赶快进行警方盘查'的气氛。

"即使是拿出强硬的态度，也应该向指挥总部汇报情况，让总部同意我们进行警方盘查，也许这才合理。而且那时不只我一个人，还有很多其他在场的同伴。我一直以来都没有考虑过是否一定要以指挥总部的判断为依据来履行职责。

"不过，如果能跟踪到底的话，也许就可以找到案犯的藏身之处，也就能知道犯罪团伙的整体情况。说到底，是因为跟踪失败才会变成这样，如果一切顺利，恐怕也不至于如此。我想就是这个差别。

"没能顺藤摸瓜找到案犯，从这个意义上来说我们的确是失败了。但当时我还没这么想过，因为觉得还可以继续调查下去。"

追求完美的调查

关于这一点，也得好好听冈田先生的说法。

五月中旬，我一边拍摄一边进行采访。原本约定采访的时间更早，但三月十一日发生了东日本大地震，所以采访暂时中断了。就连专门负责格力高-森永案的我，也被派往灾区岩手县差不多一个月，在釜石市和大槌町取材。

出发去岩手县之前，我给冈田先生打了个电话。节目能否按计划播出、什么时候能重新开始采访，这些都成了未知数，我认为应该把这一状况告诉他们。冈田先生对我说："这件事比陈年旧案重要得多，加油！"回到大阪后，我把灾区的惨状告诉了冈田先生。

即将进行采访拍摄时，我能感觉到跟冈田先生的关系亲近多了。尽管如此，我还是做足了心理准备才能开始采访工作。

——冈田先生，您认为应该遵循在嫌犯对装钱的包动手时，将其作为现行犯逮捕这一原则的原因何在呢？

"格力高案的时候，我已经在搜查一科任职大约六七年了，所以很清楚搜查一科是什么样的地方。搜查一科或警察厅无论下达怎样的指示，我都能理解。警察厅或者说搜查一科的上级指示'等待下次机会''只要他不对现金下手，就没法抓现行'，肯定会有人对这些意见表示不满，但我并不这么认为。毕竟是一个组织嘛。在现场和那个男人发生冲突，或者以非法乘车为由把他抓起来可能是正确的，但毕竟都是马后炮。如果之后有机会抓现行，又会觉得先前没下手真是太好了。综合各种情况，我还是接受了上级的指示。我觉得这和我自己的想法是一致的。"

——冈田先生，您自己也确信狐狸眼男一定是犯罪团伙成员，是吧？

"是的，我觉得狐狸眼男绝对是案犯之一。只要想办法，肯定能抓到他，我也有足够的执念和魄力让他招供。所以，哪怕只逮捕一个人，就能顺藤摸瓜，找出其他的几名共犯了。不过，说来奇怪，如果是辖区内的调查，做到这样就可以了。但是，总部的调查工作就是要追求完美。既然如此，自然就要等待时机。"

——可是，眼前这个男人几乎可以百分百认定是案犯，是吧？

"嗯，那个男的几乎可以被认定就是案犯。不过，就算我抓住他，问他：'你是格力高案的案犯吗？'如果对方说不是，那也只能放了他。有人问，假如当时抓到那个男人的话会怎么样？这其实就是答案。要是辖区内的案子的话，只要拍拍手，'喂'的一声叫住他，不管这么做好或不好，都不会受到什么指责。那时，确实有一种不允许警察失败的压力吧。"

——那当时您在现场，也感受到了不能失败的压力吗？

"我是个一意孤行的人，不爱听别人的话，喜欢随心所欲。但是，这么喜欢随心所欲的我，也还是觉得那是最好的做法。"

——为什么会觉得听从上面的意见是对的呢？

"我在搜查一科的特警组，就算是面对'动态案件'、难案，也基本没有失手过。我去过很多挟持人质案的现场，在那种丢了小命也不奇怪的地方，却一点伤也没受过，活得好好的。所以那时我并没有觉得失败了。我自己也和上面的指示意见一致。"

——那就是感觉要是施行抓捕的话，成功的概率并不会是百分之百，对吗？

"施行抓捕的话肯定能成功吧，但要考虑到底是抓好还是不抓好。要是把他抓了起来，他却一言不发，彻底保持沉默的话，该怎么办呢？就什么也做不了啊。考虑到这些，我觉得最好的办法就是案犯来取钱的时候，一下子出动然后抓住他。不是纸上谈兵，我们就是这么想的。如果要我做判断的话，我想这应该就是最好的办法，更合适。

"案犯对格力高的活动仍在继续。实际上，他们也还会采取下一次行动。所以，我认为等待下次机会才是正确的。我终究还是错了吧。无论怎样争论，大家的想法还是各不相同。身在组织内，就得遵守上级指示。即使再不满也无济于事。"

——也有人认为，能够尊重办案现场人员意见的组织才是好的组织，不是吗？

"在特警组负责的案件中，也有很多由个人当机立断决定处理方式的情况。因为突发情况急需处理时，再让上面来指示就来不及了。要是结果是好的，就会被上面称赞；要是结果并不好，就要接受上面的惩罚，这种情况有很多。

"但是，格力高的案子实在太大了。在那种情况下，没必要即刻做出决断吧。因为有充分的时间去询问上面的意见。于是，大家就想着去问问上面吧。结果便是，大家认为收到了上面的指示，按照那样做，事情才能推进。"

——您说的"太大"，是指在媒体报道的基础上产生的压力吗？

"嗯……我们对那些倒觉得无所谓。要综合考虑受到损失的企业什么的，对我们来说并非易事。上面也有各种各样的压力吧。如果失败，首先，受害企业可能会进一步遭到损失，要是媒体在报道上再大肆宣扬，还会被说警方的办案方式怎么怎么样。可这明明是当时最好的选择了。真是太难了。"

虽然我还想继续问下去，但冈田先生打断道："就说到这儿吧，关于这个问题的讨论就到此为止吧。"

长达两个半小时的采访中，光这个问题就花了二十分钟以上。我可能只是想得到"不甘心""应该辞职的"之类的答案，但冈田先生并没有这么说。只是，我强烈地感到了他对于原本能够逮捕狐狸眼男的遗憾。

一位搜查相关人士说：

"在事先设定了案发现场的案件中，埋伏过程中跟可能是案犯的人搭话是很难的。如果有其他犯罪团伙成员在场，看到同伙被警方盘查了的话就会逃走的。

"现在回过头来看，'如果那时能进行警方盘查的话'那种说法都是马后炮。如果被真正的案犯看到了，我们就当场出局了，所以现场的指挥官做出了'不要接触'的判断，事到如今也没什么可说的。"

原大阪府警察总部的总部长四方修先生回答道：

"常规来说，当时并不是该做警方盘查的状况。那样的警方盘查肯定是不行的呀。只是，在京都站跟丢了那个男子确实很令人遗憾。我觉得就算是抓住了那个男子，他也什么都不会说。他要是说自己跟这件事一点关系都没有，那我们不就没有任何办法了吗？

"那七个见过狐狸眼男的刑警都觉得他肯定是犯罪团伙中的一员，但他们还是觉得应该有其他必须做的事情。狐狸眼男只是一个单纯有点可疑的人。仅凭此是不能给他铐上手铐的，只是这种程度的话他也不会同意协助调查。就为了追查一个可疑的男人，到底要投入多少警力才行呢？

"如果做了警方盘查，对方就会知道我们的调查手段，说到底就是跟踪呀。如果继续跟踪的话，就能知道他的同伙是谁。"

现场搜查员和上层领导无法就对狐狸眼男的判断达成共识。结果就是跟丢了狐狸眼男。

一名曾在搜查一科任职的人士如是说：

"格力高-森永案是集团犯罪，即使抓住一个人，也不知道其他的家伙要干什么，所以就应该一网打尽。但是，那个时候，就算不逮捕狐狸眼男也应该做警方盘查，只要知道了他是何许人也，那么其他的同伙也就能找出来了。领导身在警察厅，虽然能接到无线电汇报，但无法了解当时现场的氛围，然而却由他们做着重要的指挥。"

"虽然不知道狐狸眼男与格力高-森永案到底有没有关联，但还是应该对现场附近的可疑人物采取行动。要是和案件无关，那更应该上前盘查了。应该把这件事当作教训，如果周围出现了多个疑似格力高案嫌犯的人，无论是出现在案犯指定的现金交接地点的人，还是路过的行人，都应该对其进行警方盘查。只有这样，才能抓到案犯。"

得朝前，往前看才行

二〇一一年五月下旬，为了拍摄采访，我和冈田先生一起前往JR高槻站。据说这是冈田先生在那个案件以后第一次来高槻站。

我问冈田先生："您想起了什么没有？"

"我想起来的只有拼命了。总之已经是拼上性命了。那是案犯将目标换成丸大后的第一次行动。所以，那是抓住案犯的最佳机会，我觉得机会只有一次。"

冈田先生至今还带着些许遗憾。

"我离开搜查一科以后，也去科里看过好几回。日常生活中，去各种各样的地方游玩、购物的时候，这件事也一直盘旋在我脑海里。看到一个稍微有点那种感觉的人，我就会一直盯着看：'嗯？那家伙是不是很像狐狸眼男？'有那么一两次，我觉得吃不准的时候，还想让别人也帮我看一下。"

"像这样接受了电视采访，然后我的脸出现在电视机上被狐狸眼男看到，恐怕他就会想，这家伙就是那时候坐在电车对面的那个人吧。但是我也上了年纪，狐狸眼男估计也老了，当我们在哪碰到的时候，彼此还能不能说出来'是这家伙呀'？我很怀疑。现在，再次回到这个站台，发现来坐电车的已经净是些年轻人了，他们在案发时都还没有出生呢。我想我也该忘记了。"

"为什么会这么想呢？"我问。

"因为我已经不再当警察了吧，我也不知道该怎么解释才好。人不能一直活在过去。得朝前，往前看才行。"

这句话使我强烈地感到了这个男人的遗憾之情。他把一生都奉献给了追捕狐狸眼男。

3. 最后的机会——好侍食品恐吓案

小川海绪

对格力高-森永案相关的警察和记者进行采访已然过去了一年。

案发当时，大阪府警为了搜寻狐狸眼男，挨家挨户走访，展开了地毯式搜查。而我们这次的取材调查也采用了地毯式搜查的方式。大阪府警、兵库县警、京都府警、滋贺县警，还有警察厅。我们把与当时案件相关的所有搜查员都找了出来，和记者同事、主任分头去询问他们。

询问人数超过三百五十人。

即使是一开始说"什么都不记得了"的搜查员，经过我们不厌其烦的询问，也向我们道出了自己痛苦的回忆。无论多么微小的事情，只要一件一件地积累起来，某个瞬间，就会由点连成线，展现出让人意想不到的案件画像。

其中最令人惊讶的是恐吓好侍食品一案。

搜查员们对该案可以说是抱恨终天。

曾经有好几次可以逮捕嫌犯的机会。

可是，那一天却成了逮捕嫌犯的最后一次机会。

犯罪团伙对好侍食品的恐吓是从昭和五十九年（一九八四）十一月开始的。

这一时期，自称怪人二十一面相的犯罪团伙将目标从江崎格力高依次转向丸大食品、森永制果等企业，并实际在森永制果的产品中注射了氰化钠，犯罪行为逐渐升级。

作为搜查主力的大阪府警搜查一科特警组两次错失逮捕嫌犯的机会，因此反复开展更为严格的训练。

训练中，扮演嫌犯的搜查员依次指示现金的交接地点，特警组的搜查员则根据指示，想方设法尽快赶到现场，找出可疑人物。训练地点设定为近畿地区①的餐厅、高速公路、电车车厢等场所，应有尽有。搜查员们不分昼夜地持续训练着。

在丸大食品恐吓案中直接目击到狐狸眼男的搜查员之一松田大海，这样描述训练的情形：

"那时候几乎回不了家，因为经常在深夜突然开始训练。另外，也经常搞集训。那时，从早到晚都在训练，每天都在训练。

"特警组的工作就是逮捕现行犯，不负责搜查物证。其他科的人在调查犯人写指令信用的日文打字机的型号，一台一台地追踪调查。在大同门的时候，差一点就能抓住嫌犯；丸大食品那时候，又在电车里让狐狸眼男逃走了。因此其他科的人都在用怨恨的眼神看着特警组。那倒也是。毕竟要说起来，嫌犯就在你们眼前，你们就该将嫌犯逮捕才是。我也感到非常抱歉。因此，我们也只能默默地重复着训练。"

十月，搜查员们刚刚进行了一个月的集训。在此期间，其他科的搜查员都在拼命追查刚刚公布出来的案犯的恐吓录音带，以及便利店的监控录像里的男子。

面对案犯不断升级的犯罪行为，超市纷纷下架了森永制果的产品。

特警组充满了对同事的歉意，为让案犯得意忘形而抱歉。

不知不觉间，特警组在一科里变得孤立无援了。另一方面，特

---

① 指日本本州岛中西部地区，行政上包括京都、大阪、滋贺、兵库、奈良、和歌山、三重等二府五县。

警组的训练确实有了成果。

"挺不可思议的，我们将之前案犯的动向都记进脑子里，然后反复训练。这样，我们就能预测到案犯下次会在哪里给出指示，猜测大概会在怎样的地方，等等。事实上，确实有过我们预测的地方和案犯指示的地方一致的情况。

"总之，因为每天都在训练，近畿地区的地图已经像是刻在脑子里了。如果指示我去哪里哪里，大部分地方我都能像条件反射一样直接过去了，再也不用在地图上——确认。所以，好侍食品案件的时候，我觉得下次一定能成功，不，是绝对要成功逮捕，不逮捕可不行。"

实地训练结束后，搜查员们设想案犯接下来会指定的现金交接地点，反复进行模拟训练。

关于模拟训练，我们在这次采访中得到了惊人的证词。

提供这份证词的是特警组组长鹰取裕文先生。

鹰取先生在好侍食品恐吓案期间一直担任现场指挥。他是最清楚现场发生了什么事情的人。每个搜查员都说："知道这件事的应该只有鹰取先生吧。"

这次的采访如果能得到鹰取先生的证词，应该就能了解到这起案件不为人知的情况，所以我多次拜访他。但是，鹰取先生直到最后都没有透露案件详情。

"（指着嗓子）虽然已经话到嘴边了，但我还是说不了。说什么都只是借口，归根结底是我指挥得不好。"

总是面带笑容的鹰取先生说到这里，脸上也露出了严肃的表情。

只有一次，他说自己很不甘心。那就是模拟训练的事情。

"那是好侍食品时候的事了吧。我们在乡里餐厅收到嫌犯的指示，下一个指定地点是公共汽车站城南宫的长椅座位背面。我在搜查会议上早就说过了，下次会是这里，可上面不听我的。我们特警组就是负责在现场行动的，可大同门案件后，就只拿特警组问责。他们说就是那些家伙放跑了嫌犯、那些家伙再也不值得信任了之类的。总之，我发言的时候也感到自己几乎被无视了。其他具体的地点说不上来了，但我们有很多地点是说中的。可是，那些地方没能部署搜查员。虽然马后炮的话说也说不完，但还是很不甘心啊。不过，那个时候，比起案犯的动向，我们更倾向于把如何赶在案犯前行动这件事放在首位。啊，我只能说这么多了。"

鹰取先生说的这番话让我大受刺激。如果搜查员一开始就在城南宫公交车站蹲守，说不定就能在案犯贴指令信的瞬间将其抓获了。这么一想，就觉得很不甘心。

尽管如此，特警组还是在反复进行训练——尤其是模拟高速公路场景的训练。曾与狐狸眼男直接对峙的搜查员冈田和磨先生是这样解释其中的理由的。

"我们没法准确预测案犯会以怎样的形式指定地点，以及被指定的地点在哪里。但是，为了拿到钱，他们不考虑交接地点是不行的。案犯当然也不想被警察抓住。要说怎么办才好呢？要么是利用地势的高低差，要么是找一般人不会轻易去的地方。比如说，两边都是悬崖，案犯指示我们将装了现金的包裹扔向深深的谷底，要制造出让我们没法立刻赶过去的状况，他们才能拿到钱。

"这样一来，在大阪，最容易想到的就是从高速公路上往下扔。从上往下扔的话，扔下去的钱就会被案犯拿走。比方说，我们接到案犯的指示，在高速公路上行驶，这样肯定是没法立刻在下面安排搜查员的，那会花费很多时间。但是，如果不能及时赶到，格力高案的案犯就会离开现场，或者停止现金的交接。想立刻赶到下面的话，就只能用绳索从上面爬下去。我们就做过这样的训练。

"总之，大家每天都在想，如果要在几分钟后到达设想的地点，怎么做比较好？大家每天都是训练、训练。反复模拟这个设想，在各种行动中，大家为哪种做法更好争论得不可开交。不知不觉中，组员们形成了非常好的状态，这是不争的事实。

"训练结束后，每天还要进行反省检讨，这也不是什么稀罕事。上级并没有要求，是搜查员们自发这么做的。所以，后来对格力高的威胁结束的时候，特警组已经变成了一个非常强大的团体。虽然有点晚了。"

"为时已晚"。这是在此次采访中，特警组的搜查员们经常说的话。

说实话，虽然保护国民安全的警察为"为时已晚"感到苦闷，但也因为如此，格力高-森永案才成为当年破天荒的一案吧。

不过，就像鹰取先生所说的那样，由于调查多次失败，警察内部产生了一些分歧，在后续调查中形成了巨大的负面影响，最终妨碍了调查。

我认为这才是案件未能解决的主要原因。

新目标

十一月七日，嫌犯给好侍食品公司寄去恐吓信。

多次受到威胁的森永制果公司当时被迫减产九成，这让好侍食品公司感到十分恐惧。

恐吓信上写着以浦上郁夫社长为首的总务部部长和监察室室长等人的名字。

此外，信中还附有被注射了氰化钠的好侍牌炖菜和格力高公司江崎社长被绑架监禁时被迫录制的录音带。

> 致　浦上
> 之前已经把磁带　寄给你们了　我们　不是冒牌货
> 说的话　你都听明白了吧

这封信　交给警察　也无所谓

不过就是　和格力高　森永　一样的　下场

再有半年　森永　就该　倒闭了

格力高　不拿出　6000 万　最后用 6 亿　才收了场

森永　背叛我们　我们就让它　拿出 2 亿

知道吗　它又　背叛了我们　那就是　4 亿

对于你们　1 亿　不过洒洒水吧

内部交易　我们是不会　跟警察和媒体说的

我们可比　警察　嘴严

你也是　大阪人　我说的话　你应该明白吧

（中略）

现金　每 500 万　一捆　要不连号的　1 万日元　旧钱

装进　2 个　白色　塑料袋

5000 万　一份　分别装进　白色　运货车

等你

京都市伏见区下鸟羽的　国道 1 号线的　饭店

乡里　伏见店　电话 075 622 59●●　11 月 14 日

星期三　晚上 7 点半　等你

让一个人　开运货车　留一个人　在饭店里　再准备

2 个　总务的　社员

关西的　道路地图　京都　长冈京　高槻　茨木

摄津　丰中　宝塚　守口　平冈　尼崎　的　地图　让 2

个人

带上

8 点　给江坂的办事处打电话 06 384 72●●

△△　接电话　会告知　有信纸的地方

信纸塞在　小的信封里　用双面胶粘的

△△　从江坂　给乡里　打电话

之前　做好练习

现金交接　要是　失败　我会　再联系

不能　告诉　警察

11月9日或12日　晚上8点　给北大阪办事处　打电话

给钱的话　就在NHK的新闻里

播报　下面的内容

　　　　这里是好侍食品北大阪办事处

　　　　处长不在　请您明天中午给我打电话

不要让　警察知道　董事　按平常一样　就好

背叛的话　警察内部的线人　会联络我们

背叛我们的话　就让你们公司　倒闭　社长　副社长
△△

杀了你们的　好侍咖喱　是辣味的

要是觉得　加1克氰化物　是假的　就去药店

买点　硝酸银　倒进咖喱

和氰化物　混在一起　会产生　白色沉淀哦

怪人21面相

（△△为社员的名字）

　　离嫌犯指示的现金交付日还有七天。

　　在恐吓信所指示的乡里餐厅，嫌犯会如何行动呢？特警组根据之前的训练，设想了各种情况，开始做准备。

　　餐厅附近就是名神高速公路的京都南出入口。

　　特警组对此的解读是，嫌犯不出意料，是要将指示地点定为高速公路，并就此制定了新的机制。

　　根据以往的调查，只要运送现金的汽车到达时间比预想的晚一点，嫌犯就会离开现场。因此，特警组制定了以速度为目标的新方针，嫌犯指定下一个地点时，不仅特警组要能马上赶到那个地点，而且在知道指定地点的同时，别的搜查小组也要赶往那里。

松田先生向我讲述了新机制的详情。

"调查机制一下子就变了。为了应对设想中的各种场面，我们就到底应当如何部署、调动人员进行了讨论。若要根据嫌犯的指示，让交款人迅速移动、尽快赶往现场，必须运用怎样的队伍？调查组如何才能尽快找到嫌犯，取决于能否尽快到达现场。

"首先是'贴身护卫组'。他们的任务是在交款人周围负责警卫。如果交款人身上发生了什么情况，必须立刻帮助他；如果嫌犯出现，必须对嫌犯实施抓捕。

"其次是'先遣组'。他们要冲在贴身护卫组的前面，例如提前做预测，提前占据位置。然后，只要有嫌犯的指示，他们就要迅速到达那个地方，把现场的情况汇报给指挥总部。在现场迅速摆好抓捕阵势，让交款人可以前往现场，这就是先遣组的任务。

"然后，比先遣组冲得更前面的就是'游击组'，这是新诞生的一支队伍。他们的行动范围比其他几个组范围更广。具体来说，交款人阅读指令信内容并将其通过无线电传达时，先遣组会直接前往现场。冲在更前面的游击组则迅速赶到下一封指令信所在的地方，读完指令信后，继续向下一个指示地点前进。这样的话，就有更多机会遇到贴指令信的嫌犯或是正在那里踩点的可疑人物。嫌犯想要拿到现金，就一定会在某个地方等着。也就是说，调查的本质在于我们到底能预见到多远。"

为了尽快赶到嫌犯的指示地点，特警组决定分为贴身、先遣、游击三个组，形成三层搜查网的机制。据说这一机制成了后来特警组的基本调查机制。

此外，针对以高速公路为犯罪现场的设想，除了这三个组之外，特警组还安排了在地面道路行驶的组。他们最终设想的场景是，交款人从高速公路往地面道路扔装有现金的包裹。

就这样，特警组筑起了层层包围网。

无法窃听的数字无线电

警方在无线电的部署上也倾注了很多的心血。

当时正处于从模拟无线电向数字无线电过渡的时期，警方还没有配备能够广泛使用且收音清晰的数字无线电。

特警组的前和博是一名无线电专家。前一年十月，他从机动队调到搜查一科后，马上负责起数字无线电相关的工作。他每天在整个大阪奔波，反复做着实验，看不同的无线电能分别把电波传播到多远。

模拟无线电电波一进到建筑物之间，就什么都听不见了，能通话的范围也非常有限。

因此，通过无线电接收到信息后，搜查员会重复收到的内容并作出回答。听到以上内容的其他地方的搜查员会再重复一遍这些内容。通过大家不断重复内容，就像串珠子一样，将信息传递到更远的地方。

这种方式被称为呼叫应答方法。

然而，这种方式存在着缺点，也就是传播到远处需要花费很长时间。

而且，模拟无线电很容易被窃听，这样一一重复内容，调查过程就可能泄露。

从目前为止的调查来看，嫌犯窃听警方无线电的可能性很高，因此配备数字无线电是当务之急。

"那时，虽然说是数字无线电，功率也不过一瓦。现在连警车上配备的普通小型无线电都有十瓦，由此可见当时的器材有多么贫乏。但是，数字无线电绝对比模拟无线电好用，所以在好侍食品案的时候，就紧急配备了数字无线电。我们从警视厅借来了近二十台数字无线对讲机。虽然这些还不够，但总比没有强。不过我们没有转播器，可能这就是致命伤之一吧。"

电视和手机等设备，我们也可以通过转播器来使用了。如今，全国各地都有了这样的转播器，但在当时还没有普及。

不用说，当时还没有配备警用无线电的转播器。虽然也有可以随身携带并安装在任何地方的临时转播器，但当时全国只有四台，非常稀少。

最后，为了当天的调查而借到的临时转播器只有一台。

"在调查会议上，关于临时转播器应该放在哪里这个问题引起了不小的争议。嫌犯在恐吓信里写到要带高槻、茨木、宝塚等地的地图，这应该是要交款人从京都南高速入口前往大阪和神户方向的意思吧。这点不能无视。于是，我们决定把转播器安装在生驹山上。只是，如果被要求去滋贺方向的话，我们就不能如愿了。但就算是用模拟无线电，还有呼叫应答方法，总得想办法应对。于是我们在比叡山的山上也派了手持模拟无线电的搜查员。当然啦，因为不知道从高速公路下来后会朝哪个方向移动，所以在镇里各处都安排了手持模拟无线电的搜查员。"

虽然已经考虑到了可能被嫌犯窃听无线电，但无线电的配置还是捉襟见肘。另外三台临时转播器还在东京。确实，可能发生其他大型案件，为以防万一不能全部借出，这是可以理解的。但除此之外就没有办法了吗？

前先生反反复复地说："我们这些基层搜查员，在这方面是无能为力的。"听起来很是空虚。即便达不到完美的状态，也应该在这种状况下想想办法。的确，在现代社会，我们的日常生活中也有很多这样的情况，说是无可奈何吧，或许确实是无可奈何的。然而，此事关乎逮捕在国民食用的食品中投毒的案犯。我怎么都无法理解。

事实上，无线电在很大程度上拖了搜查的后腿。

嫌犯确实上了高速公路，但没有去大阪，而是去了只配备了模拟无线电的滋贺方向。

进入最后的对决

昭和五十九年（一九八四）十一月十四日。特警组与犯罪团伙的对决开始了。

而且，这一天还签订了报道协议。通常，报道协议都是在绑架等案件中，人质的生命有可能因报道而受到威胁的情况下签订的，但这一天却是为没有人质的案件签订了协议。

过去也好，将来也罢，都没有过这样的案例，由此可以看出警方想在这一天了结案件的决心。虽然这次报道协议被媒体奚落为"报道的自杀"，但实际上谁都想尽快结束这起案件。

傍晚六点十分。两名伪装成好侍职员的搜查员开着一辆白色面包车从好侍食品工业总公司出发。

按照嫌犯的指示，一万日元旧纸币被捆成五百万日元一捆，两个白色的包裹里各放了五千万日元，共计一亿日元。

晚上八点二十一分。好侍食品工业的北大阪办事处接到了电话。电话中传出嫌犯事先录制的孩子的声音：

"往京都方向走，距一号线两公里。在城南宫公交车站的长椅背面。"

嫌犯指定的地点与特警组组长鹰取氏预言的一致。因为掌握了嫌犯行动的规律，这一天，调查工作有了得心应手的感觉。

"今天能行！"

松田大海坐在护卫运货车的五辆车的其中一辆上，为自己打气。

晚上八点三十六分。发现了贴在长凳后面的指令信。

我可盯着　你们呢
把车开到　名神高速公路　京都南出入口
朝名古屋方向　速度按 85 公里开
到大津的　服务区　的　残疾人专用　停车场
在有○标记的　地方　停下
有×标记的　指示牌　背面
贴着　一封信
看了以后　按信说的　做

当指令信的内容通过无线电传来时，松田先生不自禁地在车内大喊："被摆了一道！"

嫌犯下的指示并不是恐吓信里说的大阪方向，而是滋贺方向。

一旦进入高速公路入口，借来的近二十台数字无线电对讲机就基本没有用武之地了。

只能使用模拟无线电，以呼叫应答方法应对眼下的情况。

虽然在比叡山安排了搜查员，但警方还是受到了很大的打击。松田先生已经做好了搜查将会十分困难的心理准备。

"无线电对讲机的数量越多，能收集到的信息越多。但是，比如说有三个无线电，最后却只能用一个，那么所有的信息就会都集中到这一个无线电上。光靠一个无线电掌握全部的信息，是很难的。

"不得不用信息传播距离不够远的无线电进行交流时，在面对头等大事的情况下，我觉得重要的事情可能就会听不到。

"结果……该怎么说呢？如果在大范围调查的时候，能提前掌握哪里可以收到电波，在收不到电波的地方事先安排好各种应对措施，比如安上天线，我觉得就不至于变成那种情形。不管怎么说，手里有的器材，我们都试着实实在在用上了，我们搜查员已竭尽全力，将器材使用到了那个程度，让它们发挥出了那样的作用，总之是想方设法合理运用了器材。但最终，由于被迫在无线电部署脆弱的地方行动，没能掌握完整信息，或者说没能把握整个流程。虽说是事后诸葛亮，但我现在也觉得事情就是这样的。"

嫌犯指示的地点不是让交款人准备的地图所显示的大阪方向，而是大津

没能像计划的那样收集信息。

现场的动向无法实时传达给搜查总部。

即便如此，也没有犹豫的时间。

如果比嫌犯的指示稍晚一点，就可能无法实现逮捕嫌犯的目标。

松田先生加快了车速。

"F出现了，我想进行盘查！"

晚上八点五十分。松田先生比运送现金的车提前些许的时间飞驰到了大津服务区。

松田先生和坐在副驾驶座上的女搜查员伪装成情侣，挽着胳膊朝着嫌犯指示的观光指示牌的方向走去。嫌犯的同党可能正在监视指示牌背面的指令信。松田先生这样做是为了寻找有没有在哪里进行监视的可疑人物。

大津服务区正面建筑物的二楼有一家餐厅。从餐厅可以清楚地看到指示牌，所以松田先生打算去餐厅看看，便开始上楼梯。

刚爬上去，一个可疑的男人就映入了眼帘。

那个男人虽然站在公用电话边，把听筒放在耳朵旁，但视线却一直盯着指示牌。他穿着一身运动服，帽子压得很低，尽管是晚上，他却戴着墨镜。

松田先生静静地向他走近。

和这个男人间的距离只有七八米左右时，男人回过头来。他把听筒贴在右耳上，却不像在说话的样子。

他们四目相对，这段短短的时间仿佛静止了一般。

松田先生也停下脚步，只是看着这个男人的脸。

之后，下一个瞬间，松田先生只觉得一阵恐惧袭来。看到墨镜后面的那双眼睛，他才恍然大悟。

这个人就是那个狐狸眼男。

"他突然回过头，我就也回了头，我以为身后是不是有什么东西。不过什么也没有看到，我想他可能是注意到了我。我应该一直在盯着那个男人看吧，所以他才会也一直盯着我。于是，透过太阳镜我看见了他那双眼睛，他的眼神感觉带着点威胁的意思吧，又好像在瞪着人一样一直盯着我。

"有一瞬间，就在那个时候，我想：'啊！原来是他！'这是在高槻站的时候在电车里看到的那个男人。我觉得肯定没有错。所以我和一同行动的女搜查员一起又退到车那边去了。楼梯旁边有个花坛似的东西，我背对着那个男人坐在那里，女搜查员说他一直在看我，所以没错了，就是他。然后，我马上回到车上。想用无线电报告。"

回到车上的松田先生检查了包里照相机的胶卷。虽然是晚上，周围的光线很暗，但他还是想给那个男人拍张脸部照片。

在此期间，女搜查员按下了对讲机。

"F在现场，我们要去用相机拍他。"

"没有弄错吗？"

同样在高速公路上行驶的现场指挥车问道。

松田先生夺过无线电。

"没错，和F非常像。他看着指示牌，然后回头看我们这边了。我想进行盘查！"

"等等！绝对是他吗？"

这时，无线中断了。传来的内容说运现金的车进入了大津服务区。

"目标警察（运送现金的人）到达大津服务区。"

在此期间，指挥车与搜查总部间以呼叫应答方式进行对话，松田先生为了拍照离开了车。

这时，狐狸眼男朝松田先生走来。

松田慌忙按下了快门。他忘我地一直按。

回过神来，已经把二十七张底片全部用完，用完后他还在不停地按快门。

刚才与搜查总部对话的指挥车传来了无线电。

"松田就这样和目标警察一起行动。按原计划行事。"

松田先生通过随身携带的小型无线电确认了这一消息。警方盘查没能得到上级的同意。

另外，关于狐狸眼男，上面下达指示，让大津服务区的其他搜查员对其进行跟踪。

松田先生无法理解。在无线电中，看了指令信的搜查员传达了下一个指示地点。

"他都两次出现在现场了。既不是'联络员'又不是见了鬼，绝对就是案犯没跑啊。所以我才会心情激动啊，他就在我旁边啊。总之先跟他搭个话，根据警方盘查的内容，可能当场就能把他抓住了。

"就是因为他们说'你不必做'，我才觉得有点奇怪。但是，案件本身还在继续，不能卡在这儿了。下一个任务也是在那里收到的。剩下的就只能交给其他搜查员了。不过，我在现场见过狐狸眼男一次，我是最清楚的，有太多话想在警方盘查时问了，但是，当时的现场并不是能说这种话的场合。

"可是，看了这一连串的过程，谁都会想，为什么不无视这样的指示、为什么不做警方盘查呢？怎么说呢，这种痛苦自己是最清楚的。现在再怎么讲，也都是没办法的事了。

"如果让我回顾当时的情况，我可能会想，如果自己能更加积极地去争取，更加强烈地表达希望能进行警方盘查的话，结果又会怎么样呢？"

松田先生说，如果无线设备能配置好，也许就会不一样了。

"我觉得乘坐指挥车的指挥方面的人是不是也没能完全了解现场的情况？很多信息只有自己看见情况或完全掌握大量情报才能充分把握。所以结果才会变成这样吧。要是他们能获得足够清晰的信息，在脑海中整理出当下的情形、状况，我觉得他们一定会跟我说'快去做警方盘查'。因为最终没能做到这点，所以才会是这样的结局。

"但是，我也会想，我都见到狐狸眼男两次了，话也都说到这个份上了，明明上面让我去做就好了呀。后来回想起来，确实，在无线电没能如愿部署的情况下，要对付那样行动的案犯，信息实在太少了。刨根问底的话，我想这应该就是问题所在吧。"

如果对现场的情况了解得更加详细，下达的指示会改变吗？

我们也采访了现场指挥车里的鹰取裕文先生。鹰取先生主张，当时的决定没有错。

"那时候，自由行动的搜查员在大津高速公路出入口，所以松田大海为首的保护目标警察的护卫组的人只是继续执行原计划。案犯是为了收到现金才会指定下一个地点的。说到底，逮捕案犯是我们的最终目标。如果因为跟一名可疑男子搭话而暴露了警方的行动，让案犯有所察觉，那才可能会变成竹篮打水一场空吧。因为那人和F长得很像，我们又派了一名搜查员跟着。那个情况下，我想这么决定是没错的。"

我觉得确实有些道理。

但是，在现场的搜查员都认为那名男子绝对是案犯的情况下，就没有选择警方盘查的可能吗？

如果狐狸眼男是案犯的同伙的话，即使不能查明案件全貌，但只要逮捕了这一个人，至少格力高-森永案就不会成为未解决案件。

明明在案件发生的现场，却不能根据现场的判断进行搜查，不免令人感到奇怪。

这种想法很强烈，在我的心中挥之不去。

把 F 跟丢了

大津服务区的指令信中写着，让交款人去下一个地点草津停车场，长凳的座椅后面有下一封信。

松田先生比运货车稍晚一些，在其后离开了大津服务区。

松田先生告诉自己，要抓紧时间。

"城南宫的公交站也预测到了。"

"我还遇到了狐狸眼男。"

"今天运气真好！"

在大津服务区，另一名搜查员继续跟踪狐狸眼男。

狐狸眼男沿着墙壁小跑着向道路的方向前进。因为他多次回过头看，搜查员很难靠近。

突然，狐狸眼男从搜查员的视野中消失了。

搜查员慌忙追赶。道路很暗，但高速公路近在眼前，没有退路。

可那个身影却怎么都找不到了。

是在哪里跟丢的呢？沿着来时的路往回走，才发现有一小片墙壁断裂了。

搜查员立刻折返。原来断墙中有可以通往高速公交车站的楼梯。

慌忙赶下楼梯，但早就为时已晚。狐狸眼男已经消失不见了。

连警方盘查的机会都没有，那个男人便完全消失了。

松田先生车上的无线电响了。

"好像把F跟丢了。好像把F跟丢了。"

听到这，松田先生仰天长叹。

听着重复播报的无线电消息，怒火也发不出来。只是呆呆地听着这则消息。

这时，种种懊悔浮现在脑海里。

"即便无视总部的指示，不也应该实行警方盘查吗?"

"至少，应该从狐狸眼男手里拿着的听筒上采集指纹，就算把听筒弄坏，不也该把它拿过来吗?"

而且，后来才知道，本应该是拍了脸部照片的二十七张底片，全都只拍到了停车场的地面。

晚上九点二十分。警方在草津的停车场确认了指令信上的内容。

> 看见　这封信　就赶紧　行动
> 朝名古屋　方向　按时速60公里开
> 看见左边　栅栏上　有30厘米　×　90厘米的
> 白布　就停下
> 白布的　下面　有一个　空罐子
> 按里面的　信　说的　做

嫌犯还会现身。松田先生压抑着烦闷的心情，用更快的速度朝前赶去。

马上就发现了白布。

高速公路上不允许停车，所以只有运现金的车留了下来，负责保护运货车的护卫车在下一个高速路口等待嫌犯的下一个指示。

开在前面的游击组考虑到，这里的指示可能会是要求把装有现金的包裹扔到地面道路，便在下一个出入口离开了高速公路，朝地面道路驶去。

接着，运现金的车到达白布所在的地点。

在车流湍急的高速公路上，搜查员寻找着嫌犯所说的空罐子。可是，到处找都找不到。也没有可疑人物出现。

这时，游击组到了白布下面的地面道路，但那里什么也没有。

嫌犯与交款人的接触中止了。

晚上十点二十分。当天的调查被迫中断了。

通过训练，警方已经能够了解嫌犯的想法了。但是无线电器材却不尽如人意。这样一来，就完全让嫌犯钻了空子。而且，那个曾经出现两次的狐狸眼男虽然就在眼前，却又让他逃脱了。

留给特警组的，只有遗憾。

松田先生回到搜查总部后也没能平静下来。他质问上司，为什么不让他实行警方盘查。

但这一切都是马后炮。

这一天，松田先生没有回家。不，是没法回家。

天一亮，他就和几个同事一起前往大津服务区。这是为了确认跟丢狐狸眼男的那条通向地面道路的楼梯。他想亲眼确认有没有留下什么线索。

但那里什么也没有留下。松田先生一边抱着无处发泄的愤怒，一边在心里发誓，下次机会来临时，一定要开展令人信服的调查。

然而，从这一天起，犯罪团伙就停止了行动。

这一天，实际上是警方的最后一次机会。

不仅是松田先生，这对特警组来说也是一次巨大的失败。

时至今日，还会梦见狐狸眼男

在采访过程中，松田先生提出想去案发现场看看。

其中，大津服务区是一定要去的地方。

二〇一一年二月。

我随松田先生来到大津服务区。那家餐厅已经重建，目击到狐狸眼男的电话亭已经不见，通向地面道路的楼梯也已不复存在了。

松田先生带着严肃的神情，走遍了大津服务区的每一个角落。之后，我给那天代替松田先生跟踪狐狸眼男的搜查员打了电话，仔细地向他询问跟丢狐狸眼男的情况。

松田先生的样子就像如今也在寻找着嫌犯一样。在他看来，案件还没有结束。

我再一次向他问起警方盘查的事情。

"两次都看见了这名可疑人物，或者说是嫌疑人。让我负责调查这么大的案件，我又在那样的场合看见他两次，这是给了我机会的。可最后我却连警方盘查都没做，也没抓到人，无论是和谁解释都解释不清啊。最后只能抱怨，指责是别人的错，这样的事我做不到。

"所以，我只能自己承担这份沉重的责任。所以，我只能选择沉默。这种沉默所带来的辛苦和难过，我不希望让其他任何人体会到。

"如今，有很多和我从事一样的工作的人，我还是希望这些人不用去背负和我一样的懊悔和痛苦。这样的感觉，我一个人去承受就足够了。"

接着，他在最后补充道：

"虽然这是绝对不可能的事了，但如果他们在之后的调查中遇到了狐狸眼男，不管被谁说了什么，都会对他做警方盘查吧。不管觉得多么可惜、觉得自己是被逼无奈，不能逮捕案犯的话就是零分。可即使同样是得零分，没做警方盘查，就说服不了自己，就没法死心啊。一辈子都不得安宁。"

在所有搜查员中，松田先生是唯一一个目击过狐狸眼男两次的人。

"如果还有下一次的话，就算被解雇我也要做警方盘查。"听到他的这段话，我想起了第一次拜访松田先生时，他跟我讲自己现在还在做梦的事情。

"那个狐狸眼男就在我眼前。可我一想抓他，他就逃跑。所以我就一直追着他。可是，追来追去怎么也靠近不了他，就是抓不住啊。嫌犯的影子从我手心里溜了出去，我就醒了。"

与格力高-森永案有关的搜查员的聚会，至今仍在大阪定期举行。

松田先生说哪怕到了现在，只要他一露面，就会被问："为什么那个时候不做警方盘查呢？"

他笑着说："说真的，我是这个案子的甲级战犯啊。"

松田先生说的下一句话让我如何都忘记不了。

"但是那个时候，不仅是我，包括问我的搜查员，那里的人没有一个能发自内心地笑。确实啊，每个人都像心里被什么东西牵扯住了一样，就这样一直拖着那样东西努力活着吧。虽然谁都不会说出来。

"那个案子已经过去多年，但却没有画上句号。我真心觉得，不能让这个案子就这样不了了之啊！"

4. 滋贺县警不为人知的绝密调查

矢岛有纱

(NHK 大津局记者，生于一九八五年)

我出生前发生的案件

"能帮我去采访一下格力高-森永案吗？"

我成为记者的第二年冬天在滋贺县负责警方采访，上面的人突然这样跟我说。

格力高-森永案，我虽然听说过这个案子，也知道这是一起食品公司受到恐吓的案件，但为什么会找我这个滋贺县警的负责记者去采访呢？一开始我无法理解，是因为滋贺县也是案发地点吗？已经是很久以前的案子了，追诉时效好像也都过了，不是吗？这个疑问萦绕在我的脑海中。

首先，我研读了大津放送局所保管的当时的资料和采访笔记。案发时间是昭和五十九年（一九八四）。那是我出生的前一年。我想过，成为记者会经历各种各样的事情，但没想到甚至会采访自己出生前发生的案件。如今的年代，敲电脑写采访笔记已经是再正常不过的事了，但在当时，采访笔记都是手写的，纸张的边缘已经泛黄，能够感觉到距那起案件已经过去了许多岁月。

总之，我怀着不可思议的心情开始了采访。我决定先询问现役的滋贺县警的干警们。大家异口同声地说："为什么会现在问格力高案呢？""二十七年前的事，事到如今为什么还要做采访呢？而且那个案件应该是大阪府警的案子哦。"进入正题之前，我重复回答了很多次这样的问题。

但在谈话过程中，也许是想起了当时的事吧，平时板着脸的干警们露出了有些怀旧的神情。"那时候我的职位还不高，就像你现在一样。"有些人带着念旧的情绪这样说。从干警们那里听到这样的话越多，就越让人感到距案件发生已经过去了太久，让我产生了一种"现在做采访还能挖出什么"的焦虑。

但是另一方面，我又想着，说不定能在这起过去的大案件中挖出什么特大新闻呢。一种激动的心情油然而生，我继续推进对案件当时在职干警的采访。

采访深入的契机，是见到了到过案发现场的滋贺县警搜查二科科长尾田喜昭先生。搜查二科负责打击贪污、诈骗等高智商犯罪，与此案的调查并不直接相关。但是由于案件影响的范围太大，尾田先生便负责起应付媒体的工作，当时每天都在记者室里与记者面对面打交道。

尾田先生和我说起当时的情况："由于签订了报道协议，当时，有时每隔几个小时就会举行一次记者会。媒体阵营氛围热烈，相当惊人。"我说明了这次采访的目的后，尾田先生说道：

"如果把格力高-森永案整理成电视节目的话，一定也会描述警察没能抓住嫌犯的失败的部分吧。我想，有很多相关人员不会愿意让媒体把焦点聚焦在这样的部分，但是如果把视线从那里移开的话，警察也只会停滞不前。现在的年轻警察们并不知道事发当时的事情，也没有什么可以学习的失败案件的教材。请你们一定要在这次采访中，描绘出那个案子的失败教训。我认为这将有利于今后要肩负起社会责任的人成长，包括年轻的警察们。"

然后，他向我介绍了当时在搜查一科参与案件调查的今江明弘先生。尾田先生给了我他的联系方式，告诉我最好去问问他。但关于今江先生这个人物在案件中起到了什么作用、知道什么，他没有多说。

我立刻去拜访了今江先生，通过他，我得知了与案件有关的令人大为惊讶的新的事实。

滋贺县警也见到了狐狸眼男

我和大阪局的记者及东京的编导一起去拜访了今江先生。平时的采访都是记者一个人去，如果需要录像的话，就和摄影师一起去采访，但很少有两名记者一起去采访现场的。和在其他府县分局工作的记者前辈、编导一起工作，这件事对我来说十分新鲜。

今江明弘先生在单位的会客室里爽快地接待了我们三个人。从警察局退休后，他便活跃在自己的新工作岗位上。因为是一直在刑警的世界奔波的人，即使现在退休了，今江先生依然散发着刑警的气质。不过他一开口就能看出是个很爽快的人，这让我松了一口气。

说明这次采访的主旨后，今江先生脱口而出一句令人难以置信的话。

"当时滋贺县警的搜查员也在大津服务区看到了狐狸眼男。"

那是昭和五十九年（一九八四）十一月十四日，是逮捕嫌犯最关键的一天。

在滋贺县的大津服务区，大阪府警特警组目击到了疑似犯罪团伙成员的狐狸眼男。

根据目前的报道，大阪府警特警组在大津服务区进行调查时，当地滋贺县警的搜查员并没有参与调查，这是一个定论。为了不让调查的情报泄露出去，大阪府警在前一天的会议上向近畿辖区内的各地警察下达了"其他府县警不要插手"的指示。滋贺县警也按照大阪府警的指示，没有派搜查员前往案发现场大津服务区和名神高速公路。

但是，今江先生所说的"当时滋贺县警的搜查员也在大津服务区看到了狐狸眼男"这一说法推翻了之前的定论。

今江先生当时隶属滋贺县警搜查一科，负责调查杀人、抢劫等凶案。

"关于十一月十四日逮捕嫌犯一事，大阪府警下达了'不要靠近距名神高速公路五十米以内'的命令。但是，滋贺县警的上司却下达指令'保护运现金的车'，机动搜查队的后辈驾驶汽车上了名神高速公路。"

然后，那个时候，今江先生的后辈——一名滋贺县警的搜查员，正在大津服务区监视着狐狸眼男。这一令人惊讶的事实时至今日才为人所知。

当时，为了开展调查工作，警方甚至要求各家媒体停止报道。这一连串案件全部由大阪府警负责。这一天，一直以来负责调查的大阪府警特警组基于此前的失败经验，正展开大规模的调查工作。他们设立了监视运现金的车的贴身护卫组，以及在前几公里远前方活动的先遣组和游击组。这样的设置是为了迅速应对嫌犯的动向，以期将其逮捕。

警方起初以大阪到兵库一带为中心加强了警戒，因为嫌犯在恐吓信中暗示会要求交款人往西走。可实际上嫌犯指示的却是位于东边的大津服务区。这与加强警戒的地区处于相反方向。

滋贺县警秘密派出搜查员在案发现场守候，而且滋贺县警的搜查员也看到了在大阪府警的搜查员眼前突然消失了的狐狸眼男。

毕竟是二十七年前的案子了。得知这一令人惊讶的事实，我们三个人兴奋地连珠炮般地发问，今江先生费力回想的模样给我留下了深刻的印象。

从这一天开始，我多次前往今江先生的工作单位和住所，试图循着今江先生的记忆进行采访，确认案件中各事件发生的时间顺序和细节。

我们拜托今江先生，请他告诉我们在大津服务区看到狐狸眼男的搜查员的联系方式。今江先生说"那家伙可是刑警中的刑警"，"不知道会不会接受采访"。

但是，既然知道了有这么一件事，无论如何我都想听那名搜查员说一说。我暂且回到了大津放送局，联系了那名看到过狐狸眼男的搜查员，总算在电话里约好了见面时间，就定在当天晚上。只是，就算去拜访了，也不知道他会不会告诉我详情。眼前有一则特大新闻，却不知道能不能拿下，我抱着这种焦急的心情，默默等待约定时间的到来。

驱车前往那名搜查员家的路上，我一直十分紧张。那天，他真的看到了那个狐狸眼男吗？他真的会把这件事告诉我们吗？期待和不安的心情交织在一起，让人分外难受。采访时做笔记是基本事项中的基本，但为了绝对不会漏听每一句话，记者前辈、编导和我决定在这次采访中分工合作。

坦言令人震惊的事实

原搜查员大野三佐雄先生在自己家招待了我们。他正是声称在好侍食品案件中与犯罪团伙进行交易的那天，在大津服务区看到了狐狸眼男的滋贺县警的搜查员。

"他是什么样的人呢？"我问道。初次见面，我有些紧张，不过没想到大野先生比我想象得还要沉稳。但在采访过程中，我常常会感受到大野先生的"刑警之魂"。

我们立刻向他提起了案件的事。

大野先生说："案件已经过了时效，该说的就说吧。"然后开始讲述当时的情形。

案发当时，大野先生就职于滋贺县警搜查一科。

那天的调查，虽然被大阪府警要求只能由他们一家处理，但大野先生当时的上司指示说："大阪府警在滋贺县占不上地利。为了防止嫌犯逃跑等意外情况，我们埋伏在名神高速公路沿线以及服务区周边。隐秘行动就好。"

"原来滋贺县警的搜查员也在大津服务区的事是真的。"

迄今为止，原以为只有大阪府警在高速公路上进行调查，没想到当地的滋贺县警也参与了。了解了至目前为止没有被公开的当时的经过，也许就可以知道真相。我屏息听着大野先生说话。

"刚到大津服务区，我就遇到了狐狸眼男。"

二十七年过去了，至今不为人所知的冲击性事实，在这位亲眼见过狐狸眼男的当事人口中娓娓道来。

虽然事先从今江先生那里听说了此事，但从大野先生本人口中听闻这段插曲，不知为何，我感到脑袋嗡的一下，宛如梦中一般。

大野先生向我们三人详细说明了当时的情形。

采访那天，我们还带去了从未公开过的狐狸眼男的模拟画像。

"狐狸眼男的模拟画像"以身穿西服、戴着眼镜的正面像最为出名，而我们带去的这幅则不同，是通过在大津服务区目睹狐狸眼男的大阪府警搜查员的证词绘制的。这幅画像描绘的是一个身穿运动装、戴着有帽檐的帽子、眼睛呈狐狸眼形状的男子。

大野先生对当时的细节记得很清楚，应该是不会记错的，但为了慎重起见，我们还是请他看了这张模拟画像。

"啊！很像很像。虽然我以前是刑警，但我不太相信模拟画像，可这张真的很像。"

大野先生一边看着画像，一边讲述他亲眼看到的狐狸眼男的特征。

"他的体型比大阪府警在电车里看到狐狸眼男时画的那幅有名的

画像还要壮实，有点溜肩，脸也很圆润。"

从未对外公开过的"大津服务区的狐狸眼男"画像

那天，我们聊了三个小时左右才离开大野先生的家。

听到"滋贺县警的搜查员看到了狐狸眼男"这样的特大新闻后，我异常兴奋，回程路上，我甚至疑惑起来："这确实是真的吗？"

我一边和记者前辈、编导聊着接下来该怎么办，一边回到了大津放送局。

从大野先生那里打探到消息的第二天，我陆续接到了两个任务。

一是找到能支持今江先生和大野先生说法的"证据"。

滋贺县警在没有通知大阪府警的情况下，将搜查员安排在大津服务区、让搜查员驾车行驶在名神高速公路上，以防万一，这件事可能做过记录，只要找到这样的文件记载，就可以证实两人的话。

另一个任务是让大野先生接受拍摄采访。

仅这次采访是不够的，还需要他接受电视台记者的随身采访。虽然是同样的信息，如果是以拍摄采访的形式来展现，新闻的价值会大幅提升。因为从本人口中说出的话，通过说话的语气和表情等，可以传达给观众更多的东西。但是由于这样做的影响力也很大，对出场者来说，需要相当大的勇气。

大野先生真的会同意拍摄吗？对此，我的心中充满了不安。刚开始采访的时候，一直被"能不能挖掘出新的事实"的不安所包围，然而一旦发现了新的事实，又被"这次能不能掌握内幕，能不能在节目中播出这个事实"的不安所包围。新的阻碍接二连三到来，而我只能为了跨过一个个阻碍四处奔波，这其中包含着记者这份工作的辛苦与趣味。

第一个任务，即证实今江先生和大野先生说法的文件，是在采访开始四个月后找到并进行拍摄的。那封文件手写而成，记载着"秘密部署搜查员，对可疑人员实施调查"，该文件写于昭和五十九年（一九八四）十一月十四日，上面确实记录了滋贺县警将搜查员部署于大津服务区和草津停车场等事情。发现这份文件时，我满脑子都想着"这下可以证明今江和大野所说的是真的了"。如此一来，便可以将这件事如实地告诉给世人了。

关于第二个任务，我不断去大野先生家拜访。第一次拜访是和记者前辈、编导一起去的那天，我只是专心去听大野先生讲述案件的经过，第二次之后，我和大野先生就天南地北地聊开了。大野先生给我讲了很多他当刑警时的故事。

最令我印象深刻的是"小地方的刑警什么都要做"这句话。

在警察组织中，虽说都是刑警，但不同类型的案件由不同的人负责处理。警视厅和大阪府警等规模大的警局中，刑事部也分为好几个科和系，每个部门的刑警都有自己的专长，从专业出发调查案件。但是像滋贺县警这样规模小的警局，刑警数量也少，必然的，比起提高专业性，更重要的是掌握能应对任何案件的能力。

大野先生当刑警的时候，滋贺县的刑事部被分为负责处理杀人、盗窃案件等的搜查一科和负责处理诈骗和经济案件等高智商犯罪的搜查二科。大野先生作为搜查一科的搜查员曾负责过多起凶杀、盗窃案。

"小地方的刑警在哪儿都忙得不可开交，就算是一个有能力的人也无法提高专业性，就这点而言，和大都市的刑警相比，滋贺的刑警所处的环境也许是不幸的。但是大家从不抱怨，一直在努力。无论在哪里、发生了什么都应付得了——这就是我们滋贺县警的刑警感到自豪的地方。"

从这番话语中，我感受到了大野先生对刑警这份工作所抱有的自豪感。与此同时，我也强烈地希望能让更多人了解抱着这样的志向工作的大野先生。

可我始终没能说出"希望您能接受拍摄采访，希望您能参加电视节目的录制"。现在回想起来，如果能顺势单刀直入地提出请求就好了，但当时我顾虑很多，总担心太早提出请求会被拒绝。

在交谈的过程中，我试探性地提到了拍摄采访的事，但被大野先生委婉地避开了。毕竟曾经是刑警，嗅觉灵敏得很。于是我就这样时常去大野先生家拜访，日子一天天过去了。

大野先生最终能接受拍摄采访，多亏了他夫人的一句话："亲爱的，你别那么在意了，赶紧说出来才比较轻松。"虽然这对记者来说很难为情，但多亏了夫人的帮助。这是我后来才听说的，大野先生正在烦恼是否要接受拍摄采访的时候，是夫人实在看不下去了才推了他一把。无论是为了愿意接受拍摄采访的大野先生，还是为了从案发当时起就一直在背后支持着大野先生的夫人，我暗下决心，要努力做出一档好节目。

五月的连休假期结束后，我们与大野先生一起来到大津服务区进行拍摄。

我去大野先生家接他，只见他一只手里拿着一个像是荷包的东西。我向他询问那是什么，他说是自己当刑警时随身携带贵重物品时使用的东西。据说只要把荷包绳子挂在手腕上，就算和嫌犯对峙时两手都忙着抓人，也不用担心荷包被抢走。他去办案时一定会带着这个荷包，这次拍摄时就带了过来，不知为何，我对此感到很高兴。

到达大津服务区后，平时面带微笑的大野先生表情和往常不一样了。

似乎带着怀念，却又很严肃。

绝密调查的真相

在这里，有一件事我想事先说明一下。那就是滋贺县警为什么会采取这样的调查方针呢？为了理解这一点，有必要翻开调查前一天召开的调查会议的记录。

调查前一天，昭和五十九年（一九八四）十一月十三日，在大阪召开了联合调查会议，兵库县警和滋贺县警等附近地区的警察也参加了会议。会议上，大阪府警向与会警察传达了调查方针：

"高速公路的调查由大阪府警单独进行。"

当时，四方修先生作为大阪府警总部长指挥该案件，对于采取这样的方针他是这么说的：

"从一开始就是大阪府警在负责运送现金的车和高速公路上的情况，所以我希望由大阪府警的车保护在运送现金的车周围。总之，当时的情况，并不需要当地警察采取行动，去加强犯罪调查力量。"

然而，滋贺县警与遵循大阪方针的兵库县警不同，暗地里采取了其他行动。

接到嫌犯指示后仅仅五分钟，滋贺县警就在大津服务区部署了搜查员，在后面的两个地点也安排好了搜查员。

大野先生按照"瞒着大阪府警进行监视"的指示，一个人进入了大津服务区。拍摄当天，他在与案发时相同的地点下了车，步行进入大津服务区。那天，大野先生到达大津服务区的时候，还没有看到大阪府警的搜查人员。

大野先生先向大津服务区建筑物二楼的餐厅走去，因为这里能够眺望大津服务区的整个区域。在那里，他目击了行动可疑的男子。

那名男子正是大阪府警搜查员所绘的模拟画像里的狐狸眼男。

事情发生在大阪府警松田先生目击到可疑男子的十分钟前。

"当时上行线的行驶车道上有一栋建筑物，那里靠京都方向、西面位置处有一扇巨大的窗户。从那个位置可以看到整个上行车道。所谓的狐狸眼男就坐在那里，一直盯着车流的方向。我一进来就看见了他，所以着实吓了一跳，心想这人来得还真是早呢。"

大野先生至今还清楚地记得狐狸眼男的模样。

"那双眼睛细细长长的，微微上翘，眼神可以说是十分锐利。我确信他一定是犯罪团伙的成员。"

案件发生二十七年后，在这次采访中得以浮出水面的真相，终于曝光在电视摄像机前。

"虽然公开的模拟画像是一张全身像，但是腰以下的部分只是轻轻带过。和画像相比，实际的狐狸眼男身形非常结实，个子也很高，真的非常非常壮实。虽然画像里也画出了腿，但实际上他的腿部肌肉又粗又壮，给人那种感觉。当时我把他的特征全记了下来，他的穿着很不修边幅，颜色啊，也不是很华丽，是灰色之类不显眼的颜色。他戴的那顶帽子可以折叠起来放进口袋里，帽檐很短，他就一直摘下来放兜里又戴上去。本来想看看他头发的样子，但灯光太亮了，没法确认。他的眼神真就是和模拟画像一模一样。"

大野先生比划着，说明自己所看到的狐狸眼男的样貌。

"大概这里就是一整扇玻璃吧。我记得椅子应该是有扶手的，他就把额头贴在窗户上一直往外看。因为是玻璃窗户，景色也很好，别人都是往琵琶湖的方向看，只有他是往道路的方向看的，看起来实在可疑。再一看他的脸，完全是模拟画像上的那个男人。我恍然大悟，心想一定不要被发现，于是就向后退了一步，一直默默地看着那个男人的行动。他在这里没待多久，就马上走出了大楼，朝厕所的方向走去。"

极其可疑的行动

大野先生跟在男子身后，保持二十米左右的距离。

大野先生走出大楼，向我描述男子当时的模样。狐狸眼男在男厕附近的举止十分可疑。

"我正想观察他的举动，没想到他进了厕所后马上折返。他的身影消失了一阵子，又很快调头回来了。像是在确认身后有没有警察跟踪一样。他看起来很熟练。但凡受过训练的人，用点头脑就能知道，这是个行动中的嫌犯。

"为了不让男子发现我在跟踪他，我只能和他擦肩而过。这个可疑人物折返回来，就在我眼前，朝我这边走来。我和他擦肩而过，去了趟厕所，花了正常小解的时间就出来了。这时，他还在朝对面走去。"

男子在厕所采取了像是要甩掉跟踪者的行动后，朝屋外的长椅走了过去。男子坐到长椅上，大野先生看到他在长椅上的动作时，便确信他一定是案犯之一。

"我可以确定，他就坐在那张长椅上，像是在努力贴着什么东西。因为我听说过之前指示交款人行动的信就是这个样子的，所以他恐怕就是在做这件事，我觉得。"

有明显可疑行为的狐狸眼男明明就在自己眼前，但只能这样看着吗？大野先生通过无线电向上司请示是否应该做警方盘查。

"虽然我将这个情况做了汇报，但滋贺县不能插手任何事。因为是秘密行动，只是为了防止意外出现才来到这里的。虽然从我个人的角度来说，我是非常想做警方盘查的，但为了查明案件全貌，将案件挖得更深，就要在暗地里监视所有的行动，那并不是可以进行个人表演的情况。"

大阪府警的松田先生到达大津服务区的时候，大野先生正在和上司用无线电通话。

松田先生并不知道滋贺县警的行动，在暗中和狐狸眼男对峙着。

大阪府警把调查力量集中在运送现金的车的动向上，而跟踪狐狸眼男的只有一名搜查员。

在场的大野先生接到指示，把剩下的一切交给大阪府警，离开现场。

"滋贺县警搜查一科的人员被要求撤退，我们必须听命。但我实在是不想从狐狸眼男身边离开，真是相当犹豫啊。之后不久上面便联系我，我就撤退了。在撤退的途中，我听到了大阪府警的无线电传信，说有可疑男子翻过栅栏。到底应该怎么做？这个任务我也只能交给他们了。"

独自跟踪狐狸眼男的大阪府警搜查员，最后还是把人跟丢了。

正在解释狐狸眼男动作的原滋贺县警搜查一科大野三佐雄先生

"翻过栅栏的男人是那个狐狸眼男吗？还是另一个人？这一切我不得而知。但我当时的心情就是，如果大阪的人员能和滋贺县保持紧密的联系就好了。"

明明嫌犯就在眼前，为什么没有采取任何措施呢？

一直以来，我听大野先生讲述了很多他作为刑警的经验和对工作的想法，所以我很难理解为什么他只是看着那个男人行动。

——您没有通过无线电跟上司说自己想要逮捕嫌犯或是做警方盘查吗？

"不行，不行。因为是组织性的调查活动，所以说不了。"

——如果嫌犯就在眼前却什么都不做的话，这和大野先生您来这里的意义不是正相矛盾吗？去大津服务区这个指示的目的到底是什么呢？

"啊，那是因为如果嫌犯逃跑了，大阪府警在追赶不上的情况下，可能会向我们提出什么要求。我觉得上面的意思是，大阪府警让嫌犯跑了的话，也许会需要我们伸出援手。要在有限的时间内开展行动，如果大阪府警的人在追赶嫌犯的话就去予以帮助，我觉得上面也是这样指示的，包括我自己在内也是这种感觉。"

阻挡在大野先生面前的是"警察"这个组织本身。

滋贺县警的调查在绝密的情况下进行。

大野先生曾见过狐狸眼男的这则消息并没有报告给大阪府警，案件发生后的二十七年间，都不为世人所知。

滋贺县警占了地利

在大野先生前往大津服务区的同时，当时在滋贺县警搜查一科指挥现场的今江明弘先生开车前往了名神高速公路。今江先生也欣然接受了拍摄采访。

对今江先生的拍摄，从原县警总部前面开始。现在的滋贺县警总部矗立在可以眺望琵琶湖的地方，但案发当时，县警总部在县政府旁边。原县警总部的建筑还保留了一部分，以此为背景，我们开始了对今江先生的采访。

——您为什么没有听从大阪府警的指示呢？

"这是大阪府警的案件，所以他们才下达不准别人插手的指示，什么五十米区域，什么距高速公路五十米以内不得进入。当时就是这种调查方针，让滋贺县警感到如坐针毡。"

作为当地警方，今江先生有着自己的傲气和自尊心。

"没办法放手不管啊。滋贺县拥有这里的管辖权。就算你说什么也别做，如果我们不在外围做好防范，要是发生了什么事情，或者发生了其他案件，我们不就没法应对了吗？大阪府警说什么你们别过来，可我们滋贺县的干警也觉得'你这是在说什么糊涂话啊，来到我们滋贺县的地盘你能翻出什么水花'。当时干警们一定认为，无论是说地利还是对本地的了解程度，遇到这种情况，滋贺县警才是最应该出动的。"

案发当天，今江先生和其他搜查员待在搜查一科的办公室里待命。"嫌犯那边指示带上大阪府地图，所以谁都没想过会进入滋贺县境内。但是，如果波及滋贺县，作为滋贺县警的刑警，我们对于应对这起案件是干劲十足的。就在这种时候，大约八点半，我们收到无线电消息，嫌犯指示从城南宫前往大津高速公路出入口方向。

"说实话，我吓了一跳。嫌犯明明说要准备大阪府的地图，却来了个反转。我有一种被骗了的感觉。"

滋贺县警立即采取行动。今江先生也去了大津高速公路出入口。

拍摄时，我们准备了和今江先生当时乘坐的轿车同类型的车。

"机动搜查队的人坐在司机座位上，我坐在后座上，在司机的后面。车里坐了两个人的话很容易被猜到是警察，所以我坐在后面，躲着进行无线电操作。因为是机动搜查队的车，座位拆动过，能透过后备厢看到后面的车。因此我有时会指示去这边那边的。"

今江先生躲在后座，跟在了运现金的车后面。

拍摄时模拟当时的场景，车从原县警总部出发，从大津高速公

原滋贺县警搜查一科刑警今江明弘先生正在再现绝密调查时藏在车内的场景

路出入口进入名神高速公路，驶向名古屋方向。采访就是在车内进行的。

"指示说不要进入五十米以内，所以我们就不能堂堂正正地进去啦。但是我们想保护滋贺县的辖区，还是开上了高速公路，因此是不能被任何人发现的。这算是一次绝密调查。我都没和大阪府警说过这件事。"

接着，他谈到了与其他府县警察的关系。

"当时的警察奉行的是所谓的案发地主义原则。发生在自己的管辖范围内的案件要由自己来处理，就是这种想法。无论在哪个县，大家都这么想，如果没有这种意识的话就称不上是刑警了。所以，大阪府警才会想自己实施抓捕吧。

"但是，大阪在那之前已经在嫌犯指定的现场中好几次抓捕失败了吧。我记得这次的案件，他们是想做个了结的。所以，大阪府警才有一网打尽的想法。对大阪来说，他们确实也有想在自己的地界上逮捕嫌犯的心思吧。滋贺县警本来应该作为后盾支持大阪府警的，但从某种意义上来说，我觉得两边的分歧应该是从那时开始就已经存在了。

"按理说，收到调查协议后，我们也应该在现场周边进行埋伏吧。万一发生什么事，好歹这也是在滋贺县警的地盘上。所以我们才有干劲，开上了高速公路。上了高速，既不能让犯罪团伙发现，也不能让大阪府警发现。考虑到这两方面，我们在行动中只能保持不即不离的状态。"

今江先生追着运现金的车，沿名神高速公路向名古屋方向行驶。

"到现在我也忘不了这件事，那是辆奈良牌照的面包车，所以马上就认出来了。大概离了有两三百米远吧。

"我觉得派先行部署车辆出动稍微花了些时间，而且在先行部署完成阶段，大津服务区的指示牌后面应该已经贴了去草津停车场的指令信吧，所以运现金的车出发去草津的停车场了。当然，虽然有些慢，我还是从后面追上去了。"

——不能让嫌犯发现，还要防止被同属警察组织的大阪府警搜查员发现，只能一边躲闪，一边在高速公路上追逐运现金的车，那么您当时的想法是怎样的呢？

"大阪府警想要一网打尽，所以滋贺县警是怀着一点错误都不能犯的想法在后边跟踪的。最重要的就是不能被嫌犯察觉到他们在被人跟踪。而且，如果大阪府警有了什么失误，我们也想上前帮他们一把。"

戴郁金香帽的男人

在这次的采访中，我们还了解到，可疑人物其实不只在大津服务区被目击到了。

在草津停车场，警方在长椅背面发现了下一封指令信。从当时在高速公路上奔波的滋贺县警今江先生那里，我们知道了前往草津停车场的大阪府警的对话。

"我记得我在无线电里听到的内容是'在草津停车场看看长椅背

面'。我们的搜查员是在现场看着的，那个男人贴了那张便条。搜查员说他戴了一顶郁金香形状的帽子。"

存在一名戴帽子的可疑男子。今江先生向我们讲述了一个此前无人知晓的新事实。

"和在大津时一样，我们都没有插手。我一直认为，既然大阪府警的搜查员在现场，为能一网打尽，他们应该会派人追踪，所以就完全没有插手。"

据说搜查员所目击到的该男子采取的行动，让他们确信此人是犯罪团伙的一员。

"搜查员汇报过发现戴郁金香帽的男人贴了便条这件事。贴的位置是长椅的背面。但我通过无线电对埋伏在大津的搜查员说'不要插手'，他们应该也听到了。所以我觉得他们是听从了我的指示。"

草津停车场的指令信上写着：以时速六十公里往名古屋方向行驶，如果看到左侧栅栏上的白布就停下来。那里放着一个空罐子，里面有下一封指令信。

今江先生为了不被大阪府警发现，暂时离开了运现金的车，向栗东高速公路出入口驶去。

在无线电里听到白布的消息后不久，他看到了绑在栅栏上的白布。

"开车的搜查员说：'快看，那里有白布！'我从座位上起身，还真有一块。我跟他说别停，继续开下去，继续开，然后驶出了高速公路。我觉得在白旗的地方应该有大阪府警先行部署的人，可能有搜查员在那里，总之我们赶紧向前开走了。"

之后不久，大阪府警用无线电询问滋贺县警，如何到达白布下面的地面道路。今江先生说他没有回复那个无线电。

"我没有回答无线电里的提问。不知道是大阪府警里哪位问的，他问的是要去有白旗的地方下面的地面道路，从国道一号线哪里进去比较好。当时，我并不知道白旗下面是哪里，只知道在栗东町内（当时），但是从一号线哪里能进去我并不知道，那是后来才知道的。

"由于是在夜间行驶，看到白旗的时候根本无法判断那是在哪里。比起这个，看到了白旗这件事才最令我惊讶。我们就那样一直向前开。那是在差两公里到栗东高速公路出口的地方吧，具体是哪里，要从哪里进去，我就不知道了。"

经过白旗所在的地点后，今江先生在栗东高速公路出口驶出了名神高速公路。这是从草津停车场往名古屋方向的第一个出入口。他是从一开始就决定从栗东高速公路出口下高速的吗？

"不是的。一开始没有那么决定。是只能在那里出来了。我以为白旗就是终点了，警方肯定会在那里扔下现金，所以我就从栗东高速公路出口离开了。"

当今江先生从高速公路上下来的时候，白布所在地下面的地面道路上发生了可疑车辆被放跑的事件，致使滋贺县警后来受到强烈指责。

"放跑嫌犯"的屈辱

在滋贺县警内，知道当天调查的只有一小部分搜查员。

正在巡逻的警察们什么都不知道，靠近可疑车辆时，那辆车出其不意地加速逃跑了。

滋贺县警察的失败引发媒体的争相报道，也就是所谓的"放跑嫌犯"事件。

"那时候，正好滋贺县警在紧急部署。我收到无线电说有一辆可疑车辆逃跑了。之后不久，那辆可疑车辆被发现遗弃在草津站附近。因为车中有无线电等遗留物品，我收到指示前往现场。我和负责盗窃案的系长分别乘坐一辆车前往可疑车辆的所在地。"

由于放跑了可疑车辆，滋贺县警受到了媒体和社会的严厉批评。

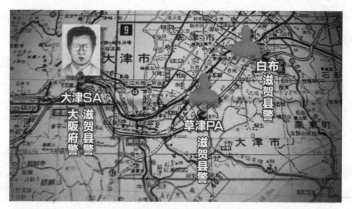

狐狸眼男出现在大津服务区，戴郁金香帽的男子出现在草津停车场

　　"在高速公路的下面，三名机动搜查队员正好发现了一台可疑车辆，车内的人在摆弄无线电。搜查队员便用手电筒晃了一下。在被照亮的同时，他们踩了油门就跑，几名队员当然追了上去。他们完全不知道可疑车辆和该案的关系。就是警方在定期巡逻的过程中发现了可疑车辆，正想对其做警方盘查的时候，却让他们逃跑了。就是这么回事。

　　"所以说是当时滋贺县警放走了嫌犯的这种说法是无稽之谈。因为他们根本什么都不知道。他们只是在巡自己的逻，发现有可疑车辆，想要上前盘问的时候，被对方给逃走了。然后他们便跟了上去，采取紧急部署进行追踪，最终还是在草津站追丢了嫌犯。

　　"而且，关于大阪府警所设想的赎金啊，企业啊，现场设置什么的，滋贺县警一个错都没有出。我至今仍这样认为。"

　　这一天的调查行动是在滋贺县警的内部秘密进行的，知道的只有干警以及今江先生和大野先生等搜查一科的部分搜查员。

　　新闻报道经常把"放跑嫌犯"说成是滋贺县警的失职，这对滋贺县警来说是一种屈辱。一无所知的警察们明明只是想要尽职尽责而已。这就是滋贺县警的说法。

采访过程中，我一使用"放跑嫌犯"这个措辞，就会有搜查员不高兴地说"那根本不是事实"，可见这对滋贺县警来说是一件很不光彩的事情。

听了案件的来龙去脉，我也觉得确实如此。但有一种想法挥之不去：如果那天参与调查的不只是总部的一部分人员，巡逻的警察也能参与其中的话……

在当天的一系列搜查之后，犯罪团伙并没有明显的动静。

在格力高-森永案中，这一天的现场行动实际上成了警方最后的机会。

今江先生回忆起当时的情景，这样说道：搜查员们虽然在多个地方都看到了嫌犯的身影，却没能实现抓捕。

"搜查靠的就是地利。在紧急关头，不了解地理情况的话，是无法调查下去的。在对遗留物品的调查中，我们也深切体会到了没能掌握地利之痛。所以，大阪府警的这起——四号案啊，就是缺了地利。我觉得这就是最大的原因。"

格力高-森永案的案发现场横跨多个府县。今江先生说，这是一起拷问大范围调查该如何进行的案件。

"该案件为今后的大范围调查开辟了道路，也可以说是引发了不小的风波。之后，合作协定也发生了改变。这以后，我们和大阪府警、京都府警、奈良县警以及福井县、岐阜县的警察一起轮流进行了绑架训练、指定犯罪现场的训练，以及假设企业遭恐吓的训练。我觉得以这起案件为契机，大范围调查变得越来越好了。

"但当时他们说了不要干涉吧，所以我们才想从侧面帮助调查。如果是现在的话，就可以堂堂正正地在大范围调查中携手合作了。贴指令信的那两个人，现在的话应该都能抓住了。"

今江先生回顾着当时的情形，接着说道：

"大阪府警应该也是要强吧。在那个阶段——这样说虽然有点失礼——因为失败太多回了，才会想这次一定要一网打尽吧。我们太明白他们这种斗志昂扬的想法了，所以才不想加以干涉。

"可在我们开始调查遗留物品的时候，目击到那个狐狸眼男的搜查员说过：'系长，要是当时我能抓了他就好了。'这件事我到现在还忘不了。

"如果大阪府警请求合作的话，案件会不会朝更积极的方向发展下去呢？其他搜查员也这样想过吧。只要积极合作，就能在那两个地方控制住贴指令信的家伙。"

高速公路上的调查过去一周后，警察厅和相关警察之间召开了一场电话会议。在这次采访中，我们得到了当时的录音带。会议上，警方围绕案犯的下一个指示进行了预测并展开了讨论。

> 警察厅："接下来我们需要采取比以往更加深入的形式。特别是大阪的贴身部队和各府县的联合行动是不可缺少的。"

但是，在这次会议上，滋贺县警并没有传达曾接近过可疑男子的事实。

> 警察厅："在发现可疑人物的情况下，为能够实现警方盘查，我们想部署一下这样的人员。"
> 兵库县警："收到，这里是兵库。全体三千零七名成员，紧急分配计划已经完成。"
> 滋贺县警："这里是滋贺，我们已经决定投入四百三十四名成员，接下来的车辆配置也定好了。"
> 大阪府警："大阪考虑，这是一场全域特别部署……"
> 其他："好的，京都没有异议。""那就这样可以吗？其他县觉得怎么样？""大阪也觉得可以。""兵库也了解了。""滋贺这

边了解了。"

在为期两天的会议上，警方虽然确认了要加强应对态势，但并没有就调查的失败进行本质性的讨论。

总部长自焚身亡

昭和六十年（一九八五）八月七日，距滋贺县警施行绝密调查已过去九个月。

滋贺县警总部的山本昌二总部长在退休当天于官邸内自杀。自杀方式是自焚。

据说他留有遗书，但内容没有公开。有人说自杀原因是在格力高-森永案中放跑了嫌犯，也有人说这和案件无关。虽然总部长自杀的真相还没有查明，但这确实给搜查员们带来了不小的冲击。

今江先生这样描述当时的情形：

"在总部长自杀后的第二天，我在报纸上看到了标题为《格力高-森永案大出洋相》的报道，能写出这样的报道可真是荒唐。那个案件里，滋贺县警反倒是竭尽全力扫平了周围的障碍。大阪府警为了将案犯一网打尽，派了摩托车队等大量车辆部队进入滋贺县，可那样也没有抓住案犯，最后还是失败了啊。这样的话，就不能只让滋贺县警担这份责任吧。我们并不是甘心接受的啊。当时的小府县的警察局在规模大小上就相差很大。滋贺县警就是小啊。但我仍然觉得我们的调查能力并不输给他们，这一点很让我自豪。所以，才会有让小府县担着（责任）的感觉吧。"

当时任滋贺县守山警察局局长的阿部兴平先生也向我们讲述了总部长自杀的事情。阿部先生后来担任了滋贺县警的刑事部部长，指挥调查格力高-森永案的物证。

"总之当时的气氛就是大家要齐心协力，不能逮捕案犯就是对不起总部长。真的，当时我的心情该说是同情呢，还是觉得可怜呢……到底是谁导致了这样的结果？如果非要说的话，我是这样觉得的，格力高-森永案的调查，特别是牵涉到滋贺时的调查，当时的判断是需要反省的。我们要是能说出'抓住案犯了'这句话，那就太好了。"

关于当时的报道，阿部先生是这样说的：

"那时的媒体报道，尤其是报纸和周刊，全在说是滋贺县不好。但是那三名搜查员又不知道情况，只是想去警方盘查，而且他们还搜集到了大量的遗留物品和车呀。他们是功大于过啊，说真的。

"媒体报道大多是说，警方在不恰当的时机进行警方盘查，这才放跑了嫌犯。可是正因为要做警方盘查，嫌犯惊慌逃跑了，这才留下了大量的证据资料，我想这是功绩更大嘛，那三名警察应该被夸奖的。

"如果让那些家伙开车逃走了，确实说不过去。可他们是在后面一直追赶，将嫌犯逼到不得不扔下车逃跑的地步，让嫌犯留下了证据资料。虽然结果是没能抓住嫌犯，但这会给他们一些危机感，让他们知道再也不能这样做，知道警方能将自己逼迫到逃亡的份上。而且我们还得到了那些资料。如果当时搜查员知道他们是格力高案嫌犯的话就能抓住了，可正是因为不知道啊。

"不过，就像说过很多次的那样，最后的最后时效已过，还是没能逮捕案犯。我想我们不应该那样自暴自弃，而是应该吸取当时的教训，从内心深处接纳这些教训，这对今后的调查工作也会有所帮助。"

现场周边的警察局也在待命

在今江先生和大野先生进行绝密调查的那天，其实阿部先生也向守山警察局的部下下达了命令，建立了一套机制，以便发生突发状况时可以立刻展开调查。

"守山警察局的刑事科科长收到总部的指示后，回来向我传达了那个报告。但是，关于格力高-森永案案犯的要求，报告并没有给出他们具体会采取什么行动的信息。滋贺县警，以及我们这些指定现场周边的警察局，还没有明确应该采取什么机制。于是我们向警察总部询问，有没有再具体一点的案犯的行动模式或提要求的规律，案犯会以什么形式、在哪里交易，有没有这些详细信息？总部说，你们自己采取相应的应对措施就行。结果就是，我们不知道案犯具体的行动模式。"

——那时，你对部下守山警察局刑事科科长说了些什么呢？

"多亏了滋贺县我们才知道了指定现场具体在哪里。我们希望尽可能提供支持，却收到了那种含糊的指示。如果案犯真的进入滋贺县内抢夺现金，就必须要采取不能放案犯逃走的机制，令大津、草津、守山、栗东一带的警察局最大限度地发挥作用。但是原则上，如果让案犯发现了警方的动向，那么整个调查就会以失败告终，所以应该在不被案犯察觉的同时，讨论一下对案犯要采取什么样的机制。"

阿部先生认为这一天是能抓到案犯的最后机会。因此，他对下达了含糊命令的大阪府警和滋贺县警察总部提出了意见。但从结果上看，还是没能讨论出具体的应对措施。

"现场周边的警察局最担心的就是案犯在自己指定的现场成功夺走了现金，或者在某种冲突中逃跑了。无论是成功拿到赎金，还是发生了冲突，结果都是让案犯逃跑了。所以我在想，这种机制真的不要紧吗？对于抓捕案犯来说，那是千载难逢的好机会，也是最后一次的机会，对于警方来说的话，这种抓捕机制真的没问题吗？关于这点，我没有收到指示。

"所以说，完全只由大阪府警来做真的好吗？大津、草津、守山等地的警察对现场的地理、地名等方面都非常熟悉，本应该全力投入更多的支援。如果让案犯逃走了，那一切都结束了。那么，作为当地的警察局或者说滋贺县警，就应该考虑得更多。当时，可以说是进退两难了吧，我对信息共享和逮捕机制这两方面都感到不安。

"如果大阪府警和警察厅的机制真的很完善，周边的警察基本不出动也没关系，那样的话也可以。我之所以担心，就是因为觉得这样很勉强，因此才提出了那样的疑问。如果把这看成最后的机会，却没有在现场抓到格力高案的案犯，那就太荒唐了。我觉得这种危机感，无论是大津、草津还是守山警察局都有，大家内心都明显感到左右为难吧。"

案发当天。阿部先生根据自己的判断，命令守山警察局的刑警们在警车里待命，发生任何情况就能马上出动。

"案犯成功拿到了现金但逃跑了；发生冲突，案犯因失误夺取现金未遂但逃跑了……而且案犯不是单独行动的。我觉得逮捕机制极其不稳妥、不完善，因此我就和刑事科科长商量，安排四五台警车待命，做了紧急部署。这么做的原则是，如此一来，如果总部直接下令让我们立即出动，我们就能够行动。妨碍到大阪府警就麻烦了，所以只能做此安排。

"但是，如果案犯已经逃走了，从案犯开始逃跑的那刻起等着总部下达指示，那就来不及了。如果通过无线电或其他方式得到了案犯逃跑的情报，就不应该等待总部的指示。或者说，明明案犯正在逃跑，但上面没有指示，我们就那样干等着，那也是不行的。我让他们原地待命，要求他们随时都能出动。一旦接到发现格力高案案犯或者疑似与格力高案有关的人逃走的情报，我就下令出发。"

实际上，阿部先生确实收到了嫌犯指定滋贺县为现金交接现场的情报。

"支离破碎的信息从总部和媒体传了过来。嫌犯正在采取行动，哪里哪里有白旗，诸如此类的信息。我们完全是以捕捉态势等待着时机。如果案犯在现场被逮捕了的话，（滋贺县警）就不用出动了。但是刚才也说了，在我看来，一下子就把案犯捉拿归案是不可能的。

我并不认为那是一个不需要滋贺县警、守山警察局和草津警察局出动的万全的机制，太危险了。"

阿部先生让警察局里待命的便衣警车前往栗东附近，结果，这项行动并没有取得实质性的结果。

自豪与苦恼

在大津服务区看到过狐狸眼男的大野先生。

在名神高速公路上秘密行驶的今江警官。

根据自己的判断，让警察局内的搜查员待命的阿部先生。

滋贺县警的搜查员和干警们都在各自的岗位上，抱着各自的想法展开了调查，结果却被贴上了"放跑嫌犯"的标签。甚至发生了总部长自杀的冲击性案件。格力高-森永案给滋贺县警的搜查员留下的东西实在太多了。

多亏了那些愿意接受采访的人，才能让案件当时不为人知的真相浮出水面。但是，当然，也有不愿意接受采访的人。总有些人，哪怕记者想方设法去他们家中打听消息，写信请求他们接受采访，他们还是不予理会。节目播出的日期定下来了，取材的截止日也越来越近，我想在最后再去一名相关人员的家里试试。这次，一直隔着对讲机说话的这位夫人出来了。夫人的手里握着我不断寄去的信。

"您来了好几回，还给我写信，真是不好意思。"夫人说着把信递给了我。信件没有被打开的痕迹。被退回来的那些信，我至今还保留着。我想，既然现在不舍得丢弃，那今后也应该无法丢弃吧。

这起案件在平成十二年（二〇〇〇）迎来了追诉时效过期的日子。但是通过这次采访，我感到，即使过了时效，搜查员们心中的遗憾也丝毫不会褪色。

虽然我很清楚过去的案件不能用"如果"来描述，但还是不免时不时盛气凌人地问接受采访的原搜查员："为什么当时没有这样做呢?"每当这时，原搜查员就会露出苦涩的表情。

这次是滋贺县警首次公开绝密调查。

从采访开始到播出，我大约花了半年的时间进行采访。在采访中，我感受到搜查员所抱有的自豪与随之相伴的苦恼。

原搜查员们在"无论如何也要抓住案犯"的想法和"作为警察组织的一员，自己应该采取的行动"的夹缝中无法停止苦恼。滋贺县警的原搜查员在案件发生二十七年后的今天，依然无法忘记那份懊悔。

第三章　直到追诉时效过期那天

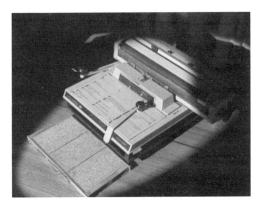

与恐吓信中的文字字体一致的打字机

江崎社长被绑架时所穿的外套

1. 扩大化调查——"B 作战"的真相

海老原史

（NHK 社会部，警视厅记者负责人，生于一九六五年）

好侍案后，案犯蛰伏

在好侍食品案中，警察错失了逮捕案犯的最佳时机，在那之后，犯罪团伙或是狐狸眼男就再也没有在勒索金交付现场中出现过。

虽然之后仍然有对企业的恐吓勒索，但其内容开始掺杂荒诞无稽的要求。好侍食品恐吓案时，警方请求媒体签订报道协议，展开大围捕，但以此案为分界线，犯罪团伙的动向发生了明显的变化。

昭和五十九年（一九八四）十二月，不二家①的干部住宅处收到一封索要一亿日元的恐吓信，信中要求不二家"于十二月二十三日从大阪府梅田的阪神百货店屋顶撒下两千万日元"。

同月二十八日收到的恐吓信中则要求"次年一月五日，从池袋的大楼上撒下两千万日元"。犯罪团伙屡次提出诸如此类不知当不当信的玩笑要求。

缺乏紧张感的交易现场

二〇一一年二月上旬，我去拜访一位原大阪府警搜查一科的搜

---

① 日本著名糖果制造商。

查员。

傍晚略感寒冷，辽阔的天空没有一丝云，我换乘电车前往位于大阪郊外的住宅区。

自平成五年（一九九三）以来，我便不再负责搜查一科的报道，这是一次时隔十八年的拜访。

在守口如瓶的搜查一科刑警中，也有与我相谈甚欢、性格温和的人。很长一段时间里，我经常瞅准能得闲聊天的休息日去拜访他，从他那儿获取消息。

我们总是站在玄关的角落闲谈，借着门灯的光亮读取对方的表情。

他家的内部对讲机还是老样子，按下门铃后传来夫人的声音："先生去参加地方上的志愿者活动了，马上就会回来，请您稍等一会儿。"说着便把我让到了客厅。

过了一会儿，这位原搜查员便回到了家，说着："最近总是盼着孙子会来我们家呀……"粗看虽是和蔼可亲的老人模样，但他的眼神依旧同当刑警时一样锐利。

闲谈过彼此的近况后，我坦言了这次采访的主要目的。"我一直进进出出，不是专门负责这个案子的，具体的我也不太了解呀。"他这样说着，但还是上了二楼，找出了当时的笔记本。

这本昭和五十九年（一九八四）的黑色笔记本中，用潦草的字迹断断续续地记录了案发当时的事情。

关于江崎社长被绑架的案件，笔记本中记录了在大阪高槻市的公共电话亭发现要求支付赎金的指令信一事；案件扩大至大阪的三月十九日，笔记本中则留有"凌晨两点四十分，呼叫""天气降雪"等记录。

这位原搜查员以怀旧的口吻回顾当时的场景。

"江崎社长被绑架的新闻速报是在星期天的晚上播出的。白天上了一天班，很累，我就睡着了。老婆让我起床，我以为也就是兵库县的案子而已，没多想就继续睡了。然后又说高槻市发来了恐吓信，我就又被叫醒了。"

昭和六十年（一九八五）三月上旬，和歌山的老字号点心制造商骏河屋的恐吓案件中，警方在犯罪团伙指示交款人前往的餐厅安排了埋伏。关于当时情况的陈述也被记录在笔记本中。

"那个时候我记得现场没什么紧张感。等了一阵子犯罪团伙的指示，但最后什么动作都没有就回去了。可能上面也觉得案犯不会有什么大动作吧。"他回忆道。

"犯罪团伙停止活动以后，我们也断断续续收到了上面的'特别命令'。把滋贺县警放跑的那辆车里发现的金属片送到研究机构啦，到超市去调查车牌号啦……在很短的一段时间内让我们做了很多事，但又不告诉我们目的，所以我一点也不记得了。"

这位原搜查员摸了摸自己稀疏的头发，不好意思地笑了。

警方三次错失了逮捕现行犯的机会。

犯罪团伙也不再要求现场交付勒索金。

人们猜测，好侍食品恐吓案中差一点被逮捕，犯罪团伙可能被吓得提心吊胆，所以才停止了活动。没有了犯罪团伙明显的大动作，警方调查越发如堕云雾。

调查的核心是"物"和"人"。

警方认为，只要锁定现场残留的大量物品以及对格力高怀恨在心的人物，就一定可以找到犯罪团伙。

另外，两度在现场现身的狐狸眼男应该也成为重要的线索。

然而，"大量生产、大量消费"的经济体系大行其道，对"物"的调查陷入僵局；对"人"的调查范围则不断扩大，看不到尽头。

"五三年磁带"

犯罪团伙的活动停止后，搜查总部着重调查的物品之一，便是昭和五十三年（一九七八）被邮寄至江崎格力高公司干部住宅处的录音带。

这盘录音带被称为"五三年磁带"，由一名四十多岁的男性录制，时长约一小时，内容包括要求江崎格力高支付一亿七千五百万日元。

"你若不照做，就在你们的商品里投毒再放到超市里。"

"要是乖乖听话，就在报纸上刊登广告，钱塞进车里送来大阪机场。"

录音带的内容似乎预言了六年后犯罪团伙的犯罪手法，搜查总部将其视为"前兆案件"着重展开调查。

这盘录音带中的男人说话有着浓重的大阪腔。

比如，"只有这一个"，他会说成"就这么一个啦"；"找警察"他会说成"招警察"。

很多搜查员带着录音带，放给调查的人听，问他们周边是否有声音相似的人。

录音带中的男人说自己担任某会的会长一职，根据这点，一名搜查员提供了线索：该男子会不会是与某某组织有关的人物呢？于是警方对近畿南部地区的相关人员展开了盘查。

接受我采访的那位原搜查员说："要是被发现自己是警察就不好办了，所以大家都假装成自己是历史研究员到处走。但结果还是没找到符合条件的男性。"

不仅是男声的主人，警方对背景音的来源也进行了调查。

背景音中有电车通过的声音，经过调查发现，这段声音与滋贺县内运行的铁路声音相似。于是警方对曾在铁路沿线居住过的可疑人员进行了筛查。

有情报称录音带的背景音与加工塑料产品的工厂内的机器声音相似，一名搜查员便带着科学调查研究院的技术人员前往现场，对实际的声音频率做了测量并与录音带中的声音进行对比。

即便劳驾科学调查研究院做了踏实专业的调查，还是没有找到任何线索，线索就这样断了。

公开嫌疑人模拟画像的是与非

狐狸眼男在丸大食品恐吓案和好侍食品恐吓案中两次出现在警方的视线中。

模拟画像于昭和六十年（一九八五）一月被公开，自那以后，搜查员们为确认蜂拥而至的信息疲于奔命。

关于公开嫌疑人画像一事，警方内部存在着分歧。

后来的大阪府警搜查一科科长、案发时任特警组管理官的铃木建治先生对公开模拟画像这样说道：

"我是反对给搜查员分发狐狸眼男的模拟画像的。这是经验之谈，调查模拟画像的结果很可能是本末倒置。本意虽然是用模拟画像对照筛查出的嫌疑人，但在筛查嫌疑人前要盘问的时候，很多搜查员不就会依赖模拟画像寻找嫌疑人吗？"他这样强调说。

铃木先生继续说："而且，如果查到了一组可疑的人，但其中没有狐狸眼男，警方就可能不会仔仔细细地审问了。"

被认为貌似狐狸眼男的人遍布全日本，曾目击狐狸眼男的七名刑警为做确认而奔走于各地。

归来的搜查一科科长

自平成元年（一九八九）开始的两年里，铃木先生被调往警察厅搜查一科的大范围调查指导室。平成三年（一九九一），他被任命为第十九届搜查一科科长，回到老单位大阪府警。我当时不过是初出茅庐的新人记者，还不到与他直接对话的份儿，不过在这与大阪城近在咫尺的旧大阪府警总部三楼的搜查一科科长室内，每天中午十二点四十五分会举行"一科科长讲话",因此天天都能打个照面。

虽说是"一科科长讲话",但在其他报社和电视台面前,没有一名记者会跟一科科长求证自己获得的独家情报真实与否。这里的日常就是打心理战,各家都只说些无伤大雅的闲话,观察铃木先生的表情,打探别人家的底细。

铃木先生在与记者们的闲谈中,时常发出爽朗的笑声,给人一种待人亲和的印象。但大家都知道,在接受个别采访时,他是一个难搞的对象。要从他那里求证情报的真伪,绝非易事。

我当时经验尚浅,而且也没什么情报,只记得自己总觉得不放心,针对格力高-森永案,问了案件何时才能明了(案犯何时被捕)这个问题。

这次采访中,我向铃木先生问起当时的调查情况,竟得到了出乎意料的回答。说实话,让我倍感失望。

铃木先生回忆道:"我回来当搜查一科科长的时候,对物、对人的调查都范围太大,已经无法控制了。尤其是对嫌疑人的调查,当时的情况是,无论调查哪伙人,十个人里面有两三个嫌疑人也不奇怪,然而调查只停留在'有些可疑'的程度,没有再进行深入调查。总而言之,就是当时的调查流于表面。"

我当时一直对看不见进展的调查隐隐感到不安,如今想来真是可笑。

一名原搜查员的自白

二月上旬,我与那时四处奔波的原搜查员见了面。我们来到车站前的一家主要面向学生顾客的居酒屋,这里只要多付一千五百日元就可以畅饮。我们举起低度数的扎啤碰杯,庆祝这次十五年后的重逢。

他头发花白,与现在的年龄正相符,但朝气蓬勃的模样还与我印象中一样。

他用特有的低沉嗓音讲述当时格力高案的调查情况，语气中流露出几分怀旧。

"虽然我不是那七个曾见过狐狸眼男的刑警，但是我直到现在也经常在梦里见到那个狐狸眼男啊。奇怪的是，梦里的那个男人既没有眼睛也没有鼻子，就只有一张脸的轮廓。于是我就在梦里大喊着问他：'你到底长什么样?!'可那家伙一下子就跑掉了。"

"我以在搜查一科工作为荣。可是格力高-森永案一直没能侦破，我没法坦率地说出自己参与了调查，也不想说。可能搜查一科主要负责的还是杀人案吧。"

他这样说着，我也静静地听着。

"'格力森'① 真是个让人讨厌的词。"

一边是身在搜查一科的荣誉感，另一边是无法侦破格力高-森永案这一大案的屈辱感，时至今日，这两种感情仍在他的心中纠缠。

在我还是负责大阪府警相关报道的记者时，他把自己调查的大部分内容都告诉了我，那时他经常感叹不知道自己的同伴们都在干什么。

关于格力高-森永案的调查，上面掌控着一切信息，搜查员们并不知道彼此在调查些什么。互相接触沟通好像都是禁止的。

那时，我时常在他这名专职负责格力高-森永案的搜查员这里打探消息。因为有他在，我抱有一种安心感，觉得无论发生什么情况我都能迅速察觉；但我也时常为无法把握案件的整体情况而感到焦躁。于是，我没少与他酒桌对饮，互诉衷肠。

其他搜查员都在做什么、收到了上头怎样的指示？哪怕只是多知道一点儿也好。我不遗余力，试图摸清整体情况。

---

① "格力高-森永案"的简称。

在这间车站前的居酒屋里，我们喝了两个多小时，之后我将他送回了郊外的家中。

我此行的目的是向他借阅当时用于记录盘查内容的笔记本。

我以前去过他家好几次。今天，他的家人早已入睡，夜深人静，屋内微凉。印象中，这间住宅格外雅致，如今随着时间的流逝，也有了些许岁月的痕迹。

他不知从哪里拿出了一只黑色手提公文包，从里面取出了一直珍藏着的约二十本小小的笔记本。

翻开笔记，里面详细记载了当时他跑断了腿到处盘查得来的信息，以及遗留物品的调查结果。

被询问的对象包括曾购买用于犯罪的车辆或打字机的同类产品的普通市民、江崎格力高公司的相关人员、黑社会干部、总会屋①和左翼政治家等等，涉及范围广泛。

笔记本里满是个人信息因而无法播出，但从中可以了解到当时调查的部分情况，在此向各位介绍一二。

案发四年半之后的昭和六十三年（一九八八）九月七日，召开了一次调查回顾会议。笔记本中保留了会议的记录。

根据记录，首先由刑事部参事官进行调查现场的惯例训示，提出三点要求：（1）坚持不懈地调查；（2）咬住调查中的疑点不放松；（3）团结、保密。

接下来由负责现场调查的组长（警部②）就调查现状做简要说明。

首先，一名组长介绍，通过调查滋贺县栗东高速公路出口附近逃走车辆中遗留的金属片，对案件发生后离职的金属加工业从业人

---

① 指持有少数股票出席股东大会进行捣乱的恶意股东，具有黑社会性质。
② 日本警察职称之一，位于警部补之上、警视之下。

员展开了调查，进而对以大阪北摄地区为中心的三万一千户家庭进行排查，重点是对案发后搬家的人进行跟踪调查。

之后，由特警组组长介绍情况。警方推测狐狸眼男 F 的居住区域为京阪电车与阪急电车沿线，为了找出 F，警方正在排查该区域的眼镜店和理发店。此外，对茨木市等北摄地区的调查已经完成；丸大食品的恐吓案中在 JR 京都站将 F 跟丢时，警方认为其逃跑方向为车站南侧地区，正在对该区域进行重点调查。

其他组长接着报告了淀川堤坝发生的情侣被袭击案的调查情况。情侣的车辆被发现遗弃于寝屋川市的鞆吕岐神社附近，该可疑车辆曾长时间停留，在被指定为勒索金交付场所的烤肉店附近三次被目击到。会上对包括犯罪团伙所持枪械在内的调查情况也作了汇报。

说句题外话，我一直忘不了可疑车辆停放的鞆吕岐神社。

在我还是负责大阪府警新闻的新人记者时，担任主编的是一名长我四岁的前辈记者，他在记者俱乐部的住宿日记中写过鞆吕岐神社的事情。

我值夜班的时候，前辈经常会用出租车里的车载电话找我，约我去南区喝一杯。也是因为年轻气盛吧，若是晚上十一点开始喝的话，通常都会喝个不停，一直喝到第二天早上。前辈是不醉不休的类型，还有一些可爱的地方总是让人恨不起来，是个和蔼温和的人。

前辈当时住在寝屋川市，正月时他在住宿日记中写道："为了祈求成功，我去鞆吕岐神社参拜了。"透过他的字迹，颇能感受到他一丝不苟的性格。

格力高-森永案的取材工作绝不允许失败，逮捕嫌犯的消息也绝不允许被其他社抢先报道，作为搜查一科的新闻负责人，他文章中的那种紧迫感给我留下了深刻的印象。

然而，前辈尚未得知此案成为未解决案件，就英年早逝了。

地毯式作战

包括鞆吕岐神社所在的寝屋川市在内，警方以北摄地区为中心展开了严密的盘查，一家一户都没放过，因此被称为"地毯式作战"。

这一连串的案件，犯罪现场均集中于北摄地区，因此搜查总部推测案犯一定熟悉当地地形，并在当地有据点。然而这项地毯式作战没能高效推进。

参与调查的某原干警一边苦笑一边回忆道：

"我们在社区盘查的时候，白天根本没有人。四层的住宅里就只能见到两三个人。地毯式作战开始半年后，总部长问：'还得花多长时间啊？'我们回答：'大概还要两年。'总部长火冒三丈地说：'花这么长时间你们是饭桶吗！'"

犯罪团伙甚至在挑战书中公然嘲讽地毯式作战。

> 地毯式　作战　真让人　笑掉大牙
> 前几天　我们的　一名同伴家里　来了警察
> 问了　家人的　姓名　和车的　颜色　就走了
> 就像　拉面店的　外卖小哥啊

无限扩大的人与物的调查

让我们回到原搜查员笔记本中的内容。翻开笔记本，被盘问者的姓名一一出现在眼前。

出生年月日、履历、家庭关系自不用说，与格力高公司是否有联系、驾驶过的汽车的种类、是否了解现场的地形、是否持有嫌犯写恐吓信所用的同款打字机等，这上面记载了大量的个人信息。通过这些，警方努力寻找着那些存在案犯相关要素的人。

然而盘查了一个人，就必定会牵扯到另一个人。调查对象无限扩大至周边的所有有关人员。

正如原搜查员铃木先生所回忆的，这次调查范围"已经无法控制了"。

江崎社长绑架案当天，在江崎家住宅附近，有人目睹到社长被塞进一辆红色的汽车内。笔记本中记录了对这辆红色汽车的调查情况。

警方对车辆的物主作了推断，不仅是购买日期、车型、使用频率、物主的履历、工作单位和家庭成员等方面，还对物主的身高和血型做了调查，与被目击到的嫌犯的特征进行对比。警方甚至一一询问被盘查者的不在场证明，一辆车、一辆车地进行彻底的调查。

然而，即便是这样执着的调查也并没有得到结果。

"B作战"中对原黑社会头目的问讯

这次采访，我本人想要确认被通称为"B作战"的调查计划的来龙去脉。

B作战实施时间是平成四年（一九九二）三月，恰好在二十年前。

当时负责大阪府警搜查一科新闻的各报社记者都战战兢兢，无时无刻不被紧张气氛所笼罩。

日期逐渐临近三月十八日，江崎社长绑架案正是发生在八年前的这天。从几天前开始，各大报纸就在刊登对调查情况的常规报道，然而现在的情况又略有不同。

原因在于当时流传着一个消息，据说在江崎社长绑架案将于两年后超过追诉时效之际，大阪府警计划传唤一名原黑社会头目，警方认为他与犯罪团伙有撇不清的关系，这次审问会决定最终的胜负。

前一年的调查资料中也传递出了当时的紧张气氛：平成三年（一九九一）八月的绝密资料中记载，调查方针是"要对浮出水面的可疑人物进行强有力的集中调查"。

翻到资料的下一页，可以看到以原黑社会头目为中心绘制的人物关系图。搜查总部判断，是这名前黑社会头目下达了犯罪指令，让手下的黑社会相关人员实施了犯罪。

笔记中"犯罪嫌疑的取证"这一项下记录道，原黑社会头目在案件发生前几年，曾与格力高公司发生过商业纠纷；案发两年前，黑社会成员曾在北新地①的俱乐部中对江崎社长出言不逊。警方判断，犯案动机是矛盾导致嫌犯怀恨在心，转而对江崎社长实施报复。

关于"调查现状"这一项，笔记中记录着要重点通过调查和盘查找出嫌疑人与一连串案件的遗留物之间的联系，深入挖掘原黑社会头目存在的违法行为。

这一次，警方对原黑社会头目的团伙活动施行的"集中调查"是动了真格的。

虽然可能性并不是很大，但只要这名原黑社会头目稍微有一点儿承认参与了这次案件的态度，警方就会取得巨大的进展。

我们到处采访，只为了获取行动计划的哪怕一丁点信息，但总是一无所获，让人倍感焦虑。这样紧张的情形持续了很久，直到一天晚上。我在郊区新城区的一个社区，等待一名搜查员回家。

严冬逐渐过去，气温有了些许回升，这让夜晚站在外面等待采访对象回家的我减轻了一些痛苦。

我所等待的人，是为寻找了解 B 作战详情的搜查员而奔波的过程中，好不容易辗转打听到的知情人。

---

① 大阪著名的夜总会和娱乐场所的集中地。

绝密资料中讨论了多名人物间的关系及其嫌疑程度

社区台阶处的灯光暗淡，有一人正要爬上楼梯，确认是我要找的搜查员后，我急忙追上台阶，在他开门前从背后叫住了他。

"你们打算以什么嫌疑进行传唤问讯呢?"我问。

我与他虽然见过两三次面，但不过是早晚打个照面的程度，关系称不上熟。可我还是趁他进门前缠住了他。他带着略显疲惫的神情嘟囔着回了一句话，他的回答让我一下子松了口气："公证书原件的不实记载。这调查可老累人了。"

传唤理由是原黑社会头目存在实际居住地与住民票[①]上的地址不符的形式犯罪[②]。

这明显是以其他案件的嫌疑为由传唤原黑社会头目，借此盘问他与格力高-森永案是否存在关联，这是在用犯规的招数进行调查。"集中调查"的结果，只是挖到了一些轻微的犯罪行为。

最后，这名原黑社会头目全面否认犯罪行径，B作战遇挫。详细的来龙去脉，只能通过别家的报纸和书籍等知晓了。这次采访，

① 记录并证明持证人住址、家庭成员及户主的证件。
② 与实质犯罪相对应，指违反法律的形式性规定，但并没有侵犯法律所保护的利益的犯罪行为。形式犯罪一般不会构成实质伤害。

我想了解一下当时实际是如何进行调查的。

"中止扩大化调查"

我向后来回到大阪府警担任搜查一科科长的铃木先生询问了 B 作战计划。

"虽然都说那次是'最后的决战',但是想中止扩大化调查的意愿太过强烈了。已经到了'都做到这个份上了,就到此为止吧'的程度。

"那个原黑社会头目说,自己在企业做咨询工作,根本不愁资金链。所以为财的这个作案动机基本不成立。负责调查的搜查员也觉得'百分之九十以上的可能性是无罪'。反正,当时就是太想对开展调查范围过广这件事做个了结了。"

B 作战只是让调查告一段落的过程中标志"终结"的一环。

另一名参与调查的原干警也对取材组的记者这样说道:

"我们花了很长时间对原黑社会头目进行调查,可有一部分总也摸不透。但是,就这么放过他,将来一定会后悔,所以明知道不行也硬上了。这个男的当时在他东京的情人家,我们警方掌握了这个情况,就对其进行了盘问。问讯花了一天都没有结束,好像连续盘问了好几天。可是调查官第一天就好像觉得'不是他'。"

这名原干警继续说道:

"从平成三年(一九九一)左右开始,需要调查的物品已经悉数调查,于是就开始转向放置许久、一直没推进调查的嫌疑人,要压榨出他们身上的信息。但是广撒网对相关人员进行调查的结果,就是查到了好几个可疑人物,但这些人和犯罪现场的遗留物品联系不上。住在事发现场附近或在附近上班等等,这种有轻微嫌疑的人可是数也数不尽。"

还有一名原搜查员也说:

"当时调查嫌疑人的时候，他的嫌疑到底充不充分不重要，只要有关联，抓到一个算一个。每天早上到了大本营（搜查总部），组长就会交给我带有照片和住所的笔记，跟我说：'你去问问这个家伙。'总有一些难搞的家伙，我很不愿意去问，但我也是机械性地受命去调查的，所以没别的办法。我记得特别清楚，有一次我问到一个名人的儿子，结果被训斥得很惨。"

涣散的搜查员们

进入平成年代①，调查开始扩大化，调查的阵势开始缩小了。

与之相伴的是调查项目也开始变少。

曾任杀人案件搜查组组长的某原干警仍清晰地记得自己与负责格力高-森永案的专职搜查员之间的对话。

"说实话，那时候我跟专门负责格力高案的搜查员开玩笑说：'你们当时也就是在图书馆或游戏厅消磨时间了吧。都是些光拿钱不干活的家伙。'结果他垂头丧气地说：'真就是这个样子。'看起来真是可怜。"

虽然听起来令人不敢相信，但领受了"特别命令"的另一位搜查员也这样说道：

"当时要是报纸上刊登了什么内容，就会有干警让搜查员去负责查证内容的真伪。好像是上面的人很在意报道的内容，所以才让我们去调查的。记得有一个搜查员曾抱怨过'怎么全都是报纸上的线索'。然后，要是调查完和上面报告说'这些都是假的'，上面就会回答说'是假的就好'。正因如此才一直没有进展。"

另一位原搜查员也回忆说：

"大家都开始无所事事，就翘班去打弹子球之类的了。我有个同

①　即一九八九年以后。

伴因为打弹子球输了钱欠了一屁股债。还有的家伙说：'坐一天 JR 环线也不用花钱，可好了。'组长应该也知道我们都在干什么，但是什么也没说。"

追诉时效过期前，调查仍在继续，却又一筹莫展。搜查员的士气很是低落。

特警组与凶案组的对立

特警组中，关于不对 F（狐狸眼男）做警方盘查的对错，也分成两派意见。凶案组的一名原搜查员被问及案件未能解决的原因时，说道："都是在勒索金交付现场没有对 F 进行警方盘查造成的。"

参与调查的一名原干警指出，采用和调查绑架案件相同的破案手法是错误的：

"虽然我们也想在现场一网打尽，但是以威胁人质性命为手段取得赎金的绑架案件与格力高案是不一样的。江崎社长也成功逃出来了，要是做警方盘查弄清楚 F 到底是何许人，那其他共犯一定就能查出来啊。"

负责调查遗留物的凶案组的原搜查员当中，有很多人认为自己是在替没能逮捕现行犯这件事擦屁股，因此强烈批评特警组。

"特警组做初期调查，没价值的事情就甩给我们去做。所以负责普通案件的组才会和特警组闹得不愉快。明明案件都还没解决，负责格力高案的人升职却还那么快，这也太不合常理了，差不多得了吧。"

特警组注重保密的方针也受到了强烈批评。一名原干警说道：

"光知道严格保密但是从来不听下面的意见，这才是最大的问题。案件调查拖得这么久，就是因为总有些让人意外的做法。所以才要向下面的人广泛地听取意见啊。我是这样做的，把案子好好解决了，可格力高组没那么做。"

一边是冒着生命危险在现场逮捕嫌犯的特警组搜查员，另一边是通过调查现场证物将杀人犯逼入绝境的凶案组搜查员。

　　由于各自的调查方法不同，我当年采访的时候他们两队的关系就谈不上融洽了。从那以后已经过去快二十年了，案件未能解决，而两者的隔阂也随着时间流逝越来越深。

　　距追诉时效过期后又过了约十年。

　　案件悬而未决，谜团仍没被解开，而负责调查的搜查员们一个一个迎来了退休的年纪。如今，知道当时调查情况的人几乎绝迹了。但是，原搜查员们所共有的没能破案的痛苦回忆，应当和此案留下的教训一起传达给后人，我想这也是所有原搜查员的未竟之志。

2. 模拟画像调查——追查狐狸眼男

小口拓朗

（NHK 报道局编导，生于一九七八年）

继续追查狐狸眼男

犯罪团伙不再有明显行动，大阪府警特警组仍在继续追查曾两次跟丢的狐狸眼男。

丸大食品恐吓案时，大阪府警特警组的冈田和磨先生曾在从高槻站开往京都站的电车上近距离见过狐狸眼男。案犯停止行动后，他也从未放弃追缉狐狸眼男。据说只要接到与狐狸眼男相似的男人的信息，他就会前往全国各地进行调查。

"只是去看看嫌疑人的脸，我自己的话，大概就看了一两百人了。"

尤其是曾目击到狐狸眼男的高槻站，冈田先生几乎每天都会去。

"那个狐狸眼男当时看起来大概也就四十岁左右吧，所以我们怀疑他是上班族。早上的上班高峰，还有下班时间段的晚上五点到八九点的时候，真的是打起十二分精神在埋伏。"

冈田先生这样说道。即便是现在，冈田先生每次去闹市区的时候，还会下意识地寻找有没有狐狸眼的男人。这次为了采访，他陪我来到高槻站，在交通岛附近说着话的时候，检票口一有人流通过，他就突然不说话了，一直盯着人流看。

"冈田先生的眼睛已经是为当搜查员而生的了。"

被我这么一说，他报以苦笑。

"你是不明白做搜查员的人的这双眼睛的。这习惯无论过去多少年都改不了啊。"

我似乎能窥见这位搜查员对未解决案件所抱有的"执念"。

从冈田先生的夫人笃美女士那里，我也听过类似的故事。

"那已经是格力高-森永案过去好几十年后的事了。有一次我们一起去打弹子球，他突然冒出一句：'那家伙和我谁个子高？'我完全摸不着头脑，正想着：'什么事？发生什么事了？'一个男人走出了店，他就在后面追了上去……当时还下着大雨呢……对于我来说那案子都是好久以前的事了，可是对他来说可能不是这样吧。都是过去好几十年的事了啊。"

这样的事在目击过狐狸眼男的特警组成员中并不少见。棒球场、商场这类人群聚集的场所自不用说，连旅游的时候他们也会突然想起来，然后不由自主地寻找起狐狸眼男。

对他们来说，狐狸眼男的模拟画像就是手里的王牌。

实际上，那幅画像就是冈田先生画的。

即使已经退休多年，冈田先生仍然有着近一米八的身高，浑身肌肉。他的一些同事将他比作阿诺德·施瓦辛格，称他为"小施瓦辛格"。他的这副形象让人想象不出这幅画像竟出自他手。

拜访冈田先生家时，裱在相框中的风景画和肖像画映入眼帘。这些画作笔触细腻，和专业画家的作品相比也不落于下风。和冈田夫人打过招呼后，我立刻发现其中一幅肖像画画的正是夫人。这画与本人十分相似，甚至连氛围感都捕捉得十分到位。在起居室正中央摆放的那幅玫瑰花的油画给我留下的印象尤其深刻。

"我一年前报了个油画班，一直在上课。这幅玫瑰是在油画班上学的，所以算不得我的原创作品。"

他谦虚地说道。但每一片鲜红的花瓣都以纤细的笔触完成，栩栩如生，就如同在镜中映出的真花。

模拟画像调查的实际成果

冈田先生自中学就开始画画了。当时，他不爱学习，在课堂上也不听讲，就在笔记本里画起了老师的肖像画。高中的时候，班里的女同学拜托他照着照片，把当时很有人气的舟木一夫等明星画到大开纸上。女同学们都特别高兴，纷纷拜托他画明星像。就这么一张一张画下来，冈田先生自然而然地就擅长画人物肖像了。

他说，当上搜查员之后，他"只是自发地画嫌疑人画像用于调查"。后来，大家都传"冈田画画得很好"，来找他帮忙画嫌犯的模拟画像。

不试不知道，冈田先生给一同负责采访的平山记者画了一幅画像。他明明只在拍摄采访那天见过平山记者一次，第二次采访的时候模拟画像就完成了。

平山记者的照片和冈田先生画的模拟画像

"这张画到底像还是不像，还是要大家来判断。如果觉得不像的话，就在报道里这么写也没关系。"

冈田先生边说边递过画像。

"像。"有两人脱口而出。明明没人说冈田先生画的画不好，为什么他偏要执着于画的精确度呢？采访快结束时，我终于明白了。

冈田先生给我看了他至今为止为调查案件而绘制的模拟画像的剪贴簿。翻开剪贴簿，描绘细致的模拟画像和被逮捕的嫌犯的照片一枚一枚并排粘贴在里面。

"这张画是我当上警察后画的第一张模拟画像，是昭和五十一年（一九七六）画的。守口市发生了跨时约两年的连续强制猥亵案。"

当时有许多小学生成为被害者，后逐渐波及中学生，冈田先生根据受害中学生的话绘制出了嫌疑人的模拟画像。

"有学生说：'那名嫌犯和电视剧里出场的一个人很像。'我便找来那名演员的照片，边画边询问学生们嫌犯有哪里不同，就这样画出了这幅模拟画像。过了差不多一周，在公园内执行警戒任务的警察发现一名与模拟画像十分相似的男子，把他逮捕了。"

这些贴在一起的模拟画像和嫌犯照片虽不能说是一模一样，但是脸部轮廓和眼周的特征画得非常出色，给人的感觉和本人相当一致。

在过去的调查中，人像组合法是主流手法，模拟画像并非主流。出名的人像组合照片有三亿日元案（发生于昭和四十三年即一九六八年）中假扮成警察的男性嫌犯。但自从冈田先生成为警察，人像组合法就逐渐过渡到模拟画像了。

"人像组合法就是将许多人的原本的眼睛、鼻子、嘴拼凑组合在一起，所以应该很难捕捉到嫌犯给人的印象。因此，三亿日元案之后，人像组合法几乎就没人使用了。"

冈田先生在画嫌疑人模拟画像的时候，最重视的就是目击者对嫌犯的"印象"。

因此，为了能捕捉到嫌犯给人的"印象"，他花了很多时间。

首先，会给目击者看有约五百张嫌疑人照片的相册，让其将自觉与嫌犯相似的照片挑出来。选出二十张左右后，差不多就能一点点看出照片中的人与目击者对嫌犯的印象有何共同之处了。

捕捉到这种印象之后，就具体到脸型和这个人相似，眼睛和那个人相似，一边对比照片，一边像人像组合法那样画出模拟画像。

这就是冈田警官自己独创的方法。

"我觉得只要将印象和氛围感画出来，就是成功了。寝屋川发生过一起案件，我画的模拟画像被人说是'怎么看都感觉不像一张人类的脸'。但是那个时候还是收到了'我觉得这是住在那边的那个男人'的消息，成功逮捕了嫌疑人。我觉得只要将人的印象找对了，看到画像的人就能够知道这是谁。"

剪贴簿里贴了大约五十张模拟画像。其中还有为搜寻遗体的身份而画的画像。他说当时是将纸盖在遗体上画出来的。完成的肖像画和遗体的面容并不同，冈田先生是将死者生前的那种氛围感（虽然画的时候已经看不出了）一笔一画完整地再现了出来。

剪贴簿中还有许多没有向大众公开的模拟画像和照片。通过每一张画像和照片中嫌犯的脸，都能感受到他们的人生曾经如此波涛汹涌。从中，我也感受到了冈田先生身处调查第一线的人生是什么样子。

其中，最让人忘不了的是在格力高-森永案案发期间，昭和五十九年（一九八四）九月发生的原巡查部部长广田雅晴连续射击杀人案。该案犯人为原京都府警巡查部部长广田，后来他被判了死刑。当时他用刀袭击了正在巡逻的警察，将其刺得全身是伤后，夺走手枪将其击毙。接着，他又拿着手枪闯入距离案发现场约五十公里的一家高利贷公司，造成公司职员当场死亡。这起案件令市民们陷入恐慌，是继格力高-森永案后被指名为"大范围重要——五号案"的大案。

冈田先生的模拟画像是侦破这起案件的重要线索之一。

"如你所知，该案中，名叫广田的原京都府警袭击了大阪的高利贷公司，致使店长死亡。这张是我根据现场一名倒在地上的女性公司职员的描述画的。我正画到这里的时候，就有警察说'是那个广田啊'。后来也确实发展为追查广田了。"

冈田先生所画的广田死刑犯的模拟画像中，广田留着寸头，头茬刚长出一点点，戴着电视剧《西部警察》① 中渡哲也的标志性物品"大门太阳镜"。从他的脸部轮廓以及歹徒般的气质来看，活脱脱就是震慑社会的广田死刑犯的脸。

"结果，到辞去警察职务为止，我画了好几百张模拟画像。搜查一科的案件，嫌疑人的画像都是我画的。我还曾横跨在身份不明的遗体上方，撑开死者的眼睛，为死者画了画像。

"具体哪几幅模拟画像帮助警方成功逮捕了案犯，我已经记不太清了。但我的画受到好评，这是千真万确的。我觉得自己从来没有画过一点儿都不像的画像。"

最有信心的模拟画像

在这些为调查而作的模拟画像中，他说自己对狐狸眼男的模拟画像最有信心。这幅画被紧紧地夹在剪贴簿的正中间。

只是和其他页不同，上面只贴了一张狐狸眼男的画像。

"我一直把狐狸眼男的模拟画像保存在这里，因为我觉得这个男的迟早有一天会被抓到。如果抓到了他的话，我就想把这张画像和狐狸眼男实际的脸并排贴在一起，做成文件保存起来。所以我才一直把它放在这里。直到有一天能把它和真人对比一下……再看一次还是这么不甘心呀……"

画像是冈田先生在电车里看到狐狸眼男后的第二天早晨画的。

他回想着前一天见到的狐狸眼男的样子，只用了三十分钟就一

---

① 日本一九七九年播出的热门警匪片。渡哲也主演剧中的大门圭介警官。

口气画完了。当时，见过狐狸眼男的搜查员除了冈田先生还有另外六人。冈田先生吸收了他们的意见，对细微处做了修改，可以说画得非常完美了。

"关于F的画像，无论谁怎么说，这都是我亲眼见过、亲笔画出来的，所以我对这幅画像很有信心。而且，这也不光是我自己的意见，另外六名搜查员也帮我看过，我接受了各种各样的评价，把能完善的地方都完善了，才画成了这幅模拟画像。所以，要问哪里画得不对的话，我想，应该没有不对的地方了。他给人的印象就是这个样子的，错不了的。"

冈田先生笔下的狐狸眼男就同他的称呼一样，有一双细长而尖锐的眼睛，戴着四方形的银框眼镜，头发是小卷，稍微有点长，容貌很有特点，画得十分生动。

顺便说一下，冈田先生在绘画过程中唯一犹豫的部分就是眉毛。他对狐狸眼男的眉毛几乎完全没有印象，就算有一点，那应该是很稀疏的眉毛吧。所以，如果仔细看这模拟画像的话，就会发现狐狸眼男的眉毛连一根都没有画。

不管怎样，这幅模拟画像向大众公开后，成了格力高-森永案的象征，也成了警方通缉用的模拟画像中最有名的面孔之一。

但是，在采访的过程中我们发现，将这幅画像"向大众公开"，有可能是导致案件未能解决的主要原因。

冈田先生回忆说，本来这幅模拟画像就不是以公开为前提画的。

"这幅画不是因为要拿出来、要公开给别人看而画的。我的目的是要能将这张脸永远地留在记忆里。见过狐狸眼男的七个（搜查员），看过很多人之后对狐狸眼男的印象可能会产生变化吧。为了避免最初的印象逐渐扭曲，我才把他画了下来。"

完成的狐狸眼男模拟画像，用相机拍了特写照片，只发给了特警组的调查人员。加上目击到狐狸眼男的成员，拿到画像的总共也就十几个人。模拟画像作为特警组的王牌，被视为最重要的资料。特警组的上司也指示过："这个交给你们自己就行，没必要拿出来给别人看。"

如果犯罪团伙察觉到这个动向，那么狐狸眼男恐怕就会躲起来。因此，特警组甚至没有给格力高-森永案的专案组发模拟画像。

对于是否公开模拟画像，最终决定采取上述策略，并不是由于格力高-森永案特殊。这种处理方式在破案过程中可以说是很常见的。即使要公开，一般情况下也是按"案件专案组→搜查一科→县警内部→大众"的次序公开。特别是在信息很少的情况下，如果公开模拟画像，会导致案犯停止行动，所以多数情况下是需要花费时间慎重讨论的。

狐狸眼男的模拟画像画好半年后，警方开始讨论是否该向大众公开这份"最重要的资料"。

采访小组获得的警察厅内部资料详细记录了当时的讨论情况。

资料的抬头很短，写着"讨论事项"四字。下面是标题《关于公开F》。右边是"秘"字的红色印章。资料记载的这次会议，可以说是聚集了以警察厅为首的与案件相关的各府县警的干警。

F是狐狸眼男的简称，取自狐狸的英文FOX的首字母，这是警察内部使用的代号。会议日期为昭和六十年（一九八五）一月八日。这场会议举行的时间正是警方决定向大众公开画像的前两天。

从资料中可以看出，警方对待F的模拟画像这张最大王牌，态度很是慎重。首先，会议列举了以下几点作为"公开的前提条件"。

（1）爱知县警察筛查完驾照后；
（2）由目击过狐狸眼男的搜查员从长相相似的驾照照片中挑选出最可疑的人物，完成精细筛选工作后。

接着，详细讨论了"公开的方法"。

（1）让以大阪府警为首的全国警察携带该模拟画像，以非正式讲话的形式进行宣传。

（2）将此人定为可疑人物，在积极进行媒体宣传的同时，采用在内部散发模拟画像并制作海报等形式。

（3）以针对特定媒体透露消息的形式，用独家报道进行幕后宣传。

此外，从"公开的时间"上也可以看出警方慎重的态度。

＊鉴于犯罪团伙在挑战书中预告一月十五日前后即将展开行动，认为一月十日至十二日左右最为合适。（注：当时犯罪团伙宣称在一月十五日前后将进行犯罪活动）

另外，附件最显眼的地方还有一条"是否允许公开"，只对大阪府警的意见做了特别记录：

关于公开画像没有什么异议（大阪）。

明明大阪府警的特警组警察曾两次目击到狐狸眼男，且一直在认真追踪，为什么还要选择公开模拟画像呢？

其实在会议以外的场合，警方围绕是否公开模拟画像已做过慎重的调查。警察厅的干警曾突然造访绘制狐狸眼男画像的冈田先生。

"画像完成后正好半年左右，上面从东京派来了相当厉害的大人物，很直接地问我：'既然这幅画像是你画的，你觉得画得如何？'我只是陈述了一直以来自己画的画精确度都很高的事实，说明这次的画像不仅仅是根据我自己的印象画成的，我也同其他目击到嫌疑人的搜查员合作了，精确度应该有百分之八十以上。"

接受警察厅干警听证的不只有冈田先生，其他几名目击到狐狸眼男的搜查员也都被询问了觉得模拟画像画得怎么样。冈田先生分析，对警察厅的干警们来说，公开模拟画像也是一种赌博，为了避免出现假信息被滥用的情况，才会那样仔细地确认画像的精确度吧。

——画像的精确度越高，公开后犯罪团伙停止行动的可能性就越高。警方对公开画像就没有犹豫过吗？

"这半年来，为了调查狐狸眼男，我们尽了最大的努力。要是一般的杀人案件，搜查总部早就解决了，但这个案子似乎已经迈进了敌人布下的迷魂阵。我觉得继续单靠搜查员自己干下去，已经要达到极限了。"

——可是也能选择只在警察内部公开，不是吗？

"那也不行呀。要是那么大阵仗发给警察们，也会被暴露给媒体的吧。那样的话，某家新闻媒体写篇报道再配上模拟画像，就和公开给大众是一样的了。"

确实，在此次采访过程中，我听说有一名记者在模拟画像向公众公开之前，就已经察觉到存在 F 的画像了。据说他在此之前收到了情报，说一些搜查员的笔记本里夹着嫌犯的画像。最后，这名记者在报道中并没有刊登嫌犯的画像，只是在文章内容中写到警方正在追查一名重要嫌疑人。回想当时记者们为争取独家新闻拼得头破血流的场景，模拟画像被报道出来可能只是时间的问题了。

然而，警方不仅将模拟画像泄露给媒体，还大肆地宣传画像，将其向全民众公开。其原因就是随着破案战线越拖越长，民众对警方的不信任感越来越强烈。

NHK 资料室保留的新闻影像中记录着每隔几个月市民们对该案件的感想。案件发生时，面对超乎想象的展开调查，舆论大多认为警察的能力堪比业余侦探，随意想象出一个嫌犯的形象来糊弄老百姓。有毒点心被投放出去的时候，民众对犯罪团伙的愤怒情绪非常强烈。但自昭和五十九年（一九八四）十一月发生的恐吓好侍食品未遂案件后，民众目睹了警方连续几次放跑嫌犯，便逐渐把目光转向了警方的调查上。

　　"无论怎么说，这都是警察的怠慢才导致的。"（五十岁的男性上班族）
　　"最受罪的还不是我们老百姓吗。警察们到底还有没有什么办法啊?"（四十岁的男性饭店经营者）

　　与此同时，国会也一直毫不留情地批评警方。国会议事录上记录了当时对警察厅干警严厉追究的语句。

　　"今后这案件到底能查得怎么样?"
　　"警察不应该搞什么秘密主义，应该更多地向公众公开信息。"
　　"应该由全体国民一起探求逮捕案犯的道路，不是吗?"

　　社会上对警察的批评与日俱增。将现场的遗留物品等广泛公开、促进调查的呼声也越来越高。
　　当时，原警察厅搜查一科科长藤原享受到了国会的严厉追究。他回忆说，公开模拟画像实属无奈之举。
　　"嗯……当时的进展可以说是停滞不前，只能病急乱投医，所以才以那样的形式公开。不过，在当时的状况下，在逮捕案犯的大义面前，我觉得能将线索活用一分是一分。"
　　除了调查的王牌被公开这个问题以外，藤原先生还有一件担心的事情。
　　那就是警方并不能证明狐狸眼男和犯罪团伙有关系，从证据上看，只能把他当作"可疑分子"。因此，如果向公众公开画像，其本人却出面主张"我与犯罪团伙完全没有关系"，那就很有可能发展成人权问题。

"那只是模拟画像上的男人，警方并没有认定他就是案犯。我想过如果那个男人出面说'不，我对案件并不知情'，结局又会是怎样呢？如果民众普遍认为这个狐狸眼男就是案犯的话，从调查的角度来说就必须慎重对待了。"

然而，即使是公开了嫌疑人模拟画像，也并没有遭到侵害人权的投诉问题。

"最后感觉也只有这一个线索了。所以，也没有媒体提过公开狐狸眼男画像是侵犯人权吧。但是，我觉得现在人们对人权的意识有了很大的变化。所以，如果放在现在，社会对个人信息问题相当重视，也不知道能不能让我们公开模拟画像呢。"

向大众公开的"最有名的模拟画像"——狐狸眼男

警察厅的干警向冈田先生等人确认狐狸眼男模拟画像的可信度，也是因为担心会导致人权问题。

"相像的男人"的消息纷至沓来

警方经过慎重考虑决定公开狐狸眼男模拟画像，画像一经公开，

"这里有相像的男人"的消息便纷至沓来。仅一个月就收到超过了两千条消息。但是，不确定的信息太多了，调查人员陷入了无休止的确认工作中。

NHK记者的笔记记录了当时模拟画像调查逐渐深陷混乱的情形。

格力高专案组搜查员（昭60/2/13）

关于调查人员为什么携带长焦镜头照相机：因为根据警察厅的指示记载，要求警方必须附上嫌疑人本人的照片，一一制作相关信息文件。可以从熟人或工作单位借来相关人员的照片拍摄，如果没有，就要用长焦相机拍下相关人员的照片并附在文件上。

即使是有不在场证明、被认为是清白的人，也必须附上照片。这样白费工夫，遭到一线搜查员的强烈批评。

这次，开启了新一轮的采访，关于狐狸眼男的信息依旧五花八门，错综复杂。"狐狸眼男是●●！"这类奇怪的消息我不知听到过多少次。

其中有一个就是"狐狸眼男的真身不是某报社的记者吗"。多名协助我们采访的案件记者作证确有此事。虽然我没有见过那名记者本人，但不止一次听说他和模拟画像里的男人长得很像。

就结论而言，那名记者有充分的不在场证明，很明显和案件没有一点关联性，但是画了模拟画像的特警组的冈田先生还是特地去确认了那名记者的长相。有一次，警方收到消息称，在市内的车站站台发现一名与狐狸眼男肖似的男子。警方花了大力气去确认以后发现是那名记者。

"虽然长得很像，但明显不是狐狸眼男。稍微有点失望的感觉。"

另一家报社也有名记者被怀疑是狐狸眼男。冈田先生他们在高槻站目击到狐狸眼男时，这名记者刚好到高槻站做采访去了。因此，有人推测说，从高槻到京都往返一个半来回、举止可疑的男子，可能并不是犯罪团伙的成员，而是在执行采访任务的记者。仿佛是为了印证这个说法，这名记者去高槻站的时间与警方见到狐狸眼男的时间刚好吻合，因此我们取材组中也曾一度盛传"狐狸眼男是记者"。但是，亲自问过那家报社的记者主任后，我们得知，那名记者当时乘坐的不是前往京都方向的电车，而是前往大阪方向的，因此他并没有从京都往返。

NHK 所保留的当时的资料中也有许多张被认为像狐狸眼男的照片。

但是，无论哪张照片，给人的感觉只不过是从接受调查的人群中专门挑出了细长吊梢眼的男子，然后将他们统一称为"狐狸眼男"罢了。

取材组中有名同事案发时在读小学，他的班主任老师被怀疑是狐狸眼男。明明这名老师有不在场证据，警察还是特地来问话了。看到那样的警察，幼小的他不由觉得："他们是多么渴望获得线索呀。"

这些假消息都有一个共通点，那就是"狐狸眼男的模拟画像有一张随处可见、没有特征的大众脸"，于是画像的可信度又遭到了质疑。

实际上，同我一起采访的平山记者也被好几名搜查员说过："要是在当时，你被当成狐狸眼男报告上来也不奇怪。"在我看来，平山记者和狐狸眼男的共同点，就只有那对吊梢眼。要追溯当时流传的信息如此庞杂的原因，或许可以归结为与纷至沓来的庞大信息量相比，有力的证据少得可怜，人们因此产生出焦躁不安的情绪。

画了狐狸眼男的冈田先生也收到了许多批评模拟画像的声音。

"曾经有好几次，同事对我说，你那幅画像是不是画得不像啊。也就是说，不少人都觉得可能画得不像，对吧？都这样觉得吧。"

为什么只让冈田先生来画

这次的采访是关于"为什么只让冈田先生来画"。我曾向搜查一科的退休人员提过这问题。若是前辈画的画稍微有一些不对，作为后辈的就很难讲出来，画好了以后，其他人就有可能被误导，觉得印象中那个人就长这个样子。每个人都从不同的角度看到了嫌疑人，所以应该让这七个人都画一下模拟画像才对。搜查总部也有人对为什么没让七个人都一起画一张模拟画像感到生气。

我们去问了冈田先生。

"为什么只让您一个人画了画像呢？难道不应该让看见了狐狸眼男的警察全都画一下吗？如果让那名目击到狐狸眼男的女搜查员也画了画像的话，不就能从女性独有的视角将嫌疑人的服装、发型等细节也画出来，塑造出更精确的模拟画像吗？"

冈田先生吐了一口烟这样答道：

"确实，现在想来，也不是不明白当时应该那样做。有一次案件调查，关于某个人的年龄、服装、体型问了许多男性，结果大家说的全都不一样。然而，有一名女性说'我太害怕了只瞥了两眼'，但她却好好看过了那人的衣服颜色和款式。最后，这名女性说对了很多地方。"

其实，我们试着请目击到狐狸眼男的搜查员们各自画一下画像。结果，七个人画的狐狸眼男完全不一样。

"见过狐狸眼男的七名搜查员中只有我画过调查用的模拟画像。从我进一科到格力高案，已经有七八年的时间，这期间我画的模拟画像经常在寻找犯罪嫌疑人时帮上忙，发挥了很好的作用，从来没有被人抱怨的情况。"

给自己亲眼见过的活生生的人画模拟画像，狐狸眼男是冈田先生第一次也是最后一次尝试。

画好后，冈田先生召集了目击到狐狸眼男的搜查员们，请他们"觉得哪里不像，说真话就行"，但是谁也没有说画得不像。

结果，冈田先生画的模拟画像在公开后一次也没有改动过。

冈田先生的努力最后也成了泡影，狐狸眼男从那以后就再也没有出现过。拍摄采访的结尾，冈田先生这样说道：

"即使到了现在，我无论是出游也好、买东西也好、去各种地方也好，总也忘不掉狐狸眼男。因为他是我亲眼看见过的。逮捕狐狸眼男也是特警组的使命所在。"

现在，冈田先生还在继续绘画。我望向他背后装饰着的如照片一般活灵活现的画作，它们似乎是在替冈田先生强调着："我笔下的这幅狐狸眼男的画像是真实的。"我再一次深切感受到了那份执念。

这次采访中，滋贺县警大野三佐雄先生作证，在好侍食品恐吓案中，他曾在大津服务区见到了狐狸眼男。

采访时，与我同去的平山记者这样问道：

"那张狐狸眼男的模拟画像和大野先生您见到的男人相似吗？"

"我不太相信模拟画像，可这张真的很像。他就是长那个样子。"

大野先生的这句话，我转述给了冈田先生。他听后只是微笑着说了一句"是吗"。

3. 证物调查——科学调查的极限

菅原研

在这起案件中，众多搜查员忙于调查犯罪团伙的遗留物品。

要彻底调查清楚这些大量流通的物品的出处，大量的时间和人力必不可少。如果各府县的警察分别去做了这样的调查，造成的浪费是无法估量的。这样浪费时间和调查人员的事情，警方真的去做了吗？

采访工作开始后一个月有余，我在大阪南区的一家居酒屋与一名原搜查员见面。

采访屡屡遭拒，迟迟没有获得新信息，我连喝酒的心情都没有。就在这个时候，这名负责调查有毒点心来源的原搜查员答应接受我的采访。

下午五点多，我瞄准了这个店里还没有被下班后的上班族挤满的时间段，去了约好的居酒屋。我本来打算趁这个难得的机会品尝一下大阪特色美味、喝杯啤酒什么的，但我的计划落了空。在这家以便宜为卖点的居酒屋里，就着几盘酱菜和腌黄瓜，我跟他聊了起来。

"负责的是天满警察局的搜查总部。我们立刻就对下了氰化物的硬糖进行了调查。为了弄清案犯是怎样下的毒，我去了千叶的工厂，和同事一起调查了硬糖模具的制造过程。

"最初的调查对象只有两家工厂，后来在调查的过程中又发现了几家其他的小工厂，我们也对这些工厂进行了调查。调查的结果是，虽然了解了使用的模具，但模具是批量生产的，而且是同一家公司的产品，有两种型号，所以无法锁定目标。

"之后我开始调查金属工厂，发现这些中小型工厂对氰化物的管理十分松懈，几乎到处都能看见。社长和员工们都异口同声地说，趁人不注意的时候，就算偷走能致数百人死亡的分量，他们也完全不会察觉。如果连氰化物被偷了都不知道，那么就无法锁定目标，所以我们的调查也陷入了僵局。

"那起案件无论是打字机还是滑雪帽（江崎社长在防汛仓库被绑时被戴上的帽子），要查的物品范围都太大了。"

店里开始慢慢有客人进来，喝醉了的顾客大声嚷嚷着，让我很难听清这名原搜查员说的话。

一般来说，搜查员们为了防止谈话内容被泄露出去，大多说话声音低沉，有些含糊不清。我一边感叹即使退了休他们也改不了这个习惯，一边拼命把注意力集中在听觉上。

"去千叶的时候，案件已经过去很久了。我记得我去千叶的时候，一直嘟囔着：'时间都这么久了，调查还没找到点子上吗？上面都下了些什么指示啊。'"这位原搜查员继续说道。

"去了千叶的工厂以后，发现兵库县警已经来调查过了。然而大阪这边却什么报告都没收到过。所以才派我们来的吧。哎呀，谁让大阪府警和兵库县警以前关系就那么臭。"

——之后你们和兵库县警调查的是一样的事情吗？

"是啊。但是兵库那边调查得很马虎，只调查了刚才说到的那两家工厂。我们这边调查出来的小工厂，他们完全没有调查。最后，小工厂的调查不得不由我们来做，完全就是费两道工。"

这名原搜查员直到最后都一直压着声音跟我说着"两道工都是无用功"的调查细节。为了把这些内容记进脑子里，我一直特别认真地听着他讲，结果第一杯啤酒都只是抿了一小口。

关于对其他遗留物品的调查，也有类似的证词。

大阪府警的原干警在调查案犯写恐吓信使用的打字机时，深切感受到了组织的局限性。

"例如，本来是大阪府警在调查打字机，可一旦进入兵库县警的地界，调查就要归兵库县警管辖。这种情况下，打字机的调查虽在兵库县内进行，但应该由大阪府警负责，调查本就不应该以地域划分，而应该以内容划分才对。但是现实情况并非如此。"

枪支调查的障碍

很多原搜查员感受到的不仅仅只有府县警察之间的障碍。

在调查格力高-森永案时，虽然投入了大量调查人员，但由于各人负责的工作被划分得很细，搜查员除了自己负责的工作之外，无法涉足其他的调查。

很多原搜查员都有着这样的遗憾："要是那个时候再对这里进行更彻底的调查的话就好了……"

一名原搜查员曾说："我自己最后悔的是对寝屋川情侣遇袭案件中嫌犯使用的那把枪做调查的事。根据被袭击男子陈述，在抵抗嫌犯时曾接触到枪支，通过触感，他判断那是一把单管短柄枪。警方以此为基础，开始调查持枪执照。但是，男子并没有仔细观察过枪口。这名男性的手掌上有瓣状伤口（被刃物划伤所致的伤口的一种）。伤口从手腕延伸到手指，可见他进行了激烈的抵抗，但通过伤口并不能分辨出枪到底是单管还是双管。

"另一方面，那位女性则是站在六十到八十厘米的距离外看到了枪支。据该女子说，那是一把两个枪口并排的枪，也就是平式双管猎枪。但是，根据男子的陈述，警方已经开始对单管短柄枪进行调查了。虽然多次向上面进言，也没能将调查的轨迹修正过来。

"携带枪支是要持证的，所以持有枪支的基本上都是没有前科的人。由于枪支需要这种证明，与其他物品相比，更容易找到持有者和销售商，所以我想着'猜中了就是全垒打'，就和自己小组的成员私下里通过循着平式双管猎枪的线索，通过持枪证调查持有者。

"但是，能利用的只有空闲时间，所以调查是很有限的。只能腾出一只手来调查，结果只调查了大阪的一部分区域。现在想想真后悔，当初应该搬动整个组织（把其他县的情况也）调查清楚的。"

据说寝屋川警察局内另一名以这起情侣被袭击案件为中心进行调查的原搜查员，也对这把枪的调查产生了疑问。

"我对袭击那对情侣的团伙使用的枪型的看法和上面不一样。被袭击的那名男性是因为用手握住枪的前端才受伤的，他说当时感觉那枪是'圆形的'，所以根据这点，上面基本上认定那是一把单管猎枪并进行了调查。无论是单管还是双管上下排列的猎枪，都是用于飞碟射击之类的，数量很多。

"但是，就算在当时，双管水平排列的枪也都是老古董了，市面上很少能见到。上面断定犯罪现场使用的枪支并不是盗窃而来的，原因是单管猎枪还没有发现被盗的。直至今日我也在想，要是当时尽全力调查水平式双管猎枪的话，就极有可能找到那把枪的来历。"

可能一线搜查员的意见不太受到尊重，调查方针又不够灵活。

警察处于一种垂直管理的组织之中。我虽然明白调查方针不能变来变去，可明明出现了新的证词，为什么视而不见呢？不得不让人产生疑问。

大衣与满洲之谜

我从兵库县警搜查一科凶案组的一名主要负责杀人案件的原搜查员那里听说，犯罪团伙给当时浑身赤裸着被绑架的江崎社长穿上了一件大衣。

"我自己已经尽全力去调查了，所以没有什么可后悔的。不过，还是会想，要是当时再多做一些调查就更好了。大衣的调查的优先级较低，所以就被延后了，但当时有一名搜查员对此很感兴趣，一直孜孜不倦地调查着，我曾经也给他搭过几次手。

"那件大衣的布料，是为满洲的上级军人特别定做的军装所使用的棉布，因为主要是用于抵御严寒的，所以日本的军装并没有使用。那件大衣是用这种布料重新制作的。

"辗转了多家裁缝店后，我们得知，制作这件大衣的人应该有着相当出色的缝纫技术。做这件大衣的时候，这个人应该就已经是一位经验丰富的裁缝师了。案件发生时的昭和五十九年（一九八四），这位裁缝师恐怕已经不在人世了。布料两侧有插佩刀时留下的痕迹，可以证明穿着这身军装的军人应该是名干部。

"江崎社长的祖父曾是'满洲国'的名誉领事，当时格力高公司在那里也有业务。特意让他穿那种容易被识别的大衣真的是无意的吗？我至今仍觉得那件大衣可能有着某种特别的意义。"

这名原搜查员说："大阪府警和兵库县警的干警之间虽然合作得不怎么好，但两家搜查员之间关系却很融洽。格力高公司的总部里，大阪府警和兵库县警各有五人把守，下班回家路上他们经常一起喝一杯，共享信息。"案件一旦陷入迷雾就不好办了，所以搜查员们在岗期间一直都紧绷着神经，压抑着自己。喝着酒聊起感兴趣的巡游寺庙和神社之类的话题时，他们的态度会变得意想不到的温和，一点不像是在修罗场里跌打滚爬过的刑警。采访即将结束时，他似乎想替那些与案件有关的原搜查员们说出心里话，经过深思熟虑后，他缓缓说道：

"我曾从许多搜查员那听到过抱怨物品调查不力的声音。但反过来说，却没有人主张要把调查范围扩大化、要彻查到底。"

这句话给我留下了深刻印象。

从得到的警方内部资料来看，每名警察都在各自的管辖范围内对犯罪现场使用的车辆等进行了调查。但另一方面，如果对于这些遗留物品的调查，每名警察能超越自身的管辖范围、互相合作的话，是不是就会产生解决案件的可能性？

日本的警察制度以都道府县划分负责现场实际调查的警察。虽然提出这种要求或许显得有些苛刻，但只调查自己管辖范围内的案件，不就仅仅是寻求"自我满足"了吗？

通过采访，这个疑问一直萦绕在我心头。

科学调查进行到了什么程度？

我们这次对科学调查研究所即"科调研"的退休人员也做了采访。

科调研是警方的物证鉴定机关，各都道府县警都有设立。

当时，科学调查进行到了什么程度？

科调研的退休研究员们从格力高-森永案的深刻教训中体会到的意义，与原搜查员们迥然不同。

一名原研究员这样说道：

"因为那起案子，科学调查的方法和器材全都变了。格力高-森永案成为之后对'地铁沙林毒气案''和歌山咖喱投毒案'继续采用（科学调查）的最初契机。

"那起案件要求科学调查做的是一些我们在那之前从没尝试过的事情。调查方要求调查在现场发现的物品是在哪里制作的、是谁携带过的物品。对于是在哪里制作的，如果回答说'查不到，不知道'，那是不行的。每天都有资料送来，只能一个劲地忙着鉴定。

"对于恐吓信和氰化钠等物品，我们把能做的分析都做了。搜查员们知道了恐吓信使用的信纸是哪家造纸公司的，氰化钠是在哪里制造的。但是，还是没有发现与案犯有关的线索。所以，我觉得此前的鉴定方法是不行的。"

另一名原研究员也证实，物证的鉴定是极其困难的。

"我清楚地记得那起案子的物证非常多，但是基本上都是'就算是查了也一点用都没有'的东西。日本的工业产品质量一般都很好，产品不会因为生产工厂不同而有成分的差异。因此，即使做了成分分析，知道了是哪家公司生产的，也还是无法确定是在哪个工厂生产的、在哪里销售的。从这个意义上讲，我觉得格力高-森永案能通过物证鉴定得到的线索少之又少。"

在调查过程中，这项工作耗费了大量的人力，然而最终还是徒劳。

即使在现在，确定批量生产的物品的来源仍是一项十分困难的调查，但我们有了一样可以替代它的强有力的武器，那就是 DNA 鉴定。据上述原研究员说，DNA 鉴定始于一九八五年的英国，正是此案的调查热火朝天的时候。一九八〇年左右，日本的大学教授们也开始进行 DNA 鉴定的研究，但这项技术真正得到应用是在一九九〇年以后。原研究员指出：

"在格力高-森永案发生的时候，还完全没有做 DNA 鉴定的意识，所以当时在现场找到的资料都是徒手去摸的。"

于是，被搜查员徒手触摸过的遗留物品也没能进行正确的鉴定。

其他的退休研究员也说：

"转到科调研用于鉴定的资料大多都是数量又少还被污染了的物品。从调查人员、鉴定人员等人那儿送过来的资料都被大面积污染了，很多都无法进行鉴定。在那个时代，采集指纹是最优先的，所以采集指纹后的资料全都是被高度污染了的。当时日本几乎不做 DNA 鉴定。"

那时处理遗留物品的方式等调查手法与现在的完全不同，且器材的精度也大不相同，所以也有许多无奈吧。

但是，我们可以清楚地看出，警方之间的调查没能共享也导致科调研做了巨大的"无用功"。科调研的退休人员这样说：

"当含毒点心被四处投放的时候，大阪、兵库、东京地区的警察各自对发现的毒物进行了分析，并展开追踪调查。虽然从调查的中间开始，分析结果要汇报给警察厅了，但在此之前，警察之间从不交换毒物分析结果的信息。我觉得不管分析设备有多么先进，如果指挥方不改变，调查就无法顺利进行。"

另外，也有证词称，为了不让情报泄露，警方采取了彻底的"保密"，连鉴定人员的行动也受到了限制。一名鉴定科的退休人员这样说道：

"其实我几乎没去现场，现场情况只看过一两次。鉴定人员一行动就会很显眼吧，因为我们是没办法单独行动的。也因为这样，就没去现场，指令信、长椅背面的胶带、白旗上的铁丝等等，都是由搜查员在现场拍好照片后带回来的。从鉴定的角度来看，完全没有亲手触碰带来的那种感觉。指纹、掌纹、脚纹、毛发、邮票上的唾液，这些也没法用。当时不重视鉴定，没有这个意识。现在回想起来，要是能更加重视现场鉴定的话就好了。"

各府县警的"底牌"

从 NHK 掌握的各府县警的调查资料和对调查人员的采访中可以看出，各府县警都有自己的"底牌"，对其他府县的警察留了一手。

因此，虽然各府县警设定了"逮捕案犯"的共同目标，但各家的调查方针仍存在偏差。

狐狸眼男的模拟画像公开于昭和六十一年（一九八六）。该男子在调查过程中曾被目击到两次。

第一次是在丸大食品恐吓案的现场——国铁的车厢内。

第二次是在好侍食品恐吓案的现场——名神高速公路的服务区。

大阪府警搜查一科的特警组将两次出现在现场的狐狸眼男称为F，一直到追诉期满为止拼命追查。我们认为兵库和京都等其他地区的警察也和大阪府警一样，将调查这个被认为是犯罪团伙一员的男人视为最重要的课题。

但通过此次采访，我们得知事实并非如此。

案发当时任兵库县警搜查一科调查官的田口肇明确地说：

"关于狐狸眼男，兵库县的警察并没有把调查他放在重要位置上。大阪看起来对抓捕狐狸眼男很有信心，虽然通过警察厅向周边几个县发出了请求彻查嫌疑人的通缉令，但是兵库县警并没有投入太多力量。"

而且，他接着说：

"大阪府警是近畿地区警察的中心，在全国也有着'东有警视厅，西有大阪府警'之说，他们觉得自己是西部枭雄，自视甚高。如果根据这个狐狸眼男的情报逮捕了案犯的话，大阪府警的名声就能更响亮了吧。所以大阪才会急红了眼一样寻找着狐狸眼男，可兵库却没那么重视。

"但是，与大阪相比，兵库是既没有说话的立场也没有那个气场。对自认为处于领导地位的大阪，兵库说不了'你们这错了，跟这没关系'之类的话。"

实际上，兵库县警和京都府警都将同一目标列为嫌疑对象，各自独立地进行了内部调查。除此之外，京都府警还独自（据一名原干警人员说，之后警察厅也加入了）对一名男性做了细致的调查。

兵库县警、京都府警的原干警分别承认了这个事实，在此基础上，兵库县警的原干警田口先生说：

"这是一起暴露了大范围调查困难性的案件。各府县警都有地盘意识，把自己调查到的信息藏得严严实实，在查出眉目之前都只在自己的管辖地进行调查。虽说是要各地警察联手合作，然而各有各的地盘意识是理所当然的，这对刑警来说习以为常，所以我认为各府县警一定留有一手，也就是只在自家辖区秘密调查的'底牌'。我们这里也是如此。想自己找到线索、亲手抓到案犯，那才叫刑警啊。"

滋贺县警的原搜查一科干警也说过这样的话：

"说起强行（凶案组）的案件，自己县查到的东西只在自己县调查，这是理所当然的。要是和其他府县的警察联手调查的话，案件就根本调查不了。但是格力高-森永案证明了这样做是不行的。"

当时组织内调查人员间的隔阂可以说非常大了。大阪府警的一名原搜查员对于这个问题清楚地回答说：

"我在冈山有一些想调查的东西，瞒着冈山县警去调查了，但后来暴露了，遭到了他们的抗议。他们问我：'你自己擅自做什么呢？'严格来说，去其他县的时候必须用传真等方式提前联系对方，可这样的话就跟不上对方的进度了。府县之间的隔阂真的很大。我现在也觉得像FBI（美国联邦调查局）那样的组织一样，由一个领导来负责整个关西地区警察的体制真的很有必要。"

新人后援队伍

以大阪为首，全国共投入警察一百三十万人次。

刚开始做采访的时候，我以为对于这样一起震撼社会的案件，大阪府警会投入一批很有威信的王牌搜查员。但是，当我无意中向一名原搜查员问到这个问题的时候，却得到了出乎意料的答案。

当兵库发生的案件波及大阪府警时，大阪府警在茨木、西淀川、寝屋川和天满等警察局成立了搜查总部，将各警察局和府警总部派来的搜查员集结成了一支混编队伍。然而，原搜查员们对这支队伍的状态抱有着疑问。

府警搜查一科的一名退休搜查员这样说道：

"四月十日，格力高工厂被纵火那天，我接到电话，前往西淀川警察局的大本营。这支混编队伍由一科的火灾组、二科（负责调查贪污、诈骗等高智商犯）、四科（负责调查暴力团体）和各警察局派来的人员等约六十人组成。

"从其他警察局来的是一堆四月份新入职的刑警。都是彻头彻尾的新人，连汇报（调查报告）都不会写，每天都开会到半夜。开会时，干警问被调查的那家人养的狗叫什么名字。干警应该并不是真的想知道狗的名字，而是想试探一下这些新人到底有没有好好在调查。结果回答不上来的新人很多。搜查总部抱怨'都派了些什么同事过来啊'，但另一方面，派出后援的这些警察局由于长期派人过来，在人员周转上也出现了困难。"

一名搜查员还这样说道：

"各个警察局派来的都是新人。老手都为（警察局别的）案子忙得不可开交，根本来不了。可新人来得再多也无济于事。因为是别人的案子，也都没什么责任感。就应该派少数精兵来干的。调查不是光有人就干得了的。"

彻底保密

现场彻底贯彻了"保密"这个词。

这是这次采访中听过次数最多的词之一。

原本在调查现场，为了逮捕嫌疑人和后续的审判，保密是很有必要的，所以也非常受到重视。讨厌媒体的警察老挂在嘴边的口头禅就是："让媒体知道再被写篇报道，准没什么好事。"即使是现在，将保密贯彻到底的作风也仍旧适用于调查现场。但就连从事这一行超过三十年的老搜查员看来，当时的保密程度之彻底，也可称得上不正常了。

关于保密这件事，我们取材组的成员已经听过无数遍了。在此，我将采访的部分内容摘录出来与大家分享一下。

"我根本不知道什么组在做什么事。上面的大人物曾经问过我新收到的恐吓信的事情，当时我只是慌慌张张回答了几句就结束了对话。要严格保密，总是想着千万不能泄密了。所以做调查报告都不是去警察局，而是每次特意跑去会馆等其他地方。"

"当时负责格力高-森永案的调查小组真的很封闭。即便我们曾负责江崎社长的问讯工作，对调查有一些感触，也从没被叫去参加调查会议。上面好像也有直接跳过组长，在现场跟个别人下达指示的情况。最大的问题就是只知道保密，完全没有广泛听取下级的意见。不管这名刑警有多么丰富的经验，脑筋有多聪明，想到了什么办法，只要上面下达了指示，也只能一个人做到底。"

"当时太过于重视保密，即便给上司做了汇报，后面也完全收不到信息的反馈。做刑警的，肯定都希望通过自己收集来的情报实现自身价值、亲手结束调查，然而即便是自己跟上面汇报了有用的情报，最后也会由其他搜查员负责后面的调查。"

"保密做得有点太过了。多和其他搜查员共享消息不是很好吗？每当连我们都不知道的消息刊登在报纸上时，别提多没士气了。消息只让那么有限的人知道，当刑警的怎么发挥自己的作用啊？我们甚至还有过将报纸和电视里播出的内容当作参考去调查的时候。"

"当时的搜查员经常说，在那样的体制下，只有一部分人能处理情报，现场的搜查员完全不知道其他组在做什么。一般案件调查是要召开讨论会的，在调查人员面前公开情报，说明'我们这边通过什么线索发现了什么情况'，然后征求大家的意见。可是他们并不是这样做的，而是让每个小组单独报告，报告完了就让人回去，极其严格地把控着所有情报。"

相似的内容不胜枚举。

之前已经提到过，警察组织原本就是一个"垂直管理的组织"。

这一点时至今日也不曾改变。作为拥有逮捕权的公家机关，这种上情下达的体系可以说是出于某种必然。另一方面，虽从属于这种自上而下的体系，每一名搜查员都具有匠人精神，懂得恪尽职守。

在很多案例中，调查会议上很重视这种从搜查员的经验中得出的对现场的意见，这些意见也成为逮捕嫌犯的重要推动力。

可在这起案件中，据一些原搜查员回忆说，由于实施了彻底的保密措施，形成了一种难以向上提出意见的氛围。

下面这段插曲发生在好侍食品案中，很多干警都认为会向西走，犯罪团伙却反其道而行之，指示交款人向滋贺方向前进。

"我在待命地点听到了无线电信息。于是，我向上司汇报说：'嫌犯他们要去滋贺，最好告诉一下（大阪府警总部长）四方先生。'但上司似乎不太好开口，只说：'嗯，那边（总部）应该也知道吧？'"

另一方面，站在俯瞰案件全局的视角上的警察厅原干警筱原弘志说，他认为限制情报是有一定必要性的。

"指挥官的职责就是掌握所有情报并做出取舍。如果搜查员知道了所有的信息，就会明白自己被赋予的角色的'意义'，恐怕就会觉得没有乐趣。若是知道了自己的任务在整体上的作用并不大，他们就会擅自去做其他事情。从搜查员的宿命来说，会有这样的一面。"

被遗漏的信息

警方收到或收集了关于此案遗留物品和相关人物的庞大信息。犯罪团伙使用的打字机以及江崎社长在防汛仓库中被戴上的滑雪帽，还有公开狐狸眼男的模拟画像后收到的消息，都是此案线索的代表。

——调查这些信息几乎是做无用功。要想从鱼目混珠的信息中找出其中几条有用的线索，就只能把和珍珠混在一起的鱼眼——剔除，进行彻底的调查。而为了完成这一目标，朝着目标有条不紊地行动的组织和意识高度集中的成员应该是必不可少的。

在采访中，我发现需要细致调查的一部分信息有可能被敷衍过去了。

后来成为大阪府警搜查一科干警的一名退休警察回忆道：

"在格力高-森永案发生约一年前，江崎社长被监禁的防汛仓库附近发生了一起邮局抢劫案。这个强盗点着发焰筒威胁邮局人员，抢走了现金，后来发现那个发焰筒里有一封写着警察坏话的挑战书。防汛仓库附近则发现了嫌犯逃跑用的摩托车，还有他脱下来的衣服。

"从嫌犯对周边地形的了解和作案手法来看，该案与格力高-森永案存在着共同点，于是我通过上司向一科科长汇报了信息。然而几天后，当我向一科科长本人问起这件事时，他却说自己从来没听说过。

"为了破案，这种小小的信息也是不可以放过的啊。我成为一科的干警后，就曾因为忙于制作另一起案件的调查报告书，把一处应该调查的信息搁置在了一旁，结果耽误了破案，要是深挖一下可能案件就解决了。"

当时在设有搜查总部的某警察局工作的原搜查员还说：

"到了平成年代，我在警察局就职后，阅读了大量的调查资料，发现茨木市某桥下被人放置过一瓶盐酸，附近有人目击到了一辆红色汽车，然而警方却对该车辆的调查置之不理，根本没着手处理。虽然我拿过文件开始了调查，但进行到一半，这条线就追不下去了。"

那辆车可能是二手贩卖的时候重新上了色。不用多说，本应该尽早展开调查的。（注：但是也有其他原搜查员称，当时有二十名刑警专门负责，仔细调查了这辆红色汽车。）

资料交接失误也好，有人记错也罢，如果将零碎的细节也包含在内，在采访过程中确实到处都能感受到存在着这样的"信息遗漏"。

4. 微物证据调查——如果没有追诉时效该多好

小口拓朗

滋贺县警的自信

追诉时效过期以前，搜查员们没有停止过对案犯的追查。

对警方不懈追查案犯的执着，我在采访滋贺县警的原搜查员们时感受最深。他们异口同声地说："如果没有追诉时效的话……"

我从他们的证词中感受到了这份坚定的自信。昭和五十九年（一九八四）十一月发生好侍食品恐吓案的时候，滋贺县警在高速公路下围堵嫌疑人车辆，却让其成功逃跑，这件事使他们成为众矢之的，饱受世人指责。山本昌二总部长自杀谢罪的事，也导致滋贺县警们更加想要解决这桩案子吧。

那么，滋贺县警到底在追查案犯上进行到什么程度了呢？

我拜访了曾经指挥调查的滋贺县警原刑事部部长阿部兴平先生。来到起居室，只见阿部先生正端坐在书桌前写着什么，能看到题目是《刑事案件中的社会正义是什么》。据他说，这是在回顾自己的警察生涯，整理一下备忘录。

"当然，里面也写了对格力高-森永案的反省。无论是过去还是现在，这些事都能拿出来说一说。比如，好侍食品案时，信息的共享化的问题啊，府县警察之间的隔阂啊，还有，指挥调查的人没有进行具体领导啊之类的，就是因为有各种各样的问题引发的连锁反应，才没能抓到案犯。"

直到现在，阿部先生回忆起好侍食品案中放跑了可疑车辆这件事，也依旧后悔得不行。可能也是因为有这种想法，才能支持他一直调查到时效结束为止吧。

"我虽然已经退休（不当警察）十多年了，但还是清晰地记得格力高-森永案的事情。案犯们在滋贺县那样到处撒野，甚至有部下为此劳累过度而倒下，再加上总部长自杀这样的悲剧……我们才会无论如何都想抓住这个案子的案犯。

"而且，我们还曾经近距离看到过疑似犯罪团伙成员的人好几次。只要坚持调查下去就一定可以查到案犯，这种想法在我的脑海里出现过太多次。能调查就能结案。虽然结果上看并没有成功，但我们的调查不是毫无头绪的，只要像这样将调查继续下去的话，就会觉得我们离查到案犯已经不远了。这种感觉让人迸发出信心与活力，我们相信自己离查出真相只差一点了。因为没有抓到案犯，直到现在我还觉得，再多给点时间就能查出来了。"

阿部先生后来给我介绍了一名搜查员——案发当时从属于鉴定科的间塚孝先生。阿部先生是这样描述间塚先生的：

"间塚这个人一直勤勤恳恳地做调查，勤恳到我们都快看不下去了。"

于是，我们前往间塚居住的野州市去拜访了他。

扣押遗留物品

我们来到阿部先生告诉我们的住址，找到一个腰上别着劈刀和锯子，正在工作的男人。与其说他是搜查员，倒不如说他像是一名猎人。他太过专注于手里的工作，而且我们也没有事先打过招呼，于是我试着拨通了间塚先生的电话。电话铃声响起，"叮铃铃、叮铃铃"的声音和电视剧《向太阳怒吼》①的主题曲声混合在一起。那名男子亲切地看向了我："啊，是 NHK 呀。那个案子的事我知道的也不多，可能不能告诉你们什么呀。这样也可以吗？"

他悠然地用独特的关西腔说道。

间塚先生在自家宽敞的院子里，制作用来捕银鱼的网兜。他把从后山砍来的树弯成直径五十厘米左右的圈，再在上面绑上网。把手的部分镶嵌着从山上捡来的鹿角，做工十分考究。

网兜制作告一段落以后，我便坐在院子里的圆木上和他聊了起来。

"我现在还记得总部长死的那天。太不甘心了。让我来说的话，在搜查总部的各种公开场合，最能热心地听我们讲各种各样事情的就是我们的总部长了。他是个就像老爷子一样的存在。我和搜查员说了，如果真的逮捕了案犯，就一起去给总部长扫墓。我自己已经决定要进行复仇战了。滋贺县警的意志非常坚定，绝对要把案犯揪出来。"

说完，间塚先生慢慢地从自己与案件的联系说起。

在滋贺县警察跟丢可疑车辆的十一月，间塚先生没能参与当天的调查。那天，他为了参加亲戚的法事到县外去了。当时的痛苦回忆，也成为了他后来认真投入调查的动机。

隔天十五日的凌晨，间塚先生参加完法事回来了。他从追丢了嫌犯车辆的栗东高速公路路口下了车。这时，他发现有一辆机动搜查队的便衣车停在那里，感觉气氛有些异样。前往县警总部上班，刚到鉴定科，便见大家都一脸悲壮地沉默着。

"我一个劲儿问昨天到底发生了什么，才知道原来是格力高案。栗东那里有一面白旗，在附近跟丢了一台可疑车辆，然后嫌犯把车

---

① 一九七二年播出的电视剧，日本刑侦剧的代表之作。

丢在草津市内的商业街，弃车而逃了。而且，我还知道了嫌犯没有被抓到。我问，那嫌犯逃跑时所开的可疑车辆怎么样了？他们说车还在现场呢。"

可疑车辆还留在犯罪现场，为什么搜查员仍然待在总部？难道不应该尽快扣押遗留物品吗？间塚先生直接与上司交涉，随后带着四五名部下立刻朝被留下的可疑车辆所在的现场去了。

那天，外面淅淅沥沥地下着雨。车辆被雨淋了以后，指纹可能会消失，间塚先生为此十分焦虑。但是，草津警察局的搜查员小心翼翼地将车辆保管在了警察局内，避免了车被雨淋湿。

在可疑车辆中，有许多疑似嫌犯所有物的遗留物品，包括带徽章的包、与把白布绑在栅栏上的铁丝相同材质的铁丝、便携吸尘器、劳保手套、氰化钠、能窃听滋贺县警对话的频率一致的无线电对讲机等。

"我想，有了这些遗留物品的话，就一定可以查到嫌犯。滋贺县警没有放跑嫌犯，而是为了解决案件扣押了许多嫌犯的遗留物品。我觉得做得很好。"

间塚先生首先从摸清遗留物品的销售渠道开始调查，通过销售渠道来推算出是谁实际购买了这些物品。

"按顺序来说，先是氰化钠。县内有没有使用氰化钠的地方？氰化钠是在法律的管控下才能使用的，所以一看账本就知道管理者是谁。所以，我就去调查了被盗的地方。在这些从业者中，会不会有和狐狸眼男画像一致的人呢？调查对象当然也包括因品行不端被辞退的人。我们以本县为中心进行了调查。

"接下来是劳保手套的调查。奈何什么地方都有做劳保手套的，制作量又大，调查怎么都无法向前推进。我们还调查了无线电设备。产品都是有编号的，为了找出买了那个编号的无线电设备的收据，我在天很热的时候去了东京，可是完全没有找出购买人。"

关于无线电对讲机，滋贺县警对滋贺县内持有执照的人进行了彻底的调查，但嫌疑人可能已经搬到了县外，最终也没能找到与案件相关的人。

而且，滋贺县警从当地居民那里收到了各种各样发现与画像相似的人的消息，他们对消息一一进行了确认，但一无所获。

"如果府县警察一起出动的话就有几千名搜查员，那就可以做到，奈何只有像滋贺县警这么少的警察来负责，破案要花多少年啊。光是调查物证，转眼间就过去三年了。"

在调查陷入混乱之中时，间塚先生注意到了遗留物品上附着的"灰尘"。

"调查会议什么的虽然讨论了各种问题，向前推进着调查，但也就是做了粗略的调查，然后把范围扩大到日本全国而已。我想找找看有没有什么特殊的东西，结果发现这副劳保手套上沾了铝。虽然说是铝，但这其实是一种叫作铝箔胶带的特殊的东西。"

揭掉贴在烟盒上的塑料翻过来，能看到银色胶带，那就是铝箔胶带。据说胶带上会带有少量粉末。

"那个铝箔胶带附着在（遗留物品之一的）劳保手套上。调查后发现它是在真空状态下，银或铝附着在聚酯薄膜上而形成的，是一种特殊的铝箔。明白了这一点，制作这种铝箔胶带的地方就十分有限了。在地域上已经有了局限性，调查范围也就大大缩小了。结果，发现它只是再生线，那样的话调查就没完没了了，很遗憾，调查就这样结束了。"

然而，这种微量物证的发现给了间塚先生莫大的勇气。

调查使用者本人无意中附着的微量物证，如果能发现特殊物质的话，就有可能锁定嫌犯的行动范围。而且，如果能找到多个特殊的微量物证的话，就能由此缩小行动范围。

"通过调查微量物证，就能推断出嫌犯所在地方周边人群的职业。着眼于小小的细微的东西，只要发现了嫌犯的行动范围、工作场所，或者有更特殊的东西的话，那么嫌犯就在那些特殊的东西所在范围内。因为能够一下子缩小范围，所以我们将方针变成了微物证据调查。寻找微量物证是马虎不得的。现在回头看的话，因为我们干过鉴定，才会把目光投向这些地方。没有做过鉴定的人，我觉得是不可能想到可以这么做的。"

发现了分析结果

第二次去访问间塚先生的时候，他告诉我们，记录了微物证据调查内容的笔记本应该在仓库里面。但是，他找了好几次也没有找到。这一天，采访也是匆匆忙忙就结束了，然后我们就在像谷仓一样大的仓库里找起笔记本来了。

仓库里堆满了有趣的东西，比如七百五十毫升①的老摩托车、能装下一个人那么大的大壶等等。有关格力高-森永案的资料，只发现了狐狸眼男的海报和遗留物品之一的带徽章的包的复制品。

与我一同采访的当地大津局的矢岛记者，从那以后几乎每天都去间塚家寻找笔记本。案发当时，间塚先生在岐阜的深山里购买了土地，正在建造山中小屋。间塚先生嘟囔着，可能把笔记本放到了那个山中小屋里。矢岛记者立刻飞去了岐阜。

与间塚先生见面两个月后，间塚先生在另一所住宅的壁橱里，终于发现了记录微物证据调查的笔记本。原来笔记本并没有放在在保管摩托车的仓库里。笔记本足足装了两个纸箱。

间塚先生的笔记本里夹着一张遗留物品中附着的金属物质的分析结果。

"如果是特殊的铝，用铝来鉴定的话，就会一下子在这里显现出特殊的波长。"

---

① 指摩托车发动机的排量。

发现了资料，间塚先生好像是最开心的。

原滋贺县警鉴定科的间塚孝先生正在重新翻看记录微物证据调查的笔记本

间塚先生的手账上写着，在吸尘器里残留的灰尘和包底部的垃圾中，找到了铝、镁、铁、钛等金属碎片。

调查这些金属片中是否含有特殊成分，必须使用微量分析仪。微量分析仪用于一微米以下的微小物品的微量分析，在当时是十分贵重的仪器。由于该仪器价格昂贵，滋贺县警无法购买，间塚先生只好一一拜访拥有微量分析仪的企业研究室，向他们说明情况，极力控制费用，能多做一个金属片的分析研究是一个。间塚先生随身携带自掏腰包买的镊子，继续着调查工作。

此外，学习元素符号也是必须的。对于农业高中毕业的间塚先生来说，元素符号并不那么熟悉，但是他与微量物证的调查非常投缘。间塚先生在科调研学会了显微镜的使用方法，自己制作了检验用的材料，拿到有门路的研究所做调查。从遗留物品中提取分析的微量物证多达六百余件。

从壁橱拿出来的瓦楞纸箱里还混着笔记本之外的资料。小小的透明袋子里装着白色的粉末，标签上潦草写着 CMC 这几个字母。间塚先生慌忙想要藏起来，但确认了标签之后又拿到了我们眼前。

"可以舔一舔尝尝看。"

虽然他这么说了，但我们到底还是拒绝了。

CMC 是 Carboxymethyl Cellulose（羧甲基纤维素）的缩写，在医用高分子材料的食品科学领域是用作冰激凌等的增稠剂以及乳化稳定剂的粉末。这也是可疑车辆中残留的微量物证之一。

"说起冰激凌的粉末，会觉得可能和怪人二十一面相恐吓过的点心制造工厂有关联。要是嫌犯里有做点心的人的话，肯定会引起公愤的。但是，这种东西特别容易买到，所以哪里都能做出来。虽然不能根据这些来确定制造商和工厂，但光是知道它们是什么成分就已经有了很大的进展。"

如果用最新技术重新分析手头上的白色粉末，也许能知道些什么，取材组激动了起来。但冷静地想过后，这粉末不过是 CMC 的样本，证据不可能长眠在间塚先生的仓库里。我们完全被间塚先生的话迷住了。

追查 EL

在对金属片、CMC 等微量物证进行分析的过程中，检测出的最特殊的物质是被称为 EL（electroluminescence，电致发光）的电子零件碎片。

在间塚先生的资料中，有几本封面上写着 EL 的笔记本。为了寻找生产 EL 的工厂，手账里罗列了各种各样的企业名称。

"当时，EL 被用于电视机的显示器等。那时的电话也正在从以前的拨号盘式换成数码的、有液晶画面的电话，需求在一点点地不断增加。在当时来说，EL 是很特殊的东西，并不是全国各地到处都在使用。"

调查开始六年后，警方发现滋贺县内只有一家生产 EL 的工厂。

"那家公司成了调查对象。我们和公司说：'很抱歉。全部都要调查一下哦。'就在那个工厂里，调查了物品是如何流通的。当然，在 A 制作的东西会运输到 B 那里。从 B 到 C，从 C 到 D，全部都要一一追查下去。而且，那里有没有可疑的家伙？比如戴着帽子，在西宫的便利店里放入含氰化物的点心，头发是小卷的男人。或者是 F，那个狐狸眼的男人，周围有没有和他很像的人？有了 EL 这一条线，还要把它和其他的微量物证结合起来判断，只有 EL 一个是不行的。这么一来，我们就已经费尽了心思了。但这对调查来说是件好事。"

以 EL 为基础追查案犯，进行到了什么程度呢？间塚先生迟迟不肯作答。其理由是会给接受调查的公司和业界带来麻烦。结果直到最后，间塚先生的回答都模棱两可。

取材组从其他渠道得到的调查资料中寻找有关 EL 的记录。

一九八九年后制作的资料里，只有一份的内容是以 EL 为主的。那是一份图表式资料，以生成 EL 的工厂为起点，将各种信息串联在一起。生产 EL 零件的工厂和经营者的名字、经营者及其一名男性亲戚、居住在北陆的一名四十岁左右的男子、周边与狐狸眼男相似的人、声音与录音带中相似的女性以及所有与黑社会头目相关的信息等，都详实地记在了上面。图表上，连所有人的工作地点都标注了出来，这让我明白了间塚为何要犹豫。

通过推断 EL 这个特殊的零件，应该已经相当详细地掌握了犯罪团伙的轮廓。

我把拿到的图表发给间塚先生看。

"那个图表啊，从微量物证上看，全都是和周边人物一致的东西，当时真的整个人都沸腾了。虽然没有查到案犯，但是这让我们看到了微物证据调查带来的前景。彻底地进行了微物证据调查，就会得到这样那样的结果，我想照此下去，范围缩小只是时间的问题。"

就在这时，滋贺县的信乐高原铁路上发生了四十二人死亡的重大事故（平成三年即一九九一年五月）。以间塚先生为首的大量搜查员开始负责这起案件，EL 的调查不得不中断了。

"发生信乐高原铁路事故的四年内，微物证据调查完全没能继续。我们的搜查员很少，所以大家都必须要去支援新案件，就这样停止了调查。从信乐回来后，虽说想第二天就开始重新调查格力高案，也必须从头回忆都调查过些什么了。在那之前，好不容易抛开满脑子的微物证据调查，将高原铁路的列车线路一下子塞进脑海，可是现在又要恢复从前的记忆……这真的太艰难了，太难了。"

间塚先生继续开始了对格力高-森永案的调查。最后专职搜查员只剩下两名，对进出工厂的三千名相关人员进行调查。

在追诉时效到期以前，一个在北新地当过酒保的人突然进入了间塚先生的视野。

"情报是从湖东的某个地区传来的。但是为了寻找这个男人，我费了很大的工夫，大概花了半年多的时间吧。终于见到了他本人，一问之下，果然打探出了与案件有关的事情。一个是和格力高有关的，另一个是和其他人有关的。啊，这个男人果然知道些什么。"

据该男子掌握的情报，当时他工作的北新地的店里，有与案件相关的人出入。

"果然，在那家店里能听到各种各样的信息，他是店里的酒保嘛。所以，只要让他好好地回想起来，通过这家伙说的话，肯定能找到什么头绪。找出那家店里的人际关系，再结合微物证据调查的结果的话……就能查到犯罪团伙。"

但是，在追诉时效内，还是没能找到犯罪团伙。

"当我们被告知'今天就是时效过期的日子'时，只觉得十分沮丧，原来这就结束了啊。时效这东西真是碍眼。没能抓到案犯我们感到分外生气。而且我们觉得，要是没有时效的话，可能就能抓到案犯了。"

间塚先生窝在工作间里这样说着，一边不停地打磨着自己引以为傲的网兜。

我们也追寻着酒保的行踪继续推进取材工作，但最终还是没能找到他。他曾经在北新地工作过的那家店早已经不在了。

5. 搜查干警如是说——原警察厅搜查一科科长藤原享"从失败中学习"

清水将裕

（NHK 社会部记者，生于一九七三年）

格力高-森永案中，为什么警察没能抓捕案犯呢？

这个疑问，无论是警方还是其他相关负责人士，迄今为止都还没有给出明确的回答。

关于调查现场的具体方法的检验，如是否应该对狐狸眼男进行警方盘查等，多方相关人士都发表过意见，在其他章节中已做了叙述。

但是，在此之前，当时警察的结构和调查体制等根源上是否存在问题？或者说，作为警方，要如何反省这次案件的失败，作为之后的经验教训呢？这是最基本也是最根本的问题，我认为这才是我们这次采访的核心。

我们最初也感到很疑惑。案件发生后，打破都道府县的圈绳定界、实施警方大范围调查的重要性被指出后，调查的指挥系统和无线电等物资器材确实得到了改善。在此之前，都道府县警只要负责各自管辖区域内的调查就好，但随着汽车社会的到来，高速公路等交通网络趋于发达，由同一犯罪嫌疑人横跨多个都道府县引发的案件逐渐增加。众所周知，在格力高-森永案之后，警方对这种大范围犯罪的应对得到了大幅加强。

但是，这个案件本身所反映出来的警察组织是如何分析、验证的问题，取材组即便查看调查到的警察内部资料，或是采访当时的干警，也无法找出明确的答案。采访之初那个模模糊糊的疑问"为什么案子没有解决"，没有人来回答，或者说，我们根本找不到有人愿意回答这个疑问的迹象。

不能说、不想说

为了寻找"为什么案件没有解决"这个疑问的答案，我走访了几位已经退休的警察厅干警。然而，即使东拉西扯地谈论事发当时的各种情况，对于"为什么会失败"这一根源性问题，没有人愿意多说。

"既然没能逮捕案犯，事到如今也没什么好说的了。"几乎所有人都缄口不言。甚至还有人这样说："这个案件，我已经决定什么都不会再说了。除此之外的案件可以随便问。格力高-森永案没有抓到案犯，这个案子的事就请饶了我吧。"也就是说，因为这是一起没能抓到案犯的未解决案件，所以不能说，也不想说。

的确，在刑警的世界里，没有什么比找出嫌疑人更重要。找出嫌疑人，对其穷追不舍，将其逮捕并解决案件——这可以说是刑警唯一的使命。甚至有搜查员说，刑警的世界里长久以来的法则就是，没有资格谈论没能找到嫌疑人的案件。谁都不愿意谈论没有取得成果的事情，尤其在具有工匠精神的刑警的世界里，这种意识是非常强烈的。

当然，从现场的搜查员到警察厅的干警，谁都为逮捕案犯绞尽了脑汁，甚至牺牲睡眠时间进行调查，我们对此感到由衷的钦佩，也很容易想象到这些都是只有当事人才能感受到的苦闷和纠结。

然而，明明是昭和年代犯罪史上的重大案件，但与其他恶性案件不同的是，对警察组织的人来说这是一起极不情愿提起的案件。

这一点，我们从所有人身上都能感受到。虽然案件过去近三十年了，但如同被蒙上了沉重的帷幔一样，我们无法接触到警方是如何总结格力高-森永案调查的这一核心部分。带着这样的感受，我们继续着采访工作。

　　这起案件的背景是怎样的呢？

　　首先，在这个案件中看不到明确的"受害者"的身影，应该也造成了一些影响吧。在杀人案件中总会存在死者家属，或者在电话诈骗等诈骗案件中也时常能听到受害者悲痛的声音。在杀人案件中，如果凶手长时间没有被逮捕，死者家属就会时不时表现出对警方调查的不信任，新闻报道也会针对案件尚未解决这件事，指责警方初期调查存在不足。至少，对于在案件中失去至亲的遗属等相关人员来说，他们绝不会允许让凶手逍遥法外，也绝不会允许案件不了了之。

　　不过，就格力高-森永案来说，虽然它在日本引起了那么大的轰动，但从结果来看，并没有发生死亡事件。确实，有很多企业受到了威胁，造成了销售额下降等损失，这是不争的事实。电视节目中也播放了案发当时对森永制果销售负责人进行的拍摄采访，负责人因受到"在食品中混入氰化钠"的威胁，不得不将商品从店里撤下来并销毁，令人感到痛心。但是，企业的损失并没有完整地、很好地传达出来，实际情况就是如此。从结果上看，由于没有出现死者，不可否认，这是一起看不见受害者面容的案件。

　　此外，恐吓信的一部分内容讽刺了警察这一权力的象征，使国民认为这是一起"独特的犯罪"。当时，通过电视和报纸实时采访了关注案件的人，很多人会说："啊，是那个案子啊。挑战书什么的，还挺有意思的呢。"相反，很少有人会说："那起案子啊，真是一起很严重的案子呢。"

　　没有死者，且被威胁的是大企业，在这种受害者并不明确的情况下，社会上形成了一种这是一场"看上去很有趣的犯罪"的趋势。此案未能解决就结束了调查，对此，社会营造出了一种宽容的氛围吧。

这起案件充满了特殊性，因而受到关注。要是一般的未解决案件，民众可能会谴责警察的调查失误等，在这起案件上，却有一种能够原谅警方的气氛。民众觉得，"虽然是起荒唐的案件，但很有趣"。也许就因为是这样，才有了现在的情况吧。我们对各个方面都进行了采访，但关于为什么没能解决这件事，基本感觉不到警方内部有什么深刻的见解。

不愿谈及未解决案件的组织

就在我心情郁闷的时候，有幸见到了案件当时以警察厅搜查一科科长的身份负责指挥和协调的藤原享先生。

说到警察厅的搜查一科科长，这是与都道府县警就调查的具体方法进行沟通的职位，可以说是警察厅的头号负责人。格力高案发生时，他曾多次实际到当地出差，协调相关府县警察，并负责调查的汇总工作。

反过来说，把他当作没能逮捕案犯的罪人之一也并不奇怪。

"他应该什么都不会说吧。"我记得当时一边这样想着，一边迈着沉重的脚步去见他。

我来到位于东京都内住宅区的一栋房子，拜访藤原先生。虽然已经退休，但他那敏锐的目光中仍充满刑警的气场。据说他已有八十二岁。

藤原先生原本从事事务性工作，却在中途重新参加考试、重新入职，这种复杂的经历在警察厅的干警中实属少见。

警察厅中当上干警的人几乎都是从东大、京大等名校毕业的，通过国家Ⅰ级考试（以前是公务员上级考试）进入警察厅。这样的人被称为"公务员组"，只要不卷入丑闻中，可以说他们将来就几乎一定能成为县警的总部长。全国二十八万名警察中，每年以公务员组的身份进入警察局的只有十几个人，每个人都是超级精英。

案件发生时任警察厅搜查一科科长的藤原享先生

　　另一方面，一名都道府县的一般警察（即非公务员组）被提拔进警察厅，且还是从事务性岗位转岗，被采用为准公务员组人才，那是极少数的个例。这样的人，由于入职警察厅时间较晚，担任各干部职务时的年龄也比公务员组长近十岁。

　　虽然他们最终担任的职务会是县警的总部长或警察厅的科长级别，但就任时基本上都已经接近退休年龄了。藤原先生也是这样，他退休前的职务便是警察厅的搜查一科科长。

　　二战后不久的昭和二十八年（一九五三），原就职于大阪警察事务性岗位的藤原先生重新参加了警察厅考试，开启崭新的警察人生，迈入了刑警的世界。之后，他在刑事部门发挥了自己的特殊能力，历任长野县警的搜查二科科长（负责贪腐案件等）、千叶县警的刑事部部长等，于昭和五十九年（一九八四）就任警察厅刑事局的搜查一科科长。搜查一科科长是负责全国的重大案件、恶性案件的重要职位，警察厅也对此抱有强烈的关注。

藤原先生担任搜查一科科长期间，发生了以格力高-森永案为代表的日航巨无霸客机坠毁事故、大规模煤矿事故等众多案件和事故。

　　可能是因为这种经历，第一次见到藤原先生时，我就觉得他给人一种与其他警察厅的公务员组退休警察不太一样的感觉。

　　第一次见面是在一个午后，我来到了他家附近。藤原先生问道："你想问格力高-森永案的事吗？那已经是很久以前的事情了，也没什么可以说的啊。我已经很多年没有见过媒体的人了。"他说话时，眼神中流露着怀旧之情。

　　"那么，事到如今你想问些什么呢？"

　　我向藤原先生说明了我们的采访意图。他说，问一点点的话是可以的，便答应了接受采访。

　　"我家人在家，我们就去稍微喝点茶吧。"

　　藤原先生说罢，我们就和他一起去了附近的茶馆。就算退了休，也不想把工作上的事带进家里。我觉得他应该是这样想的吧。

　　"警察呀，是不愿谈及未解决案件的组织。"

　　藤原先生落座后，听我们大致讲述了节目的意图，随后语气缓慢、略显唐突地说道：

　　"已经解决的案件嘛，毕竟是刑警，总有许多想说的话。如何找到嫌疑人的呀，埋伏了好几天进行追捕才终于抓到案犯呀，诸如此类关于自己功劳的故事。但是，没能解决的案子，谁都不愿意讲……"

　　藤原先生说，在和我约好见面后，他亲自向警察厅的后辈询问了关于格力高-森永案的总结记录是否还在。

　　"我被调离搜查一科科长的位子后，直到退休不当警察的时候，案件还没过时效，调查仍在继续。但后来，格力高-森永案涉及的所有案件都超过时效了吧。所以，我想，会不会有什么将案件调查记录汇总后再进行检验的文件，就去确认了一下。虽然以这起案件为契机，大范围案件的调查体制、无线电通信等方面都得到了改善，但作为一个组织，为什么没有对这起未解决案件进行总结，并留下记录呢？距案件超出时效已经过去了很久，我还以为会有什么文件之类的东西，就去查了一下，可到底还是没有呢。"

藤原先生说到这里，虽然对警方没有留下检验案件的记录感到些许不满，但可能又觉得在预想之中，脸上流露出一种略带无奈的神情。

案件出现各种局面时，搜查总部有怎样的动向、做出了怎样的判断？关于这个问题，我当然也可以向一线搜查员询问，但藤原先生能以更广阔的视角来回答这个问题。不过，他一开始还是有些防备。

"我作为警察厅的案件负责人参与了案件调查。即使接受了媒体的采访，我心里也净是一些不能说的话。我有保密的义务，也曾是组织里的人。再说，现在警察里也有很多当时的后辈。即使我自己有一些见解，会给他们带来麻烦的话也不能说出来。"

藤原先生对我们检验"为什么案件没有解决"的采访目的表示理解，但还是为难，无法下定决心。另外，他本人置身于这起案件调查的核心位置，这也令他犹豫不决。

藤原先生担任搜查一科科长时，负责指挥格力高-森永案的一系列调查，每晚都有记者来到他家。但是，他当时正处于案件的核心，因此在采访中虽会说些客套话，但对于重要的事情几乎没有开过口。在退休之后，"不说多余的话"这种认真的态度也仍使他守口如瓶。

回忆当时的想法

听到"警察呀，是不愿谈及未解决案件的组织"这种说法时，我就觉得他应该是想要说点什么的。

那时，我十分想当场就深入询问。但是，我极力压抑着这种心情，避开重要的话题，一边喝着咖啡，一边听藤原先生聊了两个小时的陈年往事以及警察厅的人事安排等与案件本质无关的话题。

之所以这么做是因为，我无论如何都希望他能在镜头前接受采访。那将是一份我们采访了那么多当年在警察厅和大阪府警参与调查的人都不曾听到的陈述：对于反省和检验未解决案件的重要性的反思。

仅仅是我在提问的话，是没有意义的。而且，我想得到的不只是一名搜查员的回答，我希望能由警察厅，或者说是一位在某种意义上俯瞰整个调查的人物，来好好地谈一谈自己的看法。

说起来，这也是第一次有人说出这样的想法。

"我本以为已经没有机会回忆这起案件了，没想到NHK的记者来了，我就自己回顾了一下，还翻出了当时的资料。"

他手上有一份笔记，内容是回顾当时的情况后重新整理出的问题点。即使是一边喝茶一边聊天时说的话，他也仔细应对，绝不把事实弄错，这正体现了藤原先生的一丝不苟。

我希望藤原先生能用新鲜的语言来讲述。在对案件的嫌疑人、受害者等相关人员进行采访时也是如此，人在第一次向别人叙述时所说的内容永远是最真实的。

没有必要把要点总结得很漂亮，只要说出自己真实的内心感受就可以了。

为此，在正式进行拍摄采访前，必须让受访人少说为好。我马上就这么想到。

我很清楚自己还没有听到最想弄清楚的、最重要的事情，但我还是故意把谈话结束了。

"下次能再给我一点时间吗？采访完其他相关人士，定好了节目的方向后，我会再和您联络的。到时候，请您一定要接受我的采访。"

说完，我就和藤原先生告别了。

这个时候，我和藤原先生完全没有就拍摄采访形成确切的约定。但是，下次见面时，他会不会就是在镜头前讲述了呢？不，他只能这么做。带着毫无根据的自信和不安，我踏上了归途。不过，总算找到了一位能好好接受采访的人，这让我松了一口气。在那之前，无论与多少当时的干警见面，都获取不到什么有用的信息。然而见了藤原先生后，我觉得那些没有弄清的东西，似乎多少能看到一些眉目了。

在那之后过了一个月，我又一次拜访了藤原先生。这期间，我也得到了采访其他警察厅退休警察的机会，但是对于"为什么没有解决"，或者"关于没有解决这起案件，警察组织是怎样认为的呢"这类问题，还是没有人能够回答。

我和藤原先生在电话里聊过几次，只和他说了希望下次见面的时候不是在茶馆，我想向他问一些更细致的问题。

对藤原先生说完"我马上就到"以后，我就开车前往了采访地点。那时，我还没有和他说这次采访是会进行拍摄录像的。但是，我已经拜托负责拍摄的导演和摄影师在采访地点安装好摄像机。

到达市中心。藤原先生看到录像机的时候，露出了一丝惊讶和为难的神色。他瞥向我，我对他说道："拜托了！"他似乎下定了决心，迈步走进了采访用的房间。

这一天的采访大约持续了两个小时。藤原先生那时候作为调查指挥，一直在警察厅和大阪府警之间来回奔走，我依次向他询问案件当时向一线下达的具体指示和调查体制。

为什么没有向那个被称作 F 的狐狸眼男做警方盘查呢？您对物证的调查和鉴定调查分别下达了怎样的指示呢？各府县警与警察厅的信息共享情况如何？

面对这些问题，藤原先生语气淡漠地作出了回答。或者说，他的语气中对以大阪府警为首的现场搜查员态度有些拘谨，显得十分谨慎。

当被问及负责调查的刑事部门和使用无线电等先进器材的警备部门之间合作不充分的问题时，毫不意外，藤原先生袒护了现场人员。

"大家可能会用警备部门、刑事部门这种称呼，但是，在总部长的斟酌下决定，如果刑警人手不够，也可以拜托警备部门，或是当时被称作外勤的地区部门，当时的工作形式就是如此，可以请这些人员帮忙。一刀切地把警备部门和刑警部门一分为二，我觉得是欠考虑的说法，有点不妥。毕竟警察看的还是综合能力。

"确实，背地里，把警察分为公安①和刑警是一种普遍想法，而且大多认为刑警没有公安体面。但是，如果发生了什么大事，我觉得是可以通过他们各自所在的县警来协调解决问题的。所以，刑警和警备或者说公安部门间对立的尴尬局面几乎不存在。不过，某些媒体特意报道的这方面的事情也并不是没有。这种对立意识，以前就有人说过了，但如果酿成大事件的话，毕竟关乎县警的名誉，他们还是明白要好好处理才行的。"

对于县警和警察厅之间的垂直管理关系可能是问题所在的指责，他是这样回答的：

"我是站在警察厅的立场的，并不对所谓的现场直接负责。警察厅要做的事是对跨区域的都道府县警察提供建议、指导和协调。实际上负责调查的是都道府县警。至于警察厅，必须要能够应对大范围的案件，协调整体。都道府县警擅自行动的话，发挥的作用是有

①　全称为"公安警察"，即上文所述的警备部门下属的警察。公安由日本内阁府的国家公安委员会领导，警察厅的警备局统一管理，主要负责国家安全和情报工作，有很大的权限。

限的，另一方面，警察厅并不负责现场，所以作用也是有限度的。这两者在某种程度上是可以做到互补的。当然，也不是任何时候都能做得很好。

"比如警方盘查的问题，警察厅和大阪府警的干警进行沟通，确定案件调查的基本方针，共同商定接下来这样做如何，那样做又如何。在与大阪协商的基础上，决定了将犯罪团伙一网打尽的方针。

"但是，刹那间的判断，比如在大同门被绑架的男性正开车过来，那么在现场那一瞬间该怎么决断，这些都是要在现场做出的判断，要视情况而定。大阪府警的刑事部部长是现场的调查负责人，但即使是大阪的刑事部部长也不能指挥一切，有时也不得不根据现场的随机应变来行动。所以，与其说是谁的错，不如说当假司机开车过来的时候，谁也没能事先想象到那个人可能是假的。"

"警方也以各种各样的情况为前提，进行了多种应对训练。不过，情况是瞬息万变的，在刹那间做出正确的判断果然还是很难呀。实际的状况，真的是仅凭瞬间定胜负。所以我认为，在大同门的案子中，后备厢里的搜查员拉下拉杆把车停下也是当时不得已的情况。在那个时候冷静地多花一点时间考虑，之后再拉下拉杆，其实是相当困难的。"

也许是因为自己曾经在刑事部门的第一线从事过调查吧，藤原先生时常袒护现场的搜查员。

对"战败"做过检讨吗？

我最想问的是，作为警察他是如何看待这起未解决案件的，又是如何总结格力高-森永案的。藤原先生时而陷入沉思，沉着地说道：

"把未解决案件比喻成战争可能不完全恰当，但我确实觉得两者很相似。在战争中输了之后，比如太平洋战争之后，要好好地进行反省和检讨，思考是哪里出现了问题，为什么会走到战争这一步，还有日本战败的原因在哪里，等等，我们一直在对这些问题进行总结。

"但是，对于破案，长久以来的认知是，所谓的调查就是'审问案犯'，所以没能逮捕案犯，怎么进行总结呢？因此结果就是，格力高-森永案没有抓到案犯，所以无法总结。这个案子就这样结束了。

"但是，如果能够整理一下调查的经过，让后人知道在这样的案件中做了这样的事情，却没能逮捕案犯之类的，那就能作为一种教训传承给后人。我现在才开始思考，这应该是一个时代的责任人、负责人应该留下的东西，对吧？

"警察厅的职责就是指导、监督各地方警察，从警察行政的立场上说，如果建立了这种体系，那么在今后几十年间，只要这个国家还存在，调查就可以通过这种体系来得到检验。我觉得还是有把案件总结留给后人的义务吧。"

藤原先生说，也许是想到自己在职时没有建立起充分的检验体制，所以，特别是这几年，对于警察应该对未解决案件抱有怎样的态度，他的思考越来越多了。

"一开始，我觉得自己没有什么可以和你说的。不过，案件过去近三十年后，你还以这种方式过来采访，使包含我在内的很多当时参与调查格力高-森永案的人感到，你做的这件事——检验未解决案件——是有很多可以理解的部分的。虽然几十年过去了，我也有相当多细节记不清了，但我多少产生了这样的念头：说出当时的情况，难道不正是我们的一项责任吗？"

我再次向他询问了作为警察，或者说作为一名刑警，对案件尚未解决便迎来追诉时效到期是怎样的心情。

"我们经常认为自己的职责就是逮捕案犯。所以，没能逮捕案犯，就不能提起这个案子。没让案犯坦白，不就有许多事情都弄不明白了吗？就因为有这样的意识，才会觉得对这种未解决的案件进行讨论也太可笑了。不过，嗯，每个人都有自己的思维方式，但我认为社会的进步方式就像传递接力棒一样，面对这种失败，就应该保持谦虚，说出自己在什么地方存在问题，把教训传递给后人。"

藤原先生在接受采访的三年前，也就是七十九岁时，因脑梗倒下过，当时他真的是徘徊在死亡的边缘。现在，为了腿部的康复训练，他每天都坚持散步。

藤原先生是第一个谈到警察直面未解决案件的必要性即检验调查的重要性的人。最近，他又开始回想自己负责的格力高-森永案中有着什么问题，并将发现的内容总结在笔记本上。

后来，为了感谢藤原先生接受拍摄采访，我再次去他家拜访。临走时，他递给我一本册子，里面记录了从昭和至平成年间发生在全国各地许多未解决案件的一览表。

"加油啊。"

藤原先生只说了这么一句话。

如今，全国仅杀人案件中就有三百多起未解决案件。我感受到了藤原先生作为刑警的强烈意志，同时又深深感到，自己今后有责任——正面挑战这些未解决案件。

6. 搜查干警如是说——原大阪府警总部长四方修的"反驳"

清水将裕

在这次节目中，四方修先生作为当时大阪府警指挥调查的最高领导接受了采访。

关于为何不允许大阪府警的搜查员对两次被目击到的狐狸眼男进行警方盘查，四方先生在节目中这样说："就那样盘问的话是不行的。即使逮捕了他，我想他也什么都不会说的。假如他说'完全和我没有关系'，我们不就没有切入点了吗？""盘问本来就是不行的。明明任何应对措施都做不到，只会让对方知道我们这边采用的手段——说到底就是跟踪。因为必须根据（嫌犯的）指示行动，所以追踪狐狸眼男那边就缺少人手了，事后才觉得可惜也是无济于事的。"

原大阪府警总部长四方修先生

另外，滋贺县警也在秘密调查并目击到了狐狸眼男一事，四方先生在接受我们的采访之前都是不知情的。

"嫌犯在当地行动的话，当地的警方会采取措施，是情理之中的事。被认为是犯罪团伙的人贴了指令信，却因为担心被大阪府警责骂就没有动作，哪有这么傻的事啊。"

"失败的不是警察，是案犯"

节目播出几天后，四方先生打来电话，提出了对节目的意见，简要来说如下：

"在之前的采访中我已经阐明，逮捕现行犯是基本原则，但节目中却完全没有提及。关于狐狸眼男，我们并不清楚他是否犯罪团伙的一员，节目却将过多的重点放在了这上面。节目里数次谈到调查失败，但调查并没有失败。的确，我们可能有一些应该反省的地方，但失败的不是警察，而是案犯。"

制作节目时，我们与四方先生三次会面之后才进行了拍摄采访。在采访过程中，我们充分说明了节目宗旨，以之前的采访和拍摄采访的内容为基础，制作成节目并播出。基于这样的认知，当我从与四方先生通话的记者那里听说了他对节目的意见时，感到非常意外。

几天后，再次与四方先生会面时，我们收到了他整理的反驳文章。

这次将电视节目内容以书籍形式出版之际，我们在与四方先生交流后，决定以上述文章为基础，刊载他对节目的反驳。

我们在这里介绍文章中提出的十个问题。

这篇文章题为《NHK〈未解决案件〉节目关于格力高-森永案的问题》，手写在三张 A4 信纸上。

文章内容如下。这是四方先生反驳的机会，所以我们原文引用。

（1）这是"警察厅指定案件"，不是大阪府警的案件。

（2）此案的性质是由"收到交付财物时即犯罪既遂"的以夺取赎金为目的的案件逐渐转化为恐吓案件的。

（3）理所当然，警方调查的目的是在犯罪团伙领取财物时，将现行犯当场逮捕。

（4）因此，对财物交付的场所和时间彻底保密是必要条件。

（5）正因为如此，签订了特殊的（没有人质的）报道协议。（当时，警察厅向在东京的新闻报道机构提出建议，但没有被接受，大阪府警总部长承担了所有责任，通过大阪的窗口——社会部长会——递交申请，征得了同意。）

（6）把过多的重点放在了"狐狸眼男"上。

（7）内容故意夸大现场的搜查员与高层间不能相互理解的情况。（现场的意见并非永远正确，民营企业中也是同样。）

（8）"滋贺县警方放跑了嫌犯"的说法是不正确的。

（9）节目得出了"警察的调查存在失败的地方"这样的结论，但我认为警察没有失败，倒不如说，失败的是没有拿到财物的犯罪团伙。

（10）"此次案件的总结"是从在调查阶段连续参与警察厅指定第113号、114号、115号案的立场出发，在全国警察总部长会议上进行了说明的，作为日本的警察，我将这份总结牢记于心，提出了"重新审视以往的调查方法"以及"开发和确立新的调查方法"等意见。

以上。

我们在收到文章后，与四方先生再度见面，就文中条目逐一说明。

会面时四方先生的意见如下。我们尽量用四方先生本人的语言记录。（括号内为补充说明，由笔者添加。）

关于第一点："在那个节目中叙述的是'按照大阪府警总部长的指挥执行'，但是大阪府警总部长没有指挥其他（府县警察总部）的权限。滋贺县警的原搜查员说'因为大阪（府警）说了'，这话很奇怪。因为犯罪的主要场所和公司都在大阪，说大阪（府警）是此次案件的主力是没有错的，但是由于此次是大范围重要案件，所以是由警察厅主导调查的案件。"

关于第二点和第三点："不交付财物就不构成犯罪既遂。原则是在犯罪既遂后逮捕现行犯，一贯的方针就是确认犯罪既遂后逮捕现行犯。"

关于第四点和第五点："当时的特警组被记者紧紧盯住了，特警组一出动，记者就会认为案犯在行动。因此，对特警组下达了每晚外出的指令，这样一来，（记者）就搞不清哪次是真的有情况。但是，特警组也因此筋疲力尽，由于保密的重要性，才申请了报道协议。那个节目的纪实剧中说，报道协议是由刑事部部长申请的，但其实是由我自己向大阪社会部长会这个窗口申请的。这并不是那么容易的事。他们理解保密的意义，所以才达成协议，以'不写'为前提条件发表所有报道。保密有多重要呢？只要知道了这一点，就会明白，因为我们的行动会被案犯察觉，所以不可能进行警方盘查。"

关于第六点："狐狸眼男F被过于强调了。狐狸眼男是什么？他仅仅就是一个可疑的男子。对可疑男子能做什么？你们觉得进行警方盘查，让他协助调查有那么简单吗？他只是一名可疑人员，不是嫌疑人也不是案犯。假设他是案犯之一，也不能给他戴上手铐当场逮捕。那样并不是逮捕现行犯。

"通过尾随可能会掌握他的住所，知道他和哪些人有交集，但即使做到这种程度，他们组织的头目非常谨慎，和狐狸眼男一定是没有交集的。再重复一遍，在犯罪既遂的阶段逮捕现行犯是我们的原则。"

关于第七点："节目里出现的刑警的意见很奇怪。仅仅表达了他极其反感和懊恼的心情。希望在节目中能够更加公正地验证上司和属下哪一方说的正确。"

"（福岛）核电站事故也经常被刻意强调，说现场人员和高层人员间存在沟通不畅的情况。滋贺的刑警和追捕狐狸眼男的刑警的故事，在那个节目中占据了相当大的篇幅，十分遗憾，除此之外，其他大量的调查几乎都没有出现。

"我自认是警察厅中最尊重现场意见的。现场刑警的意见有时不能代表现场情况，有时说的完全是胡言乱语。节目中多次出现现场的刑警发表意见的镜头，让人误以为那是正确的意见，但搜查总部却没有听进去，这会误导舆论。"

关于第八点："滋贺县警并没有让嫌犯逃走，只是让可疑车辆逃走了。在栗东附近，搜查员奇怪'为什么会有辆车停在这里'，想上去盘问，结果那辆车发动了。那个时间点正是我们在大津服务区要看指令信的时候，在这种情况下，不能说是让格力高案的嫌犯逃走了。结果（可疑车辆上）放着无线电，滋贺那时并不是因为知道那是嫌犯的车后放跑他们的。

"那天，嫌犯说到草津停车场的时候，我和平野（府警搜查一科科长）说：'只是玩玩的，就是测试而已。'之后，因为没有（指令信的）便笺，想着：'和预期一样只是测试而已，嫌犯并没有来。肯定是因为不能监听数字无线电，嫌犯没来真是可惜啊。'刚从座位上站起来，就发现了可疑车辆，藤原（警察厅）搜查一科科长对着滋贺的刑事部部长怒吼：'为什么没有马上联络！'这就是事实，滋贺县警方并没有让嫌犯逃走。"

关于第九点："最后一集说这是警察的失败。但是案件未解决就被说成是失败，我无法同意。虽然在调查的一些细节上，大阪府警有反省的余地，但可以自负地说我们没有失败。没有拿到财物的犯罪团伙才是失败的那一方。因为犯罪团伙没有取到财物，所以无法抓现行。"

关于第十点："最后原搜查一科科长藤原说'没有对（这起案件）进行总结'，完全不是这么回事。我在格力高案时开的全国总部长会议上就总结过了：利用汽车犯罪的调查方法、大量生产时代物证调查的困难性、在城市里打探信息的困难性、高速公路上的对应方法。不做这些事情的话是会被警告的。我是唯一一个了解（警察厅指定）一一三、一一四、一一五（号案）三起案件的人，因此我将这三起案件作了对比总结。我提出了应该怎么做好。藤原没有出席全国总部长会议所以并不知道，但总结是做了的。"

最高负责人的真实想法

此次节目里，我们以震惊日本的格力高-森永案中，"大阪府警的最高负责人当时采取了怎样的方针指挥调查"这一简单的问题，开始了对四方先生的采访。

"为什么没有对出现了两次的狐狸眼男进行警方盘查？""您知道滋贺县的原搜查员目击到了狐狸眼男吗？"等等，之后，我们还询问了这位当时的最高指挥官其他问题。这些都是我们在采访过程中产生的各种疑问，或是与重新分析此案至今未能解决的原因相关的问题。

节目时间有限，四方先生的受访内容未能全部播出，在此介绍一下未能播出的这部分内容，向大家准确地传达他的想法。

在我们询问"为什么没有对狐狸眼男进行警方盘查"之后，接着本节一开始介绍的内容，四方先生继续这样讲述道："我并没有'那个时候要是做了警方盘查的话就好了'之类的想法。举个例子，大家经常提起狐狸眼男，但就像我一贯坚持说的那样，狐狸眼男只是一名可疑人物，不能给他铐上手铐逮捕他，也不清楚他是否会同意协助调查。"

最早目击到狐狸眼男是在丸大食品恐吓案中。对于在开往京都的国铁电车上的调查状况，四方先生是这样说的：

"从电车上扔下装有现金的包裹有没有人来取，这才是调查的焦点。为调查这件事而乘坐电车的刑警只是偶然发现了一名有可能是犯罪团伙成员的人。但是凭这个去做警方盘查是不行的。

"报告说，七名搜查员都目击到了狐狸眼男，所以一定没错。但是我觉得还有更多必须要做的其他调查，不是吗？"

四方先生对于公开狐狸眼男的模拟画像一事也持反对态度。

"有七名搜查员目击到了这个人，说明这个男子确实很可疑，这点我是非常理解的。但是，把狐狸眼男真当作犯罪团伙的一员来公开，还要投入极大的调查力量，这点上我是抱有疑虑的。我的调查哲学是不能无条件地相信目击证词。我不太赞成公开狐狸眼男的画像。"

追踪一个并非嫌疑人而仅仅是有些可疑的男子，投入多大的调查力量才够呢？

"如果狐狸眼男是案犯之一，可能犯罪团伙的头目已经警告了狐狸眼男不要再行动了，毕竟那个犯罪团伙里有个特别谨慎的头目。可能公开画像的时候，头目已经向狐狸眼男下了指示，让他以后不要和自己一起行动。因此我认为，即使再追下去也几乎得不到信息了。"

"从案件的整体调查情况来看，（公开画像）是成功了还是失败了？并不能轻易地得出结论。因为还没有查到案犯，所以不能说一些太绝对的话。不过从结果上来讲，投入调查力量是非常有必要的。"

昭和五十九年（一九八四）十一月十四日，警方围绕好侍食品恐吓案进行调查，在高速公路上展开了攻防战。就此，我们询问了大范围调查中警方互相协助的状况，四方先生是这样叙述的：

"服务区并不是投入调查力量的场所，这一点是没有错的。那里只放了一张写有嫌犯指令的便笺。因为运现金的车是根据那张便条的指示行驶的，所以没必要特地投入当地警力参与调查。看了（京都）城南宫的指令信，才明白接下去要看大津服务区的指示牌后边。知道这个指示的时候，大津的指示牌后已经贴上了便笺。除非在之后贴便笺的地方暗中埋伏，否则，是完全没有用的。"

就在那时，一名在大津服务区的滋贺县警搜查员说目击到了狐狸眼男。

四方先生一开口就这样说道："看见了就逮捕，这不奇怪吗?"

四方先生也没有隐藏在案发后第二十七年听到新证词的惊讶：

"我第一次听说，这个在大津服务区贴着的指令信是滋贺县警的搜查员看着贴的。第一次听说这件事。如果是真的话，滋贺县警没有向我们汇报过，岂有此理。"

对于此事，滋贺县警原搜查员这样解释："因为前一天，大阪府警的人说了让我们'不要靠近'，所以我们想着不能被他们发现。"四方先生说："我没说过那么蠢的话，嫌犯如果去贴了指令信，把他抓起来就好了啊。他们当时又穿着便服在暗中埋伏，谁也不清楚你是普通人还是调查人员，所以不会有任何麻烦。因为（运现金的车和周围的大阪府警）是在高速公路指定的地方根据便笺的指示行驶，所以如果大津服务区或草津停车场有滋贺县警的搜查员，完全不会造成任何麻烦。"

"没有想重新调查的地方"

之后，四方先生透露了自己以格力高-森永案为教训，为解决案件中存在的问题而做的努力。

"我在全国总部长会议上提出，存在案犯不来取现金的特殊情况，所以当时的日本警察无法解决此类案件，因此从调查的整体来看，哪部分调查应该加大力度呢？从合理运作的观点考虑，在紧急部署时，应该在高速公路的收费处安排更多的人手，等等。希望集中调查重点，注意调查力量的分配，担当起搜查总部总部长的责任。"

据四方先生说，以他的提议为契机，全国的警察都开始引进汽车驶进高速公路时用照片记录车牌号的系统。

在采访末尾，我们问四方先生："如果有机会能重新调查的话……?"

四方先生毫不迟疑地回答道：

"我没有想重新调查的地方。我在全国总部长会议上提出的问题正在一点点解决，如果重新来一次，我还是会做一样的调查。"

第四章 案犯到底是谁？

搜查员曾两次目击到的狐狸眼男

放置含氰化物的点心的"摄像头里的男人"

1. 时隔二十七年浮出水面的犯罪侧写
——录音带的最新分析结果

宫崎亮希

(NHK 报道局导演，生于一九七九年)

"时至今日"才能有的发现

案件发生后已经过去了二十七年。现在将很多人记忆中"很久以前发生的怪案"拿出来再谈论一番，我们认为是有必要的，一是为了检验过去的失败，二是为了发现"时至今日才能弄明白的新事实"。

当时不明白的事情、没能查到的地方，在经过了一段时间的今天，或许就能看清了。恐怕这就是一直在讨论的主张废除追诉时效的理由。现在，如果能发现格力高-森永案的新事实，或许就可以说明让早已过了追诉时效的案件再一次进入大众视野的意义。

话虽如此，在采访过程中，我还是感受到"二十七年"这段时间确实很长。对于在大阪出生长大的我来说，这起案件耳熟能详。但案件发生的时候，我只有五岁。对于案件的记忆，我只模糊地记得那时和朋友们吵吵闹闹地说着"点心里下了毒"，还有嘲笑学校里的老师长得像"狐狸眼男"。我在大阪北浜的街头做拍摄采访时，有不少人怀念地说"确实是发生过那样的案件呢"，但当我想要向他们询问详细情况时，就有很多人边说"已经记不清了"边走开了。

我们采访的对象也是一样。一旦我们想要和对方确认细节，他们总是说"不记得了"，这让我越来越不安，到底能不能找到"时至今日才能弄明白的新事实"呢？

要从哪里推导出"新事实"呢？

我们对 NHK 手中的两件可能成为突破口的"物品"抱有期待。那是可以称为"与案犯直接相关的线索"的重要证据。我们再次聚焦这两件"物品"，开始取材工作。

"摄像头里的男人"的视频

NHK 手中的两件"物品"之一是视频。当然，这并不是被藏起来的东西，当时有很多人都看过这个男人的视频，十分有名。

他就是作为格力高-森永案的"案犯"而被人们记住的"摄像头里的男人"。

NHK 也参与了"摄像头里的男人"的图像处理工作

昭和五十九年（一九八四）十月七日，距离江崎格力高的社长家不远的全家便利店甲子园口店中发现了含有氰化钠的罐装硬糖。八天后，名古屋、大阪、京都的十一家店铺相继发现了含氰化物的点心。

以这一天为开端，全国各地的超市里陆续出现了贴着写有"有毒　危险"字样的纸片的点心，震惊社会。一直以来以企业为对象进行恐吓威胁的犯罪分子不仅发出了警告，还直接威胁到消费者的生命，这是史无前例的犯罪行为。

在这一连串的犯罪行为中，嫌犯留下了很大的线索。那就是"摄像头里的男人"的视频。

全家便利店甲子园口店被认为是最开始被放置了含氰化物点心的店铺。店内设置的监控摄像头捕捉到了一名有奇怪举动的顾客。

上午十点二十七分，一个体格壮硕的男人走进店里。他头上戴着读卖巨人队的棒球帽，戴着眼镜。服装是西装外套，没有戴领带，米色裤子。从帽子里露出来的头发看起来烫过。那个男人一进店，就朝杂志区走去。他拿起一本杂志，便走向了点心货架。接下来的一瞬间，男人以向后仰的姿势，像是在窥视货架一样，做了什么动作。但是，他似乎十分熟悉摄像头的位置，用杂志把手部遮住了。随后，该男子在收银台结账离开。

这段监控录像于十月十五日对外公开。以视频画面为基础制作的海报，贴在了各种各样的地方。然而，警察虽然收到了很多的情报，却没能找到嫌犯。

在开始采访的时候，我们手头只有公开监控录像后播出的NHK特别节目的一盘录像带。我把这期节目看了一遍又一遍，到底还是看不清嫌犯的脸和手。这种"像是能看见又看不见"的状态实在是绝妙，二十七年后的今天，我仍然觉得我们像是被嫌犯玩弄于股掌之间。

这是从那时起很多人都看过无数次的视频。今后还会从中发现新的事实吗？总而言之，我决定去寻找当时的知情人士。

"制作视频的男人"的苦恼

昭和五十九年（一九八四）十月十五日，"摄像头中的男人"的视频被公开。

实际上，这段视频与NHK有着很大的关系。虽然我就在NHK工作，但之前完全不知道这件事。根据当时的资料，全家便利店甲子园口店提供的监控录像的画质很差，所以负责公开录像的兵库县警委托NHK将录像的画质变清晰。视频被带到NHK技术研究所（技研）后，当时的技术人员对视频进行了调亮、将其他无关的客人模糊化、扩大目标人物等图像处理后，视频向大众公开了。

意外的是，我们是在《未解决案件》项目组的办公室用内线电话向NHK技研了解情况时，才开启了对"摄像头中的男人"的取材工作的。

询问技研后得知，那名职员已经退休了，这是意料之中的。没有人知道当时的情况，案件发生后技研本身搬过家，相关资料等也没有留下。尽管如此，我还是辗转询问了几名职员，最后联系到了给"摄像头里的男人"做过视频加工的前职员。

"那是很久以前的事了……"这名NHK的原技研职员十分客气地迎接了我。他名为奥田治雄，目前是湘南工科大学电气电子工程学科的教授。我们在电话里请求他接受采访的时候，不少事情他说得模模糊糊的，但实际见面时，他回想起了当时的很多事情并告诉了我们。

"摄像头里的男子"的图像处理工作，据说是当时警察向NHK神户放送局打探，神户局的记者便通过电话委托他接手的。视频从大阪放送局传送到涩谷的NHK放送中心，直到深夜才送到了技研。

当时，能够操作视频加工机器的只有奥田先生一人，他和他的直属部长（已故）两人一起完成了这项工作，并没有向周围的人透露。

加工分为①去除视频的杂音、②强调人物的轮廓、③修正逆光、④扩大等四个工序，共历时五个小时。

"视频的种类有很多。画面里有嫌犯被帽子遮挡的侧脸、收银台和商品货架的镜头，以及嫌犯用右手不自然地接触架子上的点心的样子。但是，我觉得并没有从正面被拍摄到的镜头。半夜我们收到了视频，通宵进行了处理。只是，视频本身的画质就不太好……"

传过来的监控录像视频是在 VHS 的三倍模式下录制的，画质非常粗糙，画面放大后就更加模糊了，因此处理非常困难。奥田先生的成就包括处理奈良县龟虎古坟内部用光纤镜拍摄的视频等，他一直处于图像处理领域的最前沿。说起"摄像头里的男人"的视频处理成品，他的表情充满了懊悔。

"太难为情了。我本来想把它弄得更精细一点的。我一边想着要是能靠这个找到嫌犯就好了，一边做了视频处理……"

我问奥田先生，以当时的录像带为基础，使用现在的最新技术，是不是可以做新一轮的分析？他的回答是，因为没有原录像带，且录像视频的画质本来就非常差，所以应该是不可能的。

之后，我还请其他在职的技研人员和专门从事图像处理的有识之士观看了视频，向他们询问是否可以重新分析，得到的答案都是"不可能"。现在 NHK 手中的视频也是已经加工处理过的视频，所以也不能进行处理。即使还有母版视频，当时的监控摄像头的镜头性能等也很差，因此很难进行进一步的分析。

唯一捕捉到"案犯"身影的"摄像头里的男子"视频，在案件发生的二十七年后，我们得到的回答是，即使使用最新的技术，也无法超越奥田先生等人通宵处理而成的视频。

富于冲击力的"案犯的声音"

NHK 手中的两件"物品"中的另一个是"声音"。

大阪府警的记者俱乐部里，留下了大量的采访笔记和一个小纸箱。纸箱里面放着几盒六毫米录音带。拿着这些六毫米录音带，我再次开始了取材。

格力高-森永案是日本犯罪史上史无前例的案件。可以说这段"声音"象征了犯罪团伙极为特殊的犯罪方式。

以知名大企业为威胁目标的嫌犯在索要大额现金时，用电话指示勒索金交付的地点和方法。另外，在寄送恐吓信时，为证明确是嫌犯寄去的，信中还附有被认为是监禁江崎社长时录下的社长声音的录音带等。"声音"的使用到处可见。

在保留下来的六毫米录音带中就有江崎社长的声音。

昭和五十九年（一九八四）三月十八日，格力高公司的江崎社长被嫌犯监禁在茨木市的防汛仓库时，嫌犯为了传达自己的要求，录下了江崎社长的声音。

"是××家吗？赶紧坐车去高槻那边。让××或△△上车……准备好便条做记录，在电话旁边等着……接下来你的名字是中村……"（××、△△为人名）

这些内容是在向格力高公司的人事部部长（时任）指示勒索金交付地点。

说话的人像是被什么催促着一样，声音很小，语速很快。可能是在黑暗的地方读着笔记吧，说话的时候总时不时停顿一下。

录音带中还保留着被嫌犯袭击、在大同门被迫参与夺取勒索金行动的男子的采访等内容。

在保留下来的记录了各种声音的录音带中，有三盘录音带里的声音可以确定是"案犯"的原声。

这是犯罪分子向其威胁的企业下达勒索金交付指示时，从电话里传出的声音。其内容被录了下来，其中一部分被警方公开了。

第一次听到那个声音的时候，任谁都会感到一种无法用语言表达的恐惧。

在采访的过程中，我重新播放了那盘六毫米录音带，那个声音让我感觉脊背一阵发凉，我忍不住思考，能以这种形式威胁企业的案犯到底是怎样的一群人。

这个声音给听者带来的冲击在于，无法想象这个"声音的主人"参与了犯罪。因为，把上市公司的社长全裸着绑架并索要现金、纵火、投放含氰化物的点心等等，实施了这些恶性犯罪的团伙打来的电话，声音都是"年轻女性"或"年幼的孩子"。

说话的人应该确实是根据案犯的指示来录音的。这是与案犯有直接关联的重大线索，我决定再次调查这三个声音。

声音的内容如下。

① 格力高案件的声音内容

昭和五十九年（一九八四）三月十九日，江崎格力高公司当时的人事部部长家接到电话。

好像是一个年轻女性的声音：

"沿名神高速公路，以八十五公里时速，前往吹田服务区。京阪餐厅左侧的香烟自动售货机上有一封信，照信上写的做。"

② 森永案的声音内容

昭和五十九年（一九八四）九月十八日，森永制果的关西分社接到电话。

应该是一个孩子的声音：

"从餐厅出发，沿着一号线往南走一千五百米有一个守口市民会馆，会馆前的京阪本路二丁目天桥台阶下的空罐子里。"

③ 好侍食品案的声音内容

昭和五十九年（一九八四）十一月十四日，好侍食品北大阪办事处接到电话。

　　同样是孩子的声音：

　　"往京都方向走，距一号线两公里。在城南宫公交车站的长椅背面。"

　　实际听了录音，①的声音是稍微有些低沉的女声，说话非常冷静，没有抑扬顿挫。一连串的内容说得很流畅，给人一种看着原稿在读，或者是把内容背下来了的感觉。女性的声音和说话的命令语气有着很大的反差。

　　②明显是孩子的声音。

　　"守口市民会馆……"这一段，听起来就像是把"会馆"说成"会款"的感觉。可能是孩子中途说错了，还能听见有人说了一句"诶？"。

　　③的声音像是年龄更小的孩子发出的，有着孩童特有的高亢的感觉。

　　"往京都方向"的声音部分，给人一种特别天真、很有朝气地在朗读的感觉。

　　"公交车站"的地方每个字都拖着长音，就像刚学会读平假名的孩子，用手一个字一个字地指着绘本在读一样。

　　①暂且不论，②和③中孩子般的声音和说话的内容反差非常大，更让人感到毛骨悚然。

　　当时，警察把这个声音当作重要的线索，试图锁定案犯。

　　①和②的声音，在投放含氰化物点心案件发生的第四天，也就是昭和五十九年（一九八四）十月十一日，被媒体公开。同时，为了得到广大市民的协助，警方开通了二十四小时电话服务，打服务电话就能收听这两段录音。反响是巨大的，公开仅两天，就接到了近六十万通电话。

　　③的声音是十一月十四日，报道协议期间，好侍食品与犯罪团

伙之间进行勒索金交付时，警方向媒体公开的。

令人感到意外的来自女性和孩子的威胁电话，使搜查员和记者们受到了很大的冲击。

大阪府警特警组原搜查员松田大海先生说："连孩子都有吗？我们脑海中想象的犯罪团伙中竟然还有小孩子。我们就想，这应该是一起有组织的行动，这是比我们想象的更大、更团结，总之更具组织性的犯罪团伙。"

当时，令《每日新闻》记者藤原健在案件中最受到冲击的，就是这几通女人和孩子打来的威胁电话："我真的吓了一跳，犯罪团伙中还有小孩子，这样的信息完全不在我的预想之中。一般来说，如果这个孩子在上幼儿园或者小学，过着很普通的生活的话，难道不会和朋友讲这件事吗？然后朋友们会说'他不就是那个孩子吗'，不是吗？真的不会泄露吗？让孩子参与犯罪，却不自己现身的犯罪团伙到底是个怎样的组织呢？"他说，案犯的形象变得让他完全无法想象了。

警方认为①的声音来自"三四十岁的女性"，②和③的声音来自"小学低年级的男孩"，并将②和③的男孩视为同一人，展开了调查。

大阪府警原总部长四方修先生对于①中的女性的声音，这样说道："这个女人的声音说的是标准语，所以我的指示是让搜查员对大阪府内所有美发厅进行盘问调查。因为在美发厅里讲话，不用关西方言的话就会很明显，很容易被注意到。"警方以成年女性为目标开展调查。

另外，关于②和③的声音，据当时负责分析声音的科学警察研究所（科警研）退休人员透露，昭和五十九年至平成元年（一九八四至一九八九）被送来的约两百件鉴定用的样品中，由男孩录制的声音"也并不少"。可见警方在调查的过程中，对相应年龄段的孩子的声音做了录音并进行了鉴定。

熟悉当时情况的"声音"专家

围绕声音的主人是谁这个话题，媒体们也在争先恐后地进行报道。

报纸和电视节目上根据音频中说话的语气和语调，就这名女性和小孩的关系及其出生地展开了推理战，连日大肆报道。

当时，有一个人经常接受各种媒体的采访，实际对声音做了分析。他就是日本音响研究所（音响研）的铃木松美先生。

铃木先生是警察厅科警研的一名退休人员，曾经在各种各样的案件中负责声音分析，取得了实际成果，为锁定嫌犯做出了贡献。在甲府信金白领杀人案（平成五年即一九九三年）中，他负责分析嫌犯打来的要求赎金的电话的声音。铃木先生从嫌犯独特的口音中推断出他的出生地，再从他的说话方式推测出他的职业，并且完全猜对了。另外，在菲律宾参议员贝尼格诺·阿基诺遇刺案（昭和五十八年即一九八三年）中，他分析了手枪的开枪声。他确定涉案枪支是菲律宾军队经常使用的型号，证明了军队中相关人士的罪行，被称为声音分析第一人。

解释声音分析结果的日本音响研究所人员铃木松美先生

这次，我们委托实战成果累累且在案发当时做过声音分析的铃木先生，利用现在的最新技术，对案件当时的声音进行再一次的分析。

平成二十三年（二○一一）二月一日，我从 NHK 出发，步行几分钟，第一次拜访了位于涩谷区富之谷的日本音响研究所。位于幽静住宅区的音响研，外观别致，安装了与雅致的建筑风格不太相称的特大号抛物面天线。

铃木先生出来迎接我们，开口便道："是要把格力高-森永案做成节目吗？真的是很怀念啊！"他的表情看起来非常高兴。

这是一件在社会上引起轰动，却始终未解决的案件。铃木先生自己也发表了独立完成的声音分析结果，精力充沛地在电视节目中出镜。犯罪团伙寄出的挑战书中，甚至还点了他的名字，"音响研的铃木君　科学调查　好好干吧"。

正因为如此，他至今仍对这起案件怀有强烈的感情。铃木先生至今还保存着当时新闻报道的剪报，似乎也说明了这一点。

我看了一下，在声音被公开的第二天即十月十二日，《朝日新闻》《读卖新闻》及《日经新闻》等地方报纸全都发表了评论。铃木先生之后也在报纸、周刊等发表了分析结果，还多次参加民营电视台的报道节目。他还曾去过江崎社长被监禁的防汛仓库，以及①的录音中提到名神高速公路时调查人员待命的咖啡店等现场，可以说他置身于案件的漩涡之中，与这起案件的关系非常密切。

铃木先生一边翻阅着报纸，一边嘀咕道："那时候真是忙啊。从报社到杂志社再到电视台，经常收到他们的委托，通宵做分析。但结果还是没能解决这案子啊。哎呀，真是不甘心。差一点就能成功了。"

声音公开后，媒体蜂拥而至，委托铃木先生进行声音分析。据说警察也曾来询问过分析结果，但声音分析并不是那么容易的事。

首先，案犯用女性和孩子的声音传达要求的方式，对于当时的铃木先生来说是出乎意料的。

"我们也为警方做过声音的研究，但是把小孩用在犯罪上，感觉这是犯罪团伙事先设计好的。因为大家都有小孩不会犯罪的先入为主的观念。像这样让小孩录制磁带，并且通过电话播放给别人听的做法，让我非常惊讶。所以当时我慌慌张张地就去附近的小学收集了小孩的声音样本。这是我们完全没有研究过的领域，真的有种被设计了的感觉。"

当时的分析仪器也比现在的要费事得多。

铃木先生当时用于分析的是一种名为声谱仪的装置，就放在房间的一角。立方体的机器上立着一个直径二十厘米左右的筒，筒上缠绕着热敏纸。使用时，要将作为分析对象的声音的频率做成波形，镀在热敏纸上，一边看着那张纸一边进行分析。当然，纸是黑白的，声音的强弱要从颜色的浓淡来推测。据说事发当时，他把无数张印制好的纸摆在地板上，趴在地上通宵达旦地分析。

"我觉得恐怕是花了有现在十倍二十倍的时间吧。那时候要分析两三秒钟的音频，从放热敏纸到加入一些物质，最快也要花两三分钟。而且，捕获的精度非常差，想着那就再看一次那个部分吧，可是只看某一部分非常困难。"

我向铃木先生询问了当时的分析结果，得到了以下回答，让我有些惊讶：

"嗯……的确，我们也做了这样的分析，感觉声音很稚嫩啊。心里想着，这孩子能说出这些话可真厉害。我觉得有猜中的地方，也有猜错的地方。要是分析能继续推进的话，应该可以给搜查员们更有力的信息。"

另一方面，现在的分析作业完全变了模样。全都可以在电脑上实现了。

只要输入一段音频就可以导出频率和声音强弱等所有的数据，还可以用颜色区分数值。如今能够只抽取想具体分析的部分，对百分之一秒长度的音频做分析。

　　"这个颜色是几分贝，这个颜色又是几分贝。五分贝到十分贝的不同一下子就能看出来。用颜色来表示纵深非常容易明白，用数字一下子就能理解。"

懂电的案犯

　　对于犯罪侧写，铃木先生做了怎样的推测呢？

　　"我觉得是个相当懂得电气知识的人。在当时，使用这么老式的录音机，以这么高的音质，通过电话把信息传达给受害者。能想到要播放录音这件事，就说明他还是懂得电气知识的。而且现在想想的话，录音的声音没有失真，以当时的机器来说，这段录音真的录得很好。用当时的机器能录成这样质量的音频，他可能就是专家，即便不是专家，如果没有相应的专业知识，也录不出这么好的音频。"

　　我问他对这起案件有什么感想，他说：

　　"我还以为案犯马上就会被抓住呢。因为有很多录音和证据，我甚至觉得不可思议，为什么没能逮捕呢？

　　"同样，三亿日元案也有一百多个证据遗留在了现场，即便如此也还是没能抓到案犯。像这样即便有很多遗留物品也抓不到案犯的案子还是有的。这起案件我也听说警方和案犯有过接触，也留下了类似的录音。但就是解决不了，真的是让我无法理解。"

　　当时，警方也对独自进行分析的铃木先生的见解给予了关注。

　　"真的很有趣。我这么说也不是批评警察的意思，但与其说他们是来拜托我进行科学调查的，不如说是来打听分析得出的情报的。按理说警方应该在内部进行科学调查，我想是不是警方当时没有这种类型的科学调查呢？案犯一方明明用了这么多录音和电话，搞了那么多事情，可警方还是没什么动作。我现在觉得警方调查的方向应该是其他方面吧。"

我们这次的目的，是想请铃木先生重新分析已经听过无数次的犯罪团伙的三个声音。我把带来的录音带递给了铃木先生，请他再听一遍。二十七年后的今天，铃木先生会有何感想呢？

铃木先生当场就把播放器设置好，戴上耳机听了起来。他闭上眼睛仔细地听着，对助手指示"再放一次"，反反复复一直在听。听完后，铃木先生摘下耳机，对我笑着说："我想起了很多。"

之后铃木先生马上指出，音频里有几个他记忆中没有的背景噪音。特别是录音的开头和结尾部分，感觉有一种陌生的声音。他说之后会试着对那些部分进行分析。

我把录音带交给他，在回去之前，我问铃木先生："有发现新事实的可能性吗？"铃木先生断言道："现在的器材和当时大不相同，精度也不一样，我想应该能找到什么。"

虽然听到了令人充满期待的话，但是再分析之后真的能浮现出新的事实吗？还没有任何证据。

《未解决案件》节目取材组中，负责采访退休警察的记者和导演获取了各种各样的新证词。因此，以寻找"新事实"为目的的采访还没有得出结果，这让我非常在意。现在已经知道重新分析视频是没有可能的了，如果在声音中还是什么都找不到的话，对"新事实"的取材就不成立了。在没有发现新事实的情况下，现在重提格力高-森永案又有什么意义呢？我的不安与日俱增。

铃木先生的分析结果于二月十八日出炉。那天是取材组聚在一起碰头的日子。他们吩咐我说："有什么情况马上打电话联系。"我再次来到音响研。

"我弄明白了很多事。"

刚一走进房间，铃木先生就说道。之后他开始讲述分析结果，其内容让我始料未及。

三个"孩子"

二十七年后的重新分析，我们所期待的结果不过是"弄明白当时漏听的背景噪音是什么声音"或"推测出录音的场所"。但是，当天铃木先生所说的再分析结果，从根本上颠覆了警方所塑造的犯罪侧写，令人震惊。

根据当时的调查资料，警方设想的案犯是一个犯罪团伙，成员包括绑架、监禁江崎社长并袭击了情侣的实行犯"三人"；两次被搜查员目击到的"狐狸眼男"；写了大量恐吓信和挑战书的"领导人物"；勒索金交付时打来的指示电话里声音的主人，即"女人"和"孩子"。

重申一遍，警方所设想的三段音频声音的主人的形象如下：①是"三四十岁的女性"，②和③是"小学低年级的同一名男孩"。警方以此设想为基础进行了调查。

然而，铃木先生的声音分析结果完全否定了警察的假设。

首先是关于①的声音。警方推测是"三四十岁的女性"，但铃木开门见山地说："在我看来，这大概是一名小学六年级到初中的学生。"以前我擅自想象，犯罪团伙中有一名冷静又狡猾的三十多岁的职业女性，这意想不到的答案让我一时说不出话来。

总之，我先询问了一下根据。于是，铃木先生在电脑屏幕上调出了一个排列规整的山形波形图。

"这是声带振动的波形图，每三百分之一秒就会出现一次。这个波形的形状，在（①的声音中）几乎没有变化吧？"这是通过当时还没有的新技术，形成的能够以三百分之一秒为单位显示声带振动的波形图。通过分析这个波形，就可以锁定说话人的年龄。

除了①的声音，铃木先生还拿出了三四十岁人群的波形样本。三十几岁的时候，波形确实会随着时间的流逝而发生变化。而四十多岁的人，这种情况更加明显。"上了年纪以后，神经的传递就会变得不好，因此声音的波形不会一直是同一个形式，而是会有点改变。你看①的波形几乎没有变化。但上了年纪就会发生极端的变化。例如，大约三十岁的时候，声音的波形就不会是这种漂亮整齐的波形了。所以看①的波形，这种情况应该是一个非常年轻的女孩吧。"

铃木先生还将我（三十三岁）的声音收录起来，同样用波形表现出来。我看了看波形图，铃木先生说了一句："还是声带有些老化，波形已经不够平滑了。"虽然我对"老化"这个词感到震惊，但仔细一看，三十多岁的样本清晰地呈现在我眼前，我的声音的波形确实是不平滑。

顺便说一下，能够对这些波形进行细致的比较，也是得益于技术的进步。

案件发生当时，示波器这种仪器能显示波形，但只有在播放声音的时候才能看到波形，若声音停止了，波形的状态就无法被检测到。

"没有办法，就拍了瞬间的照片。普通的相机是拍不了的，只能用高速相机照下来，一秒钟大概只能拍六十张左右。所以很难办，让人发愁。当时只有那种程度的技术。"

铃木先生的"少女假说"的另一个根据是"语言的幼儿性"。比如，从音频中"服务区""餐厅"的部分音节的发音，以及"有一封信"中两个音节之间的连接等，可以看出发音并不是很充分，且文章整体的读法有一些稚嫩。综合判断这些信息得出的结论便是，说话人是"约是初中年纪的少女"。

接下来，铃木先生告诉我的结果更加令人吃惊。

"再大声一点!"

铃木先生首先播放了②和③中的部分声音。

"从餐厅出发,沿着一号线往南走……"

"往京都方向走,距一号线两公里……"

电脑屏幕上立刻出现了色彩鲜艳的图案。这是被称为"声纹"的声音数据。将声音按频率划分,然后用颜色区分不同的频率,这种模式下每个人的声纹都不一样,据说可以用于识别一个人的声音。只要鉴定时使用的器材和鉴定人的技能等满足一定的条件,声纹就能被认为有效证据,有时也会在审判中被采用。

这次,铃木先生关注的是②和③的声音的声纹。据说案发当时并没有好好地比较过这两种声纹,这还是第一次进行声纹分析。

在声音分析中,必须使用相同的单词或句子进行声纹的比较,幸运的是,②和③中含有"一号线"这个共同的单词,因此能够进行精度相当高的分析。

铃木先生将②的"一号线"和③的"一号线"这两个声纹图案显示在电脑上,交替指着两个图案说:

"(表的)纵轴是频率,横轴是时间。有蓝色的地方吧?这里是(声音)非常强的地方。接下来这个是三次元图表。那个人的口型,说'一号线'时根据嘴巴的活动方式,频率强的地方就会跟着变化。这是根据人说话时嘴的形状而研究出来的,所以我认为一个人的声纹几乎没有办法改变。而且这个声纹验证的都是'一号线'这个词。比较这个词的声纹,几乎没有一致的地方……这完全就不是同一个人。"

丝毫没有预料到的结果让我愣住了。铃木先生向我更详细地说明了一下。

"如果是同一个人的话,特征点会有八到九个,但这两个图案几乎不重合。所以,完全不是同一个人,也就是百分之百不同的人。"

听到这个回答,我慌忙离席,去走廊上打电话。

取材组正好在开会，组员们都聚集在一起。

"喂，怎么样？"

"好像是三个孩子……"

"啊？"

"有三个孩子。三四十岁的女性是'约是初中年纪的少女'，'守口市民会馆'和'城南宫'的男孩是不同的孩子……"

"啊？""没错吗？"

电话那头突然骚动起来，我没来得及细说，就草草挂断了电话。

对我们来说，这是未曾想到的"新事实"。

我虽然对突然发现的新事实感到兴奋不已，但声纹真的是不同的人的吗？我想要确凿的证据。例如，阅读速度不同会导致声纹图案不同吗？我决定再向铃木先生确认一下。

"那就试试看吧。"铃木先生缓缓在操作台上安装了麦克风。"你试着说点什么吧。我觉得只是改变一下说话速度，声纹是不会改变的。"

于是我尝试说了一下"未解决案件"这个单词，先是以普通的语速说，然后又录了一个将声音拖长的版本，再对比了这两次录音的声纹。

把两种声纹放在一起看的话，因为花费的时间不同，声纹本身的幅度是完全不同的。乍一看，感觉是完全不同的人的声音，但铃木先生一边用笔指着画面，一边不断地找出两者一致的特征点。一致之处达到了十七个。

"如果出现十处以上的话就没错了，所以可以判断是同一个人。"

这样的声纹鉴定结果打破了认为②和③的声音是"小学低年级的同一名男孩"的结论，这分明是两个不同的孩子。

铃木先生进一步对一个个单词做了讨论。

②中的说话人将"市民会馆"读成"市民会款"，有可能是不知

道"市民会馆"是什么。另外，从有人反问了一声"诶?"的反应来看，原稿可能是全部用平假名或片假名①写的。由此推断，说话人应该是一名小学低年级的男生。

另外，推测③为"学龄前儿童"。说话人将"城南宫公交车站的"读成"城、南宫，公、交、车、站的"，这也可能是由于原稿是平假名或片假名，说话人没有理解"公交车站"的意思就照着读了。

到现在为止，声音的主人被认为是三四十岁的女性和孩子，警方根据这个线索持续调查。但是，二十七年之后的今天，这些声音被推导出是三个孩子的声音。当时的搜查员会怎么看待这个结果呢？还有可能由此找到案犯吗？我们继续着采访工作。

发现未公开录音带!

我们重新分析了三份"案犯的声音"。但是，实际案件中被使用的"声音"并不止这些。

NHK掌握的内容只是警方向媒体公开的部分，其实还有其他未公开的声音。根据资料，我们可以掌握的是在丸大食品恐吓案中被使用的以下三种。

④ 昭和五十九年（一九八四）六月二十八日，打到丸大食品公司职员家的电话。

"高槻的西武百货商店的三井银行南边，市公交车停车点的观光指示牌的背面。"（女性的声音）

⑤ 昭和五十九年（一九八四）七月六日，打给丸大食品董事的电话。

---

① 日语的两种表音文字，与中文的拼音有些相似。

"茨木市上穗积的公交站牌旁边的电话亭的储物柜后面。"
（男孩的声音）

⑥ 昭和六十年（一九八五）一月二十九日，打给好侍食品名古屋分店的电话。

"沿新御堂路走十公里，到梅新十字路口。同和火灾大楼的通用出口下。"（小学低年级男生的声音）

据当时的搜查员说，除了这三种声音之外，还有一些听不清楚的声音。另有搜查员证实，其中有疑似有语言障碍的孩子的声音。

我们通过各种途径试图拿到这些未公开的录音带，但是，我们找了科警研退休人员、鉴定科退休人员和好几名搜查员，都无功而返。这样的状况持续了一段时间，关于未公开录音带的话题只得停留在"如果有就太棒了"。

情况发生变化是在四月。从采访住在近畿地区的原搜查员的记者那里，我们得到了"在原搜查员家中发现了录音带"的情报，第一次真实地感受到有可能"发现了未公开录音带"。据说，听说我们想拿走录音带，这名原搜查员一开始面露难色，在记者的苦苦哀求下，才终于同意了。

我们把录音带拿到项目组的办公室。播放之后，录音带开头的内容让我吃了一惊。

"接下来要给大家听的录音带，是犯罪团伙或可能和案件有关联的人的声音。为在部门内部使用，这盘录音带已做了编辑。"

原来录音带是警方向搜查员们发放的。录音带中包括以"沿名神高速公路……"开头的四段声音。据说，这是为了在询问时使用而编辑的。听了一会儿，终于传来了那个声音。

"高槻的西武百货商店的三井银行南边……"低沉的女声含混不清。迄今为止只在调查资料中看到过的内容以声音的形式出现了。

资料说是"女性的声音",我曾想过这声音会不会和"沿名神高速公路……"的声音一样呢?不过,虽然两者没有抑扬顿挫的口气听起来很像,声调却大不相同。取材组的众人瞬间都兴奋起来了。

这声音到底是谁的呢?实际上,警察判断她和"沿名神高速公路……"的声音的主人是同一个人,推测是三四十岁的女性。

"三四十岁"这一推测,已经被铃木先生的分析结果推翻了。至于两个声音是不是同一个人的,这点还是未知。于是,我决定把新发现的录音带再次带到音响研去。

这段新的声音是铃木先生也没有听过的。他惊讶地说:"是保留下的东西呢!"随后欣然接受了分析声音的委托。

播放录音带。"声音相当低啊……"铃木一边嘟囔着,一边歪着头盯着声音的波形。"里面有奇怪的噪音。"得到这个消息后,我那天就告辞了。结果出来是在几天之后,铃木先生查明了意外的情况。

"那个奇怪的噪音,是旋转误差。"案犯的声音经过好几次录音,才终于来到了我们的手里。案犯把孩子的声音录下来,在电话里播放。电话那头,警察或受害企业会录下声音。在向媒体公开这些声音时,媒体再进行录音。在这样多次录音的过程中,录音带的旋转次数出现了偏差,声音听起来和原来的声音不一样了。

这段"高槻"的声音,因为这样的旋转误差,和原本声音不同的可能性很高。分析是在修正了旋转数之后,再用前文提到的手法进行的。

但与上次不同的是,两段音频中没有包含相同的单词。因此只能从"沿名神高速公路……"和"高槻的……"这两段音频中分别抽取含有"的"的音,比较声纹。这样做准确度有所下降,但不失为一个办法。

由于不确定因素较多,分析结果只能说两个声音"非常相似"。

两者"的"字的声纹有三个地方一致,进行详细的频率分析,发现有相当相似的倾向。结合对说话习惯的客观评价,最终得出了这个结论。

对声音的重新分析实际上花了近半年的时间。

案犯所使用的声音从案发当时开始就多次被报道，其中一部分通过电话服务被数十万人听过。对于着手再分析的铃木先生来说，这个声音一定是熟悉的。也就是，是老旧的证据。但是这次，我们从零开始重新分析，得出了推翻当时警方推测的结果。我觉得这件事的意义非常大。

对案件来说，时间的流逝就是巨大的障碍。人的记忆会变淡，社会也会不断改变面貌，那些闹得沸沸扬扬的媒体又扑向下一个案件了。

但另一方面，时间的流逝会带来"所有事物的进步"，也会带来解决案件的可能性。

二十七年之后，"三个孩子"这件事似乎告诉了我们这一点。

2. 被推翻的警方“推测”

笠松弘治

（NHK 社会部记者，生于一九四七年）

参与《未解决案件》项目的契机

加入《未解决案件》取材组时，我忽然想起一件事。半年多前，刚好“狙击原警察厅长官国松孝次案”追诉时效期满，我采访并制作了一期检验警察调查工作的节目。

警察的最高领导被狙击，本应赌上组织的威信、无论如何都该解决的这起案件，是如何让警察陷入困境的？我们通过具体的证词和积攒的资料，对此进行了检验和“批判”。

如此正面地批判警方的调查，更确切地说，是“警视厅公安部”这个组织的调查，对我来说是前所未有的挑战。说到警视厅公安部，其活动最近逐渐暴露在世人的视野中，但它到底与刑警组织不同，总好像蒙着神秘的面纱。我们的报道也很难获得深入该组织本质的机会和材料。我找寻着这个组织的意义，内心某处对这种神秘感抱有质疑，同时却又犹豫着要不要发声。

像这样对公安警察进行批判的报道，是不能以半吊子的心态去做的，使我得以迈出第一步的契机正是“公安调查导致的超过时效”造成了“未解决案件”。

当时，奥姆真理教引发了一连串的案件，这起针对警方高层的袭击案正好发生在同一时期。负责调查的警视厅公安部认定“奥姆真理教从一开始就参与其中"，将调查范围锁定在教会内部。一言蔽之，正是这样的调查方式导致了失败的结果。追诉时效期满，此案最终成了未解决案件。这个无可辩驳的事实，使一直以来就有疑问的公安调查露出了冰山一角。

那次录制检验旧案的节目时，有人提议将这样的未解决案件改编成"再现电视剧"的话会很有意思。从案件发生至追诉时效截止的岁月是漫长的。在这样的漫长岁月中每个案件都有各自复杂的展开，能成为一个独立的故事吧。

因此，听到启动《未解决案件》项目时，我心想："真要开工了啊。"这一年，凶杀案等的追诉时效被废除，不用说，是一个契机。此外，狙击警察厅长官案追诉时效期满及与之相关的采访，也成为本次项目启动的契机之一。

但意料之外的是，我们所参与的不仅有纪实剧的拍摄，还有准备新闻纪录片的工作。

我负责的案件是格力高-森永案。与狙击警视厅长官案不同，这起案件在十年前就迎来了追诉时效期满的日子，早已不是现在进行时。或许，接受采访的干警和相关调查人员本身对这件案件的记忆也有些模糊了。并且，像这样的大案在超过追诉时效前后，各家媒体应该都报道过了。我们这样并非实时跟踪案件的发生以及后续调查的采访，究竟能做出多少成果来？我心里非常不安。

但是，既然决定做这个节目，就要像做狙击警视厅长官案的节目一样，追诉时效期满代表"调查失败"，必须要坚定地直接面对这个事实。至少，不能一味地沉浸在怀旧中。我一边模模糊糊地产生了这样的想法，一边开始了取材工作。

正因曾逼近嫌犯才感到懊悔

"不知这是在搜查总部听到的事还是通过媒体知道的事，我自己都不清楚了。"一名原搜查员的话象征了至今为止时间的流逝。

另一名原干警在前一天告诉我们的内容有误，第二天特意打了电话过来。与我预想的一样，对当时的相关人员进行采访，几乎就是艰辛地帮助他们找回记忆的过程。

另一方面，我也屡次遇到对该案件有很深的感情的相关人员。即使事发至今已经有近三十年，他们仍清晰地记得案件的详情。

"559 - 365，只有这个号码忘不了。"这名原搜查员是从警视厅前来提供支援的，他参与此案调查相关工作多年，一直在追查写挑战书和恐吓信所使用的打字机。如今，他还能随口报出被推断为作案工具的一台打字机的制造号码。

"打字机啊，我的调查就是从这里开始的。"大阪府警和兵库县警在处理不断发来的恐吓信和挑战书、忙于调查嫌犯指定地点的"动态案件"时，他从学习打字机的基础知识开始，数次前往制造商和工厂，建立了能够获得协助的人际关系。即使面对大量消费社会这一调查的阻碍，也能脚踏实地地从超过一万台同型号的打印机中逐步锁定到嫌犯使用的那一台。

但是，被推断为作案工具的那台打字机，最后不知道由零售店卖给了谁。线索就这样中断了。

残酷的是，在逼近嫌犯时，即使踩到了那个影子，它还是会飘远，不久就把它跟丢了。虽然形式不同，但是通过采访我们了解到，很多搜查相关人员都有同样的经历，他们怀着同样的不甘心迎来了超过时效的这一天。

离开大阪府警，现在回到故乡生活的一名原搜查员也是其中一人。他曾隶属大阪府警特警组多年。该案中，他在大同门、国铁、大津服务区这三个重要的勒索金交付场所都坐在调查指挥车辆中，担任联络员。

关于和狐狸眼男的相遇，这位原搜查员说："对方在（带着现金的搜查员坐着的）长椅旁坐下，样子十分大胆，我也反省过，要是我们也大胆一点就好了。"像纪实剧中多次刻画的一样，他也是想对狐狸眼男进行警方盘查，因而与上层领导对峙过的现场搜查员中的一个吧。不过，他同时也回顾道："在（不是远离对方的调查指挥车辆中，而是对方面前的）那种现场的独特气氛中，'不能让他逃走''要看丢了''不能出错'之类的想法会很强烈。果然啊，可能就是做不到吧。"就是因为有几次在现场的经验，我明白，他是一个对做出准确判断之难有亲身体验的人。"所以，我并不觉得当时决定对行动做出的判断是最好的……"

每每听到这次节目中的纪实剧里"调查没有'如果''假如'"这句台词，我就想到这名原搜查员的话。在现场的每一个人，今后都将继续咀嚼着曾逼近嫌犯却没能将其逮捕的痛苦吧。这份痛苦将在不断的懊悔中递增。

推翻对调查的"推测"

除了在现场调查的原搜查员，我还对当时负责和现场取得联系、收集信息、决定和指示调查方针的干警们做了采访。

除了警察厅的搜查一科的干警外，府警和县警当时的刑事部部长们也成了我们的采访对象。和现场的搜查员不同的是，他们不是本地录用的，而是通过了艰难的国家考试，也就是所谓的"公务员组警察"。他们会在一个职位任职两到三年，不断在全国调职，短时间内不断晋升。

老实说，在开始采访前，对于各位原干警对这起案件到底抱有多深的感情，我有点怀疑。采访开始后，我马上便觉察那只是自己先入为主的想法罢了。"即使收到了概括性的汇报也没有办法理解，也算是为了我自己，我一一询问每名搜查员他们一直以来在做的事，从零开始学习。"案件发生数年后，调查仍陷入僵局，刑事部部长已经换了好几任，当时刚就任大阪府警刑事部部长的这名原干警，首先做的是为能与现场的搜查员们站到同一位置上而努力学习。

一般来说，有着工匠精神的现场搜查员对公务员组警察常抱有排斥情绪。我在多年的警察采访经历中，确实经常听到这样的声音。原因在于，正如上文所述，公务员组警察不断在全国调职，"短期上司"很快就换了。而且他们往往不会理解现场搜查员挥汗如雨的辛劳，因此两者的关系很难融洽。那名原干警则强烈意识到，必须破除组织内的隔阂，干警和现场的调查人员团结一致，才有可能推动案件的调查。这其中还包含了这样的意味：不仅搜查员要相信上司，干警也得信任部下。他的这些想法，从下面的这段话中也可以感受到：

"所谓的调查，就是在看什么东西时，要把它的整体是怎么样的也看清楚，只有了解它的其他部分，才能找出其中的联系。好不容易才看上一眼的东西，却没能看透彻，这样的事给我留下了很深的印象。"

这起案件的规模是过去从未有过的，需要调查的项目涉及很多方面，投入了大量的搜查员。一个一个调查结果汇总成的整体情况被汇报给了干警，但没有给各位搜查员看，调查就这样继续进行下去了。

应当反省的是，没有把握整体情况就要进行调查，可能会忽视本应该注意到的事实。

"在不信任搜查员的情况下推进工作，某种意义上，给人的感觉就是把搜查员当成一个个'零件'了。"这名原干警直白地说。

对调查内容的统一管理就是"信息保密"，这就是为防止信息外泄而采取的策略。但是，这名原干警为了能够推进调查工作决意改变方针。

"（在新闻报道中）公开一点（调查内容），下定决心信赖搜查员，让所有人员掌握调查现状后再进行调查。"结果，他们发现了新的事实。另一方面，对于整体调查中优先级低的调查项目也要舍得抛弃，来实现更高的效率。

"虽然很遗憾，但是确实有这样的情况：一些项目继续调查也没有意义，或者由于项目本身的性质，再怎么调查也无法穷尽。把不做也罢的调查项目'筛选'掉，我做了不少这样的工作。"干警是站在干警的立场，以与现场搜查员不同的视角，认真地不断探索改正推进调查的方法。

谁拿了江崎家的住民票

还有一些原干警不仅审视和反思之前的调查方法，边摸索边改正，还尝试重新评估调查的"推测"本身。改变对调查的"推测"可能会推翻至今为止通过脚踏实地的调查积累起来的很多结论，这是需要勇气的。

在另一个时期担任大阪府警刑事部部长的一名原干警，试图摆脱案发当时提出的包括格力高怨恨说在内的"案犯是与格力高有某种形式接触的相关人员"这一"推测"。

案件不再像以前那样有进展，弄清楚新的事实变得困难起来，从事调查工作的部下们开始感到疲惫了。

"在没有好消息又疲惫的时期，我想了很多办法鼓舞搜查员的士气。比如利用府警学校的运动场举办棒球运动会。这样既能得到放松，花销又不会太高。"这名原干警费了很多心思来保持搜查员的干劲。

在这种情况下，他利用调查，制造了鼓舞搜查员的契机。

"如果案犯是格力高和江崎家都不认识的人，会采取什么样的行动呢？我对此考虑了很多。"通过对江崎社长的绑架，以及之后对公司的恐吓来看，警方坚信案犯是对江崎家的住宅、家庭成员和格力高公司内部情况等非常熟悉的人，这种"推测"被广泛接受。

这名原干警想摆脱这个"推测"，将目光转向至今为止被忽略的调查方向。当问到"调查过住民票吗"，搜查员们回答说还没有。之后调查的结果是，在案发之前，曾有人到西宫市政府申请抄写江崎家的住民票，并且查明了那份申请是用被认为是案犯所使用的打字机打的。

如果是与江崎家有关系的人，不必去拿住民票也可以实施犯罪。这样一来，外部人员犯罪的可能性不容忽视。

"这次不是由案犯告诉警方的，这是警方自行发现的唯一一个案犯本人的踪迹。"搜查总部开始活跃起来。但是由于抄写住民票的申请已经过了很久，政府职员的记忆也模糊了，所以无法查明前来申请的是何人。

这次调查不局限于以往的"推测"，体现出拓宽调查视野的重要性。但另一方面，这是在案犯发表终结宣言、停止行动后才明确的新事实。

原干警直截了当地说这项调查是"基础调查"。在经过了这么久之后，才展开本应该在初期调查阶段进行的基础调查，其影响是不可估量的。

关于此前的调查，这名原干警说："案件（刚发生）还是进行式时，能当场抓获案犯是最好的。"对于把警力分配到勒索金交付现场的做法，原干警表示理解，并没有加以批评。不过，在瞬息万变的事态中，留给我们的是警方初期调查不及时的教训。

"案犯是外行"

"警察是不会写检讨书的。"听到这句话，我觉得他是个有趣的人，并且这个印象在之后也一直保持了下去。这句话不是外界人说出的，而是作为原警察的当事人发出的声音，我觉得很意外。

说出这句话的是原干警筱原弘志先生，案发后的两年里，他担任警察厅搜查一科的理事官，之后两年则担任兵库县刑事部部长。整整四年，他一直从事格力高-森永案的调查工作。

　　接着开头的话，还有半句："只能交给媒体做了。"

　　自案发之初，筱原弘志先生一直关注着调查的中心。围绕这起案件，一定有各种各样的反思和教训吧。在介绍我们的节目宗旨的过程中，筱原弘志先生说出了上述两句话，因此我很期待能够再多听到一些这样的反思和教训——抱着这样的心情，我多次采访了他。

　　"我不认为案犯从一开始就智商很高。他们不是技术上高度发达的团伙，而是在犯罪的过程中逐渐学会的。我认为他们不是犯罪的行家，而是谨慎行事的外行。"

　　通过这次取材，我们采访到了各种各样的相关调查人员。其中，筱原先生的发言中时常有一些在别人那里从没听说过的新鲜见解。

　　总的说来，很多人都倾向于用"虽然是敌人，但是个了不起的家伙"来形容怪人二十一面相。

　　当时的相关调查人员在回顾格力高-森永案时，不可思议的是，对怪人二十一面相并没有愤怒或憎恨之类的感情。当然，案件发生的时候，谁都会有这样的想法吧。绑架社长、投放有毒点心、不断威胁企业，把全日本的国民卷入其中，一直在威胁他人的生命。但当这些成为过去式后，比起案犯凶恶的一面，以挑战书和恐吓信的内容为代表的那种冲击性给人的印象更为强烈，结果便是人们对犯罪团伙感情产生了转变。没有直接的牺牲者这点可能也产生了一些影响。

　　在这样的情况下，筱原先生谈起怪人二十一面相时有一种要将其断然抛弃的感觉。

　　他提到案犯潜入江崎社长母亲家时所用的打破玻璃的手法，作为他们不是犯罪专家的具体例证。

　　他说："有经验的人会把胶带贴成三角形状，只要贴几条，然后把玻璃烧裂就能闯进房子里，但他们反复做了好几次，反而花了太长时间。这种疏漏不像是有经验的犯罪人员干出来的。有一定的知识但不知道做到什么程度才好，很明显就是外行。"

怪人二十一面相到底是不是高度专业的犯罪团伙？大家的见解各不相同，无法得出结论。但至少筱原先生在表达自己的见解时，经常会提出具体的依据。直到现在他记得还很详细，所以很有说服力。

那么，筱原先生对警方调查有何见解呢？他谈到自己在警察厅的时期，那时的他处于从大阪府警和兵库县警那里接收报告并下达指示的位置。他说："笼统地说，完整的指挥系统很难发挥作用。"这句话让我印象深刻。

他这话说得太干脆，让我吃了一惊，但果然筱原先生有自己的根据，说服了我。"在大同门案的时候，如果那天晚上干警们都挤在指挥总部的话会（被媒体察觉）引起很大的骚动，所以为了分散媒体，很多高层不在总部。还有，在丸大食品案的时候（遇到狐狸眼男，在国铁交付勒索金的时候）警察厅也被媒体跟踪了，所以我也是在部下的家里待命，用电话接受汇报。"

和大阪府警一样，警察厅也采取了严格的媒体应对对策。这与人们印象中警察厅指挥总部全体干警聚集在一起，一边观察现场情况一边下达指示的场景截然不同。

另一个与人们的印象不同但让我记忆深刻的，是从现场传回汇报的方式。"从当时的无线电状态来看，警察厅很难掌握真实的动向。基本上都是通过电话报告。在现场行动的时候，情报很难共享。"筱原先生曾在面向警察内部的月刊上发表过一篇以"调查和通信深入结合是从格力高-森永案开始的"为主要内容的文章。其中提到，以这起案件为契机，警方几次接触到了丰富的调查器材，但这背后，是当时"难以发挥作用的指挥系统"。

"黑白棋"调查

谈到自己在兵库县警任职时的情况，筱原先生指出，从调查整体来看，格力高-森永案有"与普通的调查不同"一面。他使用了"黑白棋调查"的说法。

"例如，案犯最少有四人的情况下，直到符合设定条件，也就是在出现四个人之前将嫌疑人交友范围逐渐扩大，称为'黑棋调查'。调查整体都有这种情况。然后，要将它推翻，通过不在场证明等开始洗脱调查对象的嫌疑，即'白棋调查'。变到黑棋扩大范围，变到白棋减小范围，就是这样的循环。"

后半部分的"白棋调查"，是为确定调查对象是否有嫌疑而进行的常规调查，是一种正常的手法。问题在于前半部分的"黑棋调查"。

确实，"黑棋调查"是我以前没有听说过的。稍微深入一点去看就会发现，为了把对象放进嫌疑人的范围内，故意往那个方向引导，这个做法有方便的一面。筱原先生的说明中"直到符合设定条件"这句话的意义也显而易见。的确，围绕格力高-森永案的调查，设定了各种各样的条件。例如，具有代表性的是"格力高怨恨说"。调查与江崎格力高有交易往来的子公司或是对江崎格力高怀恨在心的相关人员时，调查资料中一定会有这种"怨恨假说"的条目，从中也可看出警方对相当数量的交易公司做了调查。

筱原先生说："所谓调查，一旦陷入僵局，推理就会变得困难。这时就容易倾向于怨恨假说。"正因为有这样的教训，他在兵库县警当部长的时候，就排除了怨恨假说，忠实于犯罪团伙始终不断要求现金的事实，追查"以金钱为目的的犯罪"。

顺带一提，作为以金钱为目标的根据，筱原先生列举出来的具体事实也很有趣。江崎社长被绑架的时候，嫌犯录下了江崎社长的原声，之后在对企业进行恐吓时使用了用社长的声音录制的录音带，据说录音带里每一句话后面都留了一段空白。

"虽然录音带原声是相同的，但威胁不同的目标时，发来的录音带却调整过句子的顺序。整体的内容虽然相同，但是乍一看，又觉得收录的内容不同，这一点我们也察觉晚了。只能认为他们从一开始就想到了以后还会用到这盘磁带。所以我认为案犯一开始就打算以多家企业为目标勒索现金。"除了"格力高怨恨说"之外，"没落的左翼及过激派"的"设定条件"也根深蒂固。筱原先生也是赞同这种假说的其中一人，他表示"没落的左翼"这一条件的设定是可以推导出来的。

"案犯的恐吓信和挑战书中有很多的双关语，就是有种本能的感觉，觉得案犯是'全共斗①一代'。乍看一眼的整体印象，就觉得这是不是全共斗吗？加上他们将指令写在纸片上，尽量不使用电话，就算使用了电话也有警察可能窃听的意识。对于窃听的警戒性，要说当时的情况，理所当然会认为应该是过激派。黑社会是不会做这种麻烦的事的。"

关于这个"左翼及过激派"假说，不正是"符合设定条件"而进行的方便的调查吗？

我们采访了当时长期被当作调查对象的某组织。

关西某农场

在 NHK 掌握的当时的调查资料中，有一张列表。上面记载了经营关西某农场的多名相关人员的名字。一看便知警方将该农场相关人员列入了嫌疑人名单，一直将他们当作调查对象。

虽说是农场，但那里似乎与一般印象中的乳制品从业者、畜牧

① 全称为"全学共斗会议"，一九六八年至一九六九年发生在日本的学生运动。

业者经营的农场不同。名单中有一个人的名字，一下子唤醒了我的记忆。他是一名被大家熟知的"左翼分子"。

我曾经负责采访过所谓的"左翼"和"右翼"人士。虽然笼统地将其称为左翼和右翼，但到底是以什么来分类的，并没有明确的标准。在日本，如果是左翼，就用"革新""反战"等关键词，如果是右翼，就用"保守""鹰派"等关键词来标识这些团体或积极分子，这样的看法应该比较容易理解吧。

虽然说没有明确的标准，但如果硬要说的话，警方会通过明确的"分类"，试图掌握这些团体和积极分子的动向。例如，"左翼"中有被称为"极左暴力集团"的团体。充其量只是警察这样分类，它也被称为"过激派"或"极左"。在街上偶尔会看到警察制作关于他们的海报，上面写着"请协助警察找出过激派的藏身之处"或"重要案件的通缉犯"。

在这个"极左暴力集团"中有一派系叫"赤军派"。在一九七〇年发动"淀号劫机案"的犯罪团伙和以七十年代为主在世界各地发动恐怖行动的"日本赤军"等集团都是赤军派出身。

这名被称为"赤军派相关人士"的人物，在此次调查中被列入了农场相关人员的名单。虽然我并不是直接认识名单上这名被认为是农场核心人物的男子，但从上面的概要来看，他应该是一家左翼报纸的编辑委员。另外，该男子的妻子也曾在关西的大学里投身学生运动，两人可以说是"同志"。

总之这个名单上的农场相关人员，或是有参与学生运动的经验，或是被警察认为是"极左暴力集团"的相关人员，或是现在正参与左翼报纸的编辑，因此该农场是由左翼相关人士构成的。不过，我想再次强调的是，这里所说的"左翼（系）"，说到底是警察当局的分类方式，世人并不一定这样认为。

曾经参加过一九六〇年代到一九七〇年代兴起的学生运动的人们，当时主要致力于反对《日美安保条约》的签订，提出"反战和平"等口号。这样的安保斗争和学生运动在二十世纪七十年代前半期平息，大多数人找了工作，过上了平常的生活。另一方面，一些人虽然结束了当时的运动，但在之后摸索出了能够以实现自己提出的主义主张的社会为目标的生活方式。

我想，这次名单上的人所涉及的"农场运营"，应该也是一种他们自己所向往的社会的形式。但问题是，这些人后来也被分类为"左翼""极左"相关人士，一直是警方的调查对象。

为了避免误解，我想站在警察的角度，解释一下为什么警察会继续将他们作为调查对象，注视他们的动向。在二十世纪七八十年代的学生运动和安保斗争过程中，一些参与其中的人为了实践自己的主张曾采用暴力手段。他们对与自己主张不同的组织成员进行袭击（被称为"内部暴力"），以反权力的名义对警察进行爆炸袭击，造成了大量人员伤亡。刚才提到的"淀号劫机案"的犯罪成员和"日本赤军"等团体，也被控告实施过劫机和恐怖袭击等暴力行为，将市民卷入其中造成了伤亡。在致力于学生运动的"全共斗一代"中，也有一部分选择了以暴力和犯罪作为手段的组织。为了不再出现新的受害者，对他们自然不应轻视。

因此，警方为了防止这样的暴力和犯罪，始终努力掌握当时参与运动的人之后是否会出现同样的暴力行为等情况。我觉得这是作为守护市民生活的警察组织应有的职责。

然而，"问题"就在于应该把握其动向的对象的"范围"。在这个范围内的很多人根本没想过使用暴力。一些人只是过去作为"全共斗一代"参与过学生运动等活动，仅以这一个事实为根据，就被划入了应该被掌握动向的对象范围内。这是多年来负责采访（警方所分类的）左翼和右翼人士的我，通过采访获得的真实感受。

如果用"全共斗一代"或"有过学生运动经验的人"来概括的话，支撑当今社会的许多人应该都在这个范围内。例如，其中有在实力强大的企业工作的董事，有政治家，还有被称为"全共斗一代斗士"的人成为国会议员的事例。

在这些人当中，分为警方应掌握其动向的对象和不需要掌握其动向的对象。

被列入嫌疑人名单的农场相关人员也被列入了警方应掌握动向的人员名单。在调查资料中，警方对这些人的描述是"在（全共斗的）斗争中起到了主导作用""在校期间是学生运动的领袖""曾担任极左相关企业的董事"。关于农场的记述，写着"赤军的避风港""赤军的藏身之地"。

格力高-森永案发生后，在调查过程中，他们成了"符合设定条件"的对象。警察厅原干警篠原先生说："从恐吓信和挑战书等物品的整体风格来看会不会是全共斗呢？"从除此之外的搜查总部的多种分析来看，警方推测格力高-森永案的犯罪团伙可能是"左翼相关人士"。

不仅如此。左翼相关人士的设定条件加上对犯罪团伙的"构成"等的推测，使搜查总部将他们列为嫌疑对象，非常重视对他们的调查。

在其他项目的记述中，搜查员对犯罪团伙做过的最低限度的推测，有"参与江崎社长被绑架等案件的嫌犯三名""狐狸眼男""写恐吓信的领导人物""录制用于恐吓等用途的录音带的女人和男童"等。其中的女人和男孩，根据当时的声音分析，警方推测女人是"三四十岁"，男孩是"小学低年级"。

被认为是农场核心人物的那名男性，当时有个三十多岁的妻子，他的儿子正在上小学。就这样，农场相关人员符合了"左翼人士"和"符合犯罪团伙构成"这两个"设定条件"，被警方锁定为目标。

这就是篠原先生所说的"黑棋调查"。

不寻常的调查

据这名农场的核心人物称，有一天，他当时的工作地点周围的警方监视忽然加强了。对他来说，这实在是"不寻常"。

他周围的道路上随处可见待命的警车。调查人员也轮番出现。当然，该男子的家人也受到了调查。

录制用于恐吓等用途的录音带的，有一名"小学低年级男孩"。为了确认录音带的声源和该男子儿子的声音是否一致，警方录下了该男子儿子的声音。调查资料中记载着"昭和六十年（一九八五）二月至六月，三次录音"的字样。

警察是如何录制该男子儿子的声音的呢？

根据男子从儿子口中了解到的："有一个自称在大阪大学做声音研究的陌生大叔，拿着麦克风和录音机，递给他一份教材，跟他说：'我想录一下你的声音，你拿着麦克风读一下。'据说录音结束后，那个大叔马上就回去了。"

伪造身份，欺骗还不能正确判断事物的小学生进行录音，这几点让我对警察的调查手法感到惊讶和违和。

如今的时代，哪怕是调查，也不允许这种明显的身份伪装。我曾经在采访中参加过所谓左翼人士的集会，其中有一个情报机构的工作人员。他把自己伪装成研究机关职员，递了假名片给主办方，隐瞒自己的身份。结果，与会者说谁都不认识他，这才知道了他的真实身份。我那时想，为了了解与会者的动向有必要做到这个地步吗？另一方面，走出集会会场，时常可见周围到处是警察，正仔细观察着与会者们。

经确认，现在警方已经不再进行这种身份伪装了。上一次对格力高-森永案进行调查是距今近三十年前。那个时候可能处于为了调查，就算欺骗孩子也毫不犹豫的时代吧。

一旦列为嫌疑人，警方就会对调查对象进行彻底的调查。当然，既然成了黑棋，如果查不到能变成白棋的证据，嫌疑人就永远都是黑棋。这也许是没有办法的事，但警方连被调查的农场相关人员生活的细节都没有放过。

　　在调查资料中，除了追溯嫌疑人过去的详细经历之外，还记录着他们在现在工作单位的月收入和年收入。从"与遗留指纹不一致"这句叙述中可以看出，如果这些人过去没有被警察采集过指纹，那么在监视他们的过程中，警方必然是从他们触摸过的某样东西上采集了指纹。

　　另外，从资料中还可以得知，刚才提到的被录下声音的男孩所在小学的校长和班主任，也在听了犯罪团伙的录音带后，被警方询问"与男孩的声音是否一致"。

　　虽说是协助调查，但想象一下，当男孩得知自己被校长和班主任怀疑与案件有关时的心情，那一定是相当大的打击。

　　虽然进行了如此彻底的调查，但最终得出的结论是，名单上的人与案件无关。因为指纹不一致，与狐狸眼男相似的男子也被认为"不符合条件"。但是，在这个过程中，正如前文所说的，调查使当事人产生的不快是无法估量的，不是简单地说一句"变成白棋了，真是太好了"就能抹消的。

　　"黑棋调查"到底合适吗？

　　名单中的农场相关人员符合的"设定条件"之一就是"符合犯罪团伙构成"，依据的是当时的技术分析。但前文已经详细记述过，在我们的这次采访中，最新技术的分析结果已经证明，警方当时的推测是不正确的。

　　被认为是"三四十岁的女人"的声音实际上来自一名"十五六岁的少女"。而"小学低年级的男孩"的声音在犯罪团伙录制的多盘录音带中，曾被认为来自同一个人，但声音特征并不同，最终得出了声音来源于两个人的结论。

被认为是农场核心人物的男子的三十多岁的妻子和上小学的儿子符合警方的推测，成了调查对象。但录音带里的女人如果是十几岁的话就不符合，而且男子只有一个儿子。当然，他们并不是单单因为人员构成与当时的判断相符，就被列为调查对象的。前文已经说明过，该名男子"左翼人士"的特征符合另一个"设定条件"。调查资料显示，被称为"协助者"的人物向警方提供了情报，称这个农场中的相关人员"与案犯很像"。调查恐怕没有那么单纯吧。

但是，至少，如果一个推测被否定了的话，那就会成为嫌疑人"接近白棋"的主要原因，而且接近的速度越快，被怀疑的人大概就越能抑制住调查所带来的不愉快。

如果重新进行声音分析的话……

通过 NHK 的采访，利用最新技术对录音带的声音进行分析，得出了新的结果，且其"与当时警察推测的犯罪侧写不相符"，此次就这个情况，我们询问了警察厅原干警筱原先生的意见。

对于录音带里的女子是十多岁、男孩子有两个人的分析结果，筱原先生承认与当时的推测不同，"我觉得这是完全没有预料到的事情"。他还推测说："如果不是（犯罪团伙中）存在封闭的血缘关系，那么就很难利用多个孩子（犯罪）。"

筱原先生总结道："随着科学的发展和时间的流逝，应该再次进行检验，或许能够得到一些新的结果。"从案件发生到时效期满的这段时间里，声音分析技术也在不断进步。如果每次技术有新发展时，都能够重新分析声音，可能结果就不一样了——从筱原先生的话语中可以听出他有这样的想法。

在警察厅和兵库县警的四年时间里，筱原先生一直在调查一线追查案犯。他回顾当时的情形讲道："要是不断提出各种各样的点子，是不是就能抓到案犯了？"正因为是在警察人生中最有干劲的时期遇上了这起案件，他对格力高-森永案投入了极大的感情。不仅仅是单纯的回忆，在最后一次的采访中，筱原先生也直率地向我们说出了对案件的反思和它所带来的教训。

3. 为何未能解决此案？

菅原研

三百名搜查员说法不一

为什么此案成了未解决案件？

这个问题正是我们取材组最希望能找到答案的，这也是我们采访的主题。

可是并没有人能立刻回答这个问题。

所谓搜查员，最擅长仔细观察自己眼前的证据和人物、彻底细致地开展调查。但是，很少有人要求他们从一棵又一棵的树里想象出一整片森林，描绘整体形象的工作并非他们的所长。

说起来，这个问题本身就是一个提出来容易、求解困难的命题。每当我试着追溯他们的记忆，得到的回答往往是："就算你这么说……""这要靠你们自己去发现呀！"

接下来，我在这里不问这个问题，而是要问问搜查总部提出的"一网打尽"方针，也就是"没有向狐狸眼男做警方盘查"是否正确。

所谓警方盘查，是指目击到狐狸眼男当时，大阪府警搜查一科特警组搜查员的应对方式。

第一次是在开往京都的国铁电车里。

第二次是滋贺的名神高速公路大津服务区。

在现场的搜查员们虽然确信那就是当时的目标人物 F，但还是按照搜查总部干警的指示，没有做警方盘查，只进行了跟踪。但是，两次都跟丢了，那个男人的真实身份直到现在都还是谜。

之所以选择这个问题，是因为与先前那种抽象的问题不同，它是具体的、实际发生过的事情，搜查员之前应该也有过各种各样的想法，所以很容易得到答案。

答案千差万别。

大阪府警和兵库、京都、滋贺等其他警察总部的说法也不一样，而且分别站在原干警和原搜查员的立场上得出的答案也不同。甚至，同样是在搜查一科，凶案组和特警组的意见也有很大的不同。

大致可以分为"应该做警方盘查"派和"当时做出的是最佳判断"派，我向他们询问："如果当时你在场的话，会怎么做？"结果他们的回答真是多种多样。

在此，我想介绍几名发言令人印象深刻的人。

首先是大阪府警特警组的原干警，他主张自己的判断是正确的：

"特警组遇到了狐狸眼男时，是我直接下的指令。到现在我还是觉得没有做警方盘查，而是在后面跟踪的判断是没有错的。事到如今说些'如果当时做警方盘查就好了'之类的话，哪儿是那么容易的事。就算做了警方盘查，要是他说'我不是案犯，你有什么证据吗？'之类的话，我们也束手无策，对吧？特别是在第一次的丸大案时，只是觉得狐狸眼男可疑，真是不懂怎么就成了确切的嫌疑人了。"

另外，同一特警组的原搜查员这样说道：

"我认为真正意义上的判断不是以府警总部、案发当地警察总部的看法为准的，而是以在现场行动、直接与调查'对象'对峙的搜查员的看法来考虑的。他们在现场与嫌犯对峙时所采取的行动是谁也批评不了的。我们没有见到采取行动的现场的真实情况。所以怎么说都行。"

他紧接着说：

"就像纪实剧里演的那样，也有搜查员认为就算是和狐狸眼男打起来也该拖住他，可是如果问：'真的会在现场为了缠住他和他扭打在一起吗？'我觉得恐怕他们不会这么做吧。如果不能确定这个家伙真的是嫌疑人的话，就无法付诸行动。也有批评的声音说，那人太刻意了，应该当场下达逮捕指示，但在内部做指挥的人只会觉得：'你凭什么材料判定这个人嫌疑很大的啊？'一切都只是事后想吃后悔药罢了。那起案件之所以没有解决，我觉得是因为我们调查当局没有完全了解案件的发展细节。"

另一方面，主张"应该做警方盘查"的退休警察很多。后来参与调查的凶案组出身的原搜查一科干警这样批评道：

"格力高-森永案的失败可以归结为没有对狐狸眼男做警方盘查，没能将他拘留。

"虽然不知道是谁叫停的，但我听到的原因是想一网打尽。说是因为是团伙犯罪，就算抓到一个成员，也不知道其他家伙会做什么。不过要我说的话，即使当时没能逮捕F，只要知道了F的身份，也就能揪出其他共犯。

"格力高-森永案与其他以赎金为目的、案犯指定地点的绑架案件是完全不同的。江崎社长也逃出来了，因此警方就算对现场出现的可疑人员稍微粗暴一点，也不会有受害者受伤。

"在格力高-森永案的现场，对于是否该给F做警方盘查，可以说正反双方互不相让。这起案件只要能找出其中一个案犯的身份就能解决。即使是东京的警察厅来办案，就算能听到无线电，也不能知道现场的气氛。然而，我们却让不了解这种气氛的人指挥重要的事情。

"虽然不知道F是否真的和格力高-森永案有关，但就是应该把现场可疑的人都排查一遍。如果与案件无关那就算了。实际上，当伪装过的格力高案犯罪分子可能出现在现场的时候，只要是经过案犯指定的交付现金地点的人，不管是什么样的行人，都应该对其进行警方盘查，这是一个教训。只有这样才能抓住案犯。"

以上意见具有代表性，尤其是凶案组出身的原搜查员大多数认为应该做警方盘查。例如，一名平时负责调查搜查一科凶案组杀人案的原搜查员，从初期调查开始就长年参与此案的调查，他说：

"最大的问题就是没有做警方盘查，最佳的机会就是滋贺县警追捕嫌犯的时候。那时候我们在京都南高速公路路口下待命，我和同事说，如果有可疑人物出现，就算没有上司的命令也要做警方盘查，结果没机会实现。我后来对跟踪狐狸眼男失败的人发过火，问他'为什么没有做警方盘查'。唉，本来特警组做警方盘查就难。果然还是得让有经验的凶案组的搜查员去做。怎么说呢，虽然也有声音质疑：'只是因为觉得可疑就能做警方盘查吗？'不过，即使在其他案件中，在当时的氛围下也是可以允许盘查嫌犯的。因为那时是决定胜负的关键时刻啊。

"只要犯罪团伙足够团结，抓到其中一个人就能顺藤摸瓜，更容易抓住其他案犯。当时的特警组还是气势弱，并不是我想说他们的坏话，我只是想着如果是凶案组遇到狐狸眼男就好了。"

另一名凶案组出身的原搜查员懊悔地说：

"那样的调查很难从物证找到案犯。哪怕抓到一个人，再顺藤摸瓜地往上查难道不是基本的调查吗？为什么就没这么做呢？我觉得至少不应该成为未解决案件的。"

在其他府县警的原干警中，给我留下深刻印象的是曾担任京都府警搜查一科科长的原干警。

他在任一科科长时曾训示：

"无论如何都要解决一一四号案。在解决之前，我不是一科科长，而是一一四号科长。"

"大阪府警没有改变'一网打尽'的调查方针才是最大的问题。

这项调查只是在一味追逐一网打尽的美梦。就是因为把目标定为一网打尽，才会导致狐狸眼男出现在眼前了都不知道怎么办。

"第一次就算了。从案件的特殊性出发，最初的调查方针确实应该如此。但是，明明都失败了，在第二次的时候就应该改变方针。只要抓住一个人，不管他是团伙里的主角还是配角，只要将他的人际关系摸清，就一定能了解犯罪团伙的全貌。一科的调查方式就是这样的。"

对于一个没有碰过任何财物，只是形迹可疑的男人，该如何将他定性并逮捕呢？

"不，理由暂且不论，能在最紧张的氛围中与嫌犯对峙才是专业的搜查员。只要做了警方盘查，就能顺藤摸瓜，把案件解决。"

警察只是觉得狐狸眼男可疑，就没有上前做警方盘查，结果直到追诉时效期满，警方一直都在追查狐狸眼男。这是何等矛盾。

虽然是得不出答案的问题，但大家都站在各自的立场上认真地回答了。原干警和原搜查员回顾那段痛苦的记忆，脸上浮现出后悔、苦闷以及没能逮捕案犯的抱歉和自责，给我留下了深刻的印象。

最后是一段大阪府警搜查一科原干警说的话。这段话是他因案件未解决而苦闷至今的内心感受的流露，我想要将其传达给大家。

"好侍食品案的时候，已经是第二次没有对狐狸眼男做警方盘查了，那时我就觉得有问题。到底有没有做错，我无话可说。从结果上看，案件依然没能解决，所以现在回想起来，当时应该是做错了吧。但是，假设做了警方盘查，最后失败了，案件也还是没有解决，那会不会说是因为做了警方盘查才导致了案件没能解决呢？所以……检验未解决案件是很难的。"

写在最后

采访中浮现出各种各样的事实。

每当总是闭口不言的相关人员愿意透露出案件的细节时，不由得令人感受到搜查员的遗憾、郁闷，以及退休后仍要继续面对案件的苦恼。

也许是案件未解决而造成的负面情绪吧。

另一方面，赌上了警察的威信进行的调查陷入了宗派主义，虽然各地警方都朝着同一个目标，却因为没有共享信息而做了"无用功"。而且，搜查员除了自己负责的领域以外，对于调查一无所知。搜查员不清楚整个调查目前处于什么状态，在这样"单调的"调查工作中，还必须遵从彻底的保密原则和步调保持一致的要求，结果便是士气下降。我强烈地感觉到，这些弊病应该更早得到分析和讨论。

从近三百名警方相关人士的证词中可以窥见，保密主义导致情报共享的欠缺、向上汇报难的氛围，以及在现场行动中失去了干劲的搜查员们的身影。

如果他们的证词所反映的是事实，那么这样的组织无论在什么领域都几乎不可能取得成果吧。

给人留下印象的话语

在节目的纪录片中，播放了对大阪府警特警组的原搜查员前和博先生和松田大海先生的采访，像这样相似的满是悔恨的话语，可以从很多原搜查员那里听到。

采访过警察就能感受到，一线的优秀搜查员平时都是无暇照顾家庭的，也没有私人时间，他们是真正地全身心地投入到了调查工作中。正因如此，他们对案件的感情才比别人强烈得多。有的人甚至超越了工作的范畴，像没能完成一项耗费毕生精力的大事业一样沮丧、懊悔。

一名原搜查员说：

"当时的搜查员们似乎都觉得十分不甘心。要是案件解决了的话，大家就可以讨论，'是那一招定了胜负'呀，'那次调查做得好'呀……但是失败的案子是没有参考价值的。刑警都明白没能解决案件的不甘心，所以退休警察们聚集在一起也很少谈到那个话题。

"一科的刑警眼里只有解决了和没解决这两类。对刑警的判定十分严格，只有零分或一百分，再怎么调查也不会有中间值的五十分。"

在这些人中，有人为了整理心情，在自己退休的那一天，去附近的农田烧掉了所有的调查资料，却直到现在都觉得走不出去。也有人含着眼泪向我倾诉，说"因为那起案件我现在都觉得非常痛苦，觉得丢脸"。

参加电视节目录制的作家高村薰先生曾说："未解决案件会使社会变得不幸。"没有总结未解决、未查明案件的经验教训，就这样不了了之，进入下一个阶段的话，不仅仅是受害者，还有受到了威胁的公司相关人员、负责调查的原搜查员们的心都会一直悬在空中，留下不可磨灭的伤痛。若是没能让它消化，就会像沉淀物一样淤积在心里，因为某个突如其来的契机再次被触动。

在这次的节目中，我们不只是想通过这起案件来理清警方的失败之处，更是想从中最大限度地提炼出对下一代人有益的教训。采访结束，节目播出后，我们从许多人那里收到了反馈，有单纯觉得节目很有趣的，也有提出十分有建设性的意见的。

对于这期节目，我个人的真实感想是："这和描写战时军部的节目太像了。"

我们从证词中可以发现，警方由于保密主义导致情报不能得到充分共享，存在向上级汇报困难的氛围，还有在现场行动的搜查员们失去了干劲的身影，这些已在上文记述过。除此之外，透过这些还能看到，这是一个即使认为现在的做法错了，也不敢向上面表达意见的组织。这还是一个即使最终作战计划失败了，也不明确责任所在，不进行总结的组织。

这正是太平洋战争时期的旧日本军部被指出的组织风气。

与此同时，在我心中涌起一个想法："这是只存在于警察组织中的、只存在于过去的问题吗？"我不禁质问自己。

包括我在内，每个人现在所属的组织、所处的日本社会都有与其相通之处，不是吗？

不负责任的组织。

不反省、不总结的组织。

被当局牵着鼻子走、被时代牵着鼻子走，不冷静地检验组织的失败和教训，任由其被淡忘的媒体。

还有接受这一切的国民。

如今包围着日本社会的闭塞感，不就是这种放弃对社会的责任所生成的负面连锁反应的产物吗？

节目播出后，我再次回到大阪府警的"长屋"。

我现在同纪实剧里出现的，当年的《读卖新闻》和《每日新闻》的记者负责人处于同一职位了。

初出茅庐的时候，负责警方报道的编辑部主任曾在酒桌上对我说："现在的记者，如果纳粹德国打破了《苏德互不侵犯条约》，向苏联入侵了，好像只有最快抢到这条独家新闻的人才能得到称赞。但是，把单方面撕毁条约的批评和犹太人有可能牺牲的事情早早地传达给世界、敲响警钟，不才是真正的新闻工作者应有的样子吗？这不才是想让后代传承下来的工作吗？"

我以成为"真正的记者"为目标，立志成为一名记者，进入了 NHK。

但是，如果认真回顾自己的记者履历，就会发现自己与上述"漂亮话"无缘。每天早上在车站等搜查员，晚上在别人家的门口等干警，在报纸上用独家新闻争赢输，抢到头条则喜，没有抢到则忧，过着这样的生活。

只有偶尔在"抢到了头条"的夜晚举杯庆祝，追求着陶醉感，然后从第二天早上开始又重新笼罩在"会不会被人抢了头条"这种看不见的恐惧里，就这样度过了当记者的十八年生涯。

现在，如果发生了和格力高-森永案一样震撼社会的案件，我自己作为一名记者负责人会做出怎样的采访指挥，又会向世人发表怎样的新闻呢？

每天都活在抢头条之中，只有当过记者的人才能体会这种极度的恐惧和紧张，以后我还能记得以前在酒桌上说过的"漂亮话"吗？

我想把从这个案件中得出的教训传达给我们的下一代，因此就参与了这个节目的策划，也正因为节目得到了不少好评，所以现在才有机会将其整理成文稿。

我如今也成了这起事件的当事者，通过对这起事件的取材获得的感想与教训，是我每天都要面对的。

后　记

海老原史

　　平成二十四年（二〇一二）初始，一月一日凌晨两点半。我年夜饭喝多了，睡得正香，突然被枕边响起的手机铃声吵醒了。

　　"是晨刊报道的事吗？那稍微有点早吧……"

　　我带着疑惑，睡眼惺忪地接通了电话，电话那端传来了在警视厅记者俱乐部值夜班的记者紧张的声音。

　　"好像有个自称是奥姆真理教平田信的男人自首了。"

　　"自称是平田的男人？没搞错吗？"

　　令人惊愕的内容一下子把我拉回了现实，但我还是不敢相信，反复问了好几遍。

　　因目黑区公证处事务长的逮捕监禁致死案而被特别通缉，一度在狙击警察厅长官案中也被提到名字的男子，偏偏大年三十去警视厅自首了。我按了按昏沉沉的脑袋，就匆匆坐上出租车，冲进了俱乐部。有可能知道奥姆真理教未解之谜的男子自首了。这也是多年没有进展的"未解决案件"的调查重新开始运转的瞬间。

　　这是一起留下了许多谜团的案件。作为检验诸多未解决案件的系列节目的第一弹，NHK报道了格力高-森永案。这是我第二次参与该案件的采访，不由得感到这是某种因缘使然。

第一次负责此案时我还是新人记者，前往大阪赴任，从平成三年（一九九一）开始的三年多里负责大阪府警的新闻报道工作。那时，江崎社长被绑架等一系列案件相继超过追诉时效，警方调查也渐渐没有了什么动静。我并不知道案件发生当时的紧张情况，记者前辈不眠不休地进行着采访，我读着稿纸上用铅笔写下的笔记，就像学习历史一样，一边把案件的来龙去脉灌进自己的脑海里，一边在搜查员身边周旋。但是，从事发当时的"教训"来看，警方的保密工作做得非常彻底，即使记者不停歇地采访，警方的调查方向和整体情况也像蒙上了一层阴影一样，完全摸不着头脑。

此外，负责大阪府警采访的记者之间还煞有介事地流传着这样的说法："如果格力高案逮捕案犯的消息被其他新闻社抢去了头条（独家报道），记者的生命也就结束了。"对手是身经百战的大阪各报社社会部的新闻记者们。与此相对的，我们新闻社则是以刚入职不久的年轻记者为中心的"少年侦探团"。

说实话，在我的记忆中留下印象的，倒不是能够采访到足以载入犯罪史册的案件的激动心情。"为什么偏偏要采访这么沉重的案件呢……"在这种悲壮心境中挣扎的痛苦记忆要深刻得多。

到底是什么缘分，让我再次开始了对格力高-森永案的取材？

那时的记忆再现，我不由得心情沉重了起来。

格力高-森永案作为犯罪史上最为特殊的一起案件，从当时到现在，不仅是报纸和电视台的记者，许许多多人都进行过取材。大量而详细的报道中也包含了许多真假不明的内容。事到如今，即便开始采访，新的事实也不会那么容易出现。真的能拍成纪录片吗？带着与当时相似的悲壮感，我来到大阪。正式开始取材的时间是在二〇一一年二月。

取材组中有许多不了解案件经过的年轻记者和导演，他们就像过去的我一样，一边"学习"令人眼花缭乱的案件经过，一边一一拜访当时的调查相关人员。正在那时，雾岛连山的新燃岳火山喷发了。由于火山喷灰，居民们被迫过着避难生活，包括社会部在内，全国各地派出了大量的支援人员前往当地。

二月下旬，新西兰发生大地震，倒塌的建筑物里有很多日本的留学生不幸遇难。

紧接着，因棒球赌博案件而被质疑比赛造假的大相扑疑云也浮出水面。对于社会部记者来说，这段时期应该解决的事关"今日"的课题堆积如山。在采访前景渺茫的情况下，与社会隔绝的疏离感导致的不安感也在取材组中不断扩散。我们在雪花飞舞、霓虹初上的难波街头，宣泄掉这种复杂的心情，继续面对这起四分之一个世纪以前的案件。

以大阪放送局为据点，我们采访了超过三百名调查相关人员。我们接触过的这些原搜查员，至今仍深深记得这起案件。

案件未能解决的后悔、屈辱、悲叹、愤怒等隐藏在内心深处的感情一泻而出，有的热泪盈眶，有的骂几句过去的上司和同事，偶尔还会发出几声叹息，回忆着大大改变了他们各自刑警人生的大案件。

"我现在还会梦见狐狸眼男。"

"死都不会瞑目的案子。"

"把我的十年还给我。"

虽然已从一线退了下来，但目光依旧锐利的原搜查员们，把这当作最后的机会，在我们面前热烈地诉说对案件的感想。

三月上旬，正式开始采访已经过去一个多月。传来了令人惊愕的消息。在大阪府警因好侍食品恐吓案件而布下天罗地网的时候，滋贺县警的搜查员也跟踪了被认为在大津服务区只有大阪府警的搜查员目击到的狐狸眼男。写下这张备忘笔记是在二○一一年三月十一日午夜零点过后，东日本大地震发生前十四个小时。

进行采访的三名记者中，有一人是在格力高-森永案发生后第二年出生的。读着根据原搜查员鲜明的记忆写成的内容生动的备忘笔记，我无法抑制内心的激动，并且确信这是成为节目的核心和突破口的新事实。

之后，发生了东日本大地震。

取材组的记者、导演相继进入灾区，节目采访暂时中断。

但是，在这段时间里，大阪和滋贺的年轻记者们孜孜不倦地对调查的相关人员进行采访，不断寻找新证词和被埋没的录音带等，表现出了前所未有的活力。

终于在七月下旬，节目播出了。

在这次采访中，我对自己逃避关注未解决案件的态度也进行了深刻的反省。就像高村薰先生在与原新闻记者的对谈中所说的那样，我认为生活在未解决案件堆积如山的时代是不幸的。我自己也目睹过受害者家属渴望案犯落网的愿望还没实现，案件就一个接一个地超出追诉时效的事情。但是，随着时效期满，我便将案件漫不经心地推到一边，对于为何未查明真相、调查中是否存在问题等媒体应该做的检验，却疏忽了。随着采访的深入，新的事实被挖掘出来，这种自责之情油然而生。

二○一○年四月，犯罪受害者的夙愿终于得以实现，杀人案件的追诉时效宣布取消。案犯逍遥法外是不能被允许的，我们也因此进入了半永久地面对未解决案件的时代。全国的警察成立了调查未解决案件的专案组，二○一一年逮捕了四起多年未解决的杀人案的嫌疑人。

但是，另一方面，也暴露出了重大的调查失误。千叶县警发现在一起案件中，因为调查方针偏重招供，错误逮捕了受害者家属。

人们要求重新检验该案。

在未解决案件中，沉睡着许多至今仍未解决的社会之病。

取材组为了追踪已经在社会的某个角落销声匿迹的犯罪团伙的行踪，还试图采访记录在绝密调查资料中的多个人物。

可惜，由于时间上的限制，没有取得值得一提的成果。

但是，我认为这传递了一个信息，那就是不要回避过去的失败，谦虚地反省，不断进行检验的态度对终结"不幸的时代"是不可缺少的。

最后，在此向协助采访的众多调查相关人员、在纪实剧制作方面给予宝贵建议并欣然答应参与谈话节目的各报社的前辈记者们表示深深的谢意。

此外，对不习惯书写而笔头很慢的取材组成员耐心给予鼓励的文艺春秋的渡边彰子女士、NHK 公司的木学卓子女士，在此我深表感谢。

我还想借此机会向赞同我们的节目宗旨、临时参与采访的记者以及提供资料和信息及后方支援的众多前辈和同事表示感谢。

附　录

案犯的恐吓信和挑战书

恐吓信（江崎格力高社长收）　昭和五十九年四月十六日发现，未向民众公开

致胜久

你就　那么　想死吗
想死的话　就成全你　盐酸浴　已经准备好了
再把你　抓来一次　给你泡个澡　光用盐酸　洗洗脸　可不够
警察的　行动　我们全都　知道
警察里　有我们的　朋友嘛
8日　笨蛋警察　做了蠢事
能和　笨蛋　交朋友吗
我们不会　轻易杀了你　你已经　背叛我们　太多次了
我们　要慢慢　折磨够　再把你杀掉
别想着　靠警察　那些家伙　净是笨蛋
就算你　逃到　天涯海角　也逃不掉
不想死的话　把钱交出来
你背叛了　我们　所以要　2倍的钱

这不仅仅是　社长的责任　所以社长　6000 万　公司 6000 万
用过的旧的　1 万日元纸币　准备好×
每 1000 万　塞进　一个布袋　塞到　白色皮包里
放在公司　金库里　准备好　我们会替你　保守　秘密
交了钱　我们就　缘尽于此
想交钱的话　就在　4 月 17 日　18 日　19 日的　每日　读卖
朝日新闻的　寻人启事上　登下面的广告
　　太郎　立刻回来　爱犬太郎也　在等你　妹留
下次　写信　联系你　电话　只打　一次
别被　骚扰电话　骗了

　　　收信人　（江崎格力高董事夫人的名字）　　　亲启
　　　寄件人　江崎胜久
　　　邮戳　丰中　59.4.14　时间不明

挑战书（媒体收）　　昭和五十九年五月十日发现

致　穷光蛋　警察们

之前说过　撒谎是　成为小偷　的开始　但你们还是　做错事
警察　撒谎　是成为　强盗的开始
之前的　电话　是从远处　打来的　你们　还想　隐瞒吗
警察里　还会　有强盗　出现
格力高　真狂啊　我们就　如前所说
在格力高的　商品里　投氰化钠
投了　0.05克的　有2个　在名古屋　和冈山　之间
的　店里　放着
死不了人但　也得　送医院
吃了格力高　就要　去医院
10天以后　投了　0.1克的　8个　在东京　和福冈
之间的　店里　放着
再过10天　投了　0.2克的　10个　在北海道
和冲绳　之间的　店里　放着
吃了　格力高　就要　去坟场

怪人21面相

收信人　《产经新闻》《每日新闻》《朝日新闻》《读卖新闻》
寄件人　怪人21面相
邮戳　大阪中央　59.5.9　12～18

挑战书（媒体收） 昭和六十年九月二十四日发现

致 缠人的 巡警 们

今年夏天 热得 出奇呢
因为你们 我们 没去成 欧洲
但是 总有一天 会去的
明明 见过好几次 面 怎么就 抓不住 我们呢
我们也 好想上一次 电视啊
广田警官 真的 挺帅啊
大阪妇警①的 吉野君 和华生 商量 过了吧
笨蛋 无论有多 努力 还是笨蛋
之前 森永的 电话 成何体统 公司职员
可不会在 电话里 用 了解 这个词
从餐厅 到守口 连2公里 都没有 怎么就
花了 1个小时
假扮公司职员的 条子 穿着 那么好的 西装 但看眼神 就
露馅
条子派头嘛 在守口市的 车站前 还和我们 对视过呢
我们想 掏出枪 开他一枪 但还是算了
那种 大叔 欺负他 也没用
森永的 大笨蛋 想违抗 我们 1亿
可不够了
老是这样 砸锅的话 连小学生 都不会
想要 和你玩

---

① 即大阪府警。"妇警"（婦警）是日语中"女警"的汉字写法，与"府警"同音，案犯用谐音梗讥讽警察无能。

别浪费 国民的 税金 赶紧
多多 学习吧

怪人 21 面相

收信人 《读卖新闻》《朝日新闻》《每日新闻》《产经新闻》
寄件人 怪人 21 面相
邮戳 京都东山 59.9.23 12～18
※寄给《每日新闻》的信封中附有一盘录音带。

挑战书（媒体收）　昭和六十年十月八日发现

致　全国的　妈妈

食欲之秋　到了
点心　很好吃
要说点心　还是森永家　最好吃呢
我们　特意　加了　佐料
添加了　氰化钠　味道　微辣
听说不会　蛀牙　给孩子们　买一点吧
辣味的　点心上　有贴着　写了　有毒的　字条
从博多　到东京的　店里　一共放了　20 个
有氰化物 0.2 克和　0.5 克　2 个品种
10 天以后　我们会把　没写　有毒的　30 个　放在
全国的　店里
之后　还会　准备　更多哦
一起　拭目以待吧
森永乳业　和森永制果　不一样
它是　安全的

怪人 21 面相　敬上

妈妈　们　知道吗
警视厅里的　铃木和　大阪妇警的　四方
兵库犬警①的　吉野　要是抓不住　我们的话

---

① 即兵库县警。"犬"在日语中与"县"同音，此处是嘲讽警察的谐音梗。

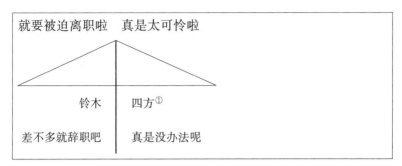

就要被迫离职啦　真是太可怜啦

铃木　四方①

差不多就辞职吧　真是没办法呢

收信人　《每日新闻》《朝日新闻》《读卖新闻》《产经新闻》和 NHK

寄件人　怪人 21 面相

邮戳　尼崎　59.10.7　12～18

※寄给 NHK 的恐吓信里有一颗贴了字条的森永果汁夹心软糖，字条上写着"有毒　危险　吃了会死　怪人 21 面相"。

---

①"铃木"和"四方"原文用的是假名而非汉字，"四方"和"没办法"假名写法相同，是谐音梗。两人的名字被写在"相合伞"下面，"相合伞"寓意两人共撑一伞，相亲相爱，这里也是案犯的讥讽。

挑战书（作家川内康范收）^①　　昭和五十九年十一月二十五日发现

> 致　川内君
>
> 我们也看　月光假面^②
> 真挺有意思
> 那时候的　电视　看着　放心
> 现在的　电视节目　乌七八糟
> 这世道　真是乱了套
> 是我们　在害　孩子吗
> 给孩子　吃甜食　长虫牙　或　不给他们吃
> 哪种做法　才是为孩子着想呢
> 过去的点心　都是在粗点心铺　好不容易　买上1个
> 现在可好　超市里　堆积如山
> 您说　要送我们钱　我们不要
> 我们　可不是　要饭的
> 要是　贪钱　从大富豪　大公司那里　要多少没有
> 我们可　从不想　劫贫
> 钱这东西　得靠两只手　自己赚
> 特意回复　不能　如您所愿
> 您还是　多保重自己吧
> 　　我们的人生　有点灰暗
> 　　窝心委屈　一大把
> 　　要说俺们　为啥变坏

---

① 川内康范曾在周刊上公开发表声明，愿意给格力高案的案犯一亿两千万日元，希望案犯能够收手，让孩子们开开心心迎接圣诞。此为案犯给他的回信。

② 《月光假面》是日本一九五○年代热播的特摄片，讲述"正义的伙伴"月光假面战胜坏人的故事。川内康范是该剧的编剧。

> 还不是　世道如此嘛
> 事到如今　怪谁呀
> 试看明天　我们的天下
>
> 怪人 21 面相

收信人　川内康范先生

寄件人　无

邮戳　伏见　59.11.22　12～18

挑战书（警察收）　昭和五十九年十一月二十六日发现

致　犬警　吉野

看了　我们的　挑战书　了吧
为你们好　才说的　地毯式调查　周末　别搞了　没用
调查　遗留物品　也没用
我们的　计划　不会露出　低级马脚
事到如今　明白了吧　只有　抓现行一途

不过　11 月 14 日　你们真不像话
那种调查把戏　太小儿科　跟 10 年前比　完全　没有进步
虽然比　丸大　守口　那时　像些样了　但还是
抓不住　我们的
媒体也　不可能　永远闭嘴　他们都　跃跃欲试
我们　假装　被骗　帮你们警察　陪练
感谢我们　吧
我们　最喜欢　警察
东大毕业的　增田和　吉野　是抓不到　我们的
领导　不用　老练的　条子
是不会懂　我们的　行动模式的
目前为止　我们　帮了　警察　太多
你们　没脸　见好侍
这封信　别给媒体
还有　1 家　点心店

怪盗 21 面相

收信人　兵库县警察总部长
寄件人　刑事部　参事官　怪人 21 面相
邮戳　向日町（京都府向日市）　59.11.25　8～12

挑战书（媒体收） 昭和六十年一月二十六日发现

致 怪人21面相的粉丝俱乐部的 各位

我们 可以跟 总统 相提并论了
　　　　　　才没呢
8频道 给我们 开了 热裤× 热线
想要 打个电话 过去 但是那边有 5个辣妹 太不好意思了
就没打成 我们是 保守的人
但是 我们 也是男人
好日子里 有人问 问的 又是我 所以 就说一句
我们 欺负 森永 是因为 男人 讲究面子
对违逆 我们 的家伙 不能 坐视不管
如今的 世道 到处是 娘娘腔的 男人 但是
我们 是真正的 男子汉

音响研的 铃木君 对不住了 之前的 信里森永的 后边
忘记 加上 好侍了 好侍是 小学2年级的 女孩读的
我看了读卖的周刊 但是我 不会寄给 读卖
我觉得 川内康范 不好 正义的 伙伴 不该这么软弱
但是 我说了 给非洲 捐钱 他却不捐
没有 人情味 我不喜欢
我们 正月 去泡温泉 作了一首 歌留多①
就告诉 各位 粉丝吧

---

　　① 歌留多是日本的一种纸牌游戏，多在新年正月玩。牌面上是和歌集《百人一首》中的和
歌的下半句，读牌的人读上半句，对手要找到写有下半句的牌。此处，案犯按照日本五十音图前
三行假名的顺序，作了一系列"和歌"，原文每句的第一个字与句首的假名一致，类似字母歌。
译文以假名的发音代替句首假名。

新春警察歌留多

a	阿呆阿呆	被这么叫就叹气	那些个巡警
i	借口之类	全都就交给我吧	一科科长说
u	兜来兜去	徘徊了整整一天	啥都没发现
e	天气真好	今天就睡个午觉	地毯式调查
o	真恐怖呀	怪人带来的噩梦	再也不想有
ka	就连乌鸦	也在说阿呆阿呆	被当成傻子
ki	嘎嘎吱吱	歇斯底里发起疯	警察总部长
ku	吃的东西	都变得难以下咽	已经第 N 天
ke	警察公安	是正义的伙伴呀	全是好人呀
ko	喂！就你	大喊一声流冷汗	民主的警察
sa	圣诞老人	送来了节日礼物	竟然是怪人
si	长出白发	爬满皱纹也还是	抓不到案犯
su	喜欢你们	我们就喜欢警察	最喜欢你们
se	小气家伙	还有那卑鄙家伙	拿别人撒气
so	在外巡逻	老百姓们的眼神	真让人在意

后面还有很多　要是想知道　就告诉我们　一定说给你们听

怪人 21 面相

收信人　《每日新闻》《产经新闻》

寄件人　怪人 21 面相

邮戳　寝屋川　60.1.25　8～12　寄给《产经新闻》是在同局同日的 12～18

挑战书（媒体收）　　昭和六十年八月十二日发现

致　国会的　各位议员　2

你们真是　健忘啊

我们　的法律　现在怎么啦

赶快把　死刑加进去　立法吧

滋贺的　山本　自杀了

我们在滋贺　明明　没有朋友　没有据点　　真傻啊

要说该去死的　应该是　吉野和　四方吧

1年零　5个月　一无所获

我们　这种　坏人　不抓住　可不行

模仿我们的　傻瓜　多得要命

山本是　脚踏实地　干出来的　死得　像条汉子　所以

我们　决定　奉上奠仪

不再　欺负　食品　公司

从今往后　再有　敲诈恐吓　都是冒牌货

向优秀的　警察　报警吧　没关系的

大学毕业的　吉野和　四方　会好好　帮你们的

我们是　坏人

就算不再　欺负　食品　公司　还有　很多

可干的事

坏人的生活　实在好玩

怪人 21 面相

收信人　《读卖新闻》《朝日新闻》《每日新闻》《产经新闻》

寄件人　怪人 21 面相

邮戳　摄津　60.8.11　8～12

格力高-森永案年表

● **1984 年**（昭和五十九年）

3 月 18 日　**江崎格力高社长绑架案**　犯罪团伙闯入江崎格力高社长家，将社长绑架。

3 月 19 日　**第一次格力高交易**　打到董事长家的电话中，一个男人的声音说"去看高槻市真上北自治会的釜风吕温泉的告示牌前面的电话亭"。电话亭的电话簿里夹着褐色的信封，其中的内容是"人质在我们手里，准备 10 亿现金和 100kg 黄金"。寄到董事长家的以江崎社长的声音录制的录音带中要求一个人去茨木的寿餐厅等联络。但在寿餐厅，案犯没有进一步联系。

3 月 21 日　案件发生后的第三天，江崎社长从被监禁的防汛仓库中自行逃脱。

4 月 2 日　**第二次格力高交易**　江崎社长家收到恐吓信。案犯要求 6000 万日元。

4 月 8 日　案犯第一次给媒体寄出了挑战书。

4 月 10 日　格力高总公司等发生连续纵火案。

4 月 12 日　警察厅将一系列案件指定为"大范围重要——四号案"。

4 月 22 日　**第三次格力高交易**　案犯给格力高监察董事家寄出恐吓

信，要求 1 亿 2000 万日元。恐吓信的内容是："24 日晚，带钱到山麓餐厅，等着，开卡罗拉来"等。

4 月 23 日 案犯给媒体寄出了第二封挑战书。

4 月 24 日 案犯给格力高监察董事家打电话。在电话里播放了女声录制的录音带，要求"沿名神高速公路，以 85 公里时速，前往吹田服务区"。警察根据指示赶往吹田服务区和国铁高槻站，但是案犯没有现身，警方撤掉了调查网。

5 月 10 日 案犯第三次寄来挑战书。由于报纸上刊登了暗示格力高产品被投放氰化物的消息，店铺纷纷下架格力高的商品。工厂停工。格力高企业蒙受数十亿日元的损失。

5 月 20 日 **第四次格力高交易** 长冈香料收到了写给格力高的恐吓信，信中要求"拿出 3 个亿。答应的话就把 3 辆车并排停放"。

当天傍晚，案犯与长冈香料取得联系称："如果拿出 3 亿就不继续要挟了。5 月 26 日晚带上钱去乐天利茨木穗积店。"

5 月 25 日 收到署名写给格力高和长冈香料的恐吓信，称"26 日晚会打电话。准备一辆红车"。

5 月 26 日 格力高根据交易要求带 3 亿日元到达乐天利茨木穗积店，但案犯没有进一步联系。

5 月 30 日 **第五次格力高交易** 长冈香料再次收到恐吓信，案犯要求"6 月 2 日晚 8 点到 8 点半之间，把 3 亿放在白色卡罗拉车里，开到摄津大同门"。

6 月 2 日 调查组突袭了犯罪团伙指示的勒索金交付场所。虽然控制了嫌犯，但那名男性实则为替身，犯罪团伙挟持了与其交往的女性，逼迫其充当中间人。《每日新闻》误报"案犯已被逮捕"的新闻。

6月22日　**第一次丸大交易**　丸大总部收到恐吓信："不想和格力高下场一样就准备5000万日元"。

6月24日　格力高在早报上刊登广告："谢谢你，友子小姐。格力高会加油的。"

6月26日　媒体收到案犯发来的犯罪结束宣言，称"放过格力高"。

6月28日　丸大根据案犯的指示准备了5000万日元前往高槻站。在勒索金交付现场伺机待命的警方搜查组在电车内遇到狐狸眼男，在京都站人群中将其跟丢。

6月29日　搜查员画出丸大交易中的狐狸眼男的模拟画像，作为调查的绝密资料。

7月3日　**第二次丸大交易**　丸大再次收到恐吓信："在7月6日晚上8点茨木市内的餐厅等着。4月5日登广告。"

7月6日　搜查员埋伏在案犯指示的勒索金交付现场，但案犯并未现身，警戒解除。

7月11日　丸大总部收到恐吓信："你们这帮家伙都在想什么呢？这次给我准备1亿日元。"

7月12日　这段时期好侍食品等7家公司收到恐吓信："有必要的话我会把胜久的磁带寄过去……给冒充我们的家伙送钱我可不答应。"

7月23日　吉之岛等4家公司收到恐吓信。

9月12日　**第一次森永交易**　森永制果收到案犯寄来的恐吓信，随信寄来的还有固体氰化物、录音带和下了毒的食品。"交出1亿，否则就把有毒食品投放到商店里。"

9月18日　搜查员假扮成森永公司职员前往勒索金交付现场，带着1亿日元待命，但案犯没有出现，警戒解除。

9月20日　《每日新闻》刊登关于"森永制果收到恐吓信"的独家新闻。

9月24日　案犯寄来挑战书。森永制果被恐吓一事曝光。

10 月 8 日　案犯寄来第七封挑战书，内容称已投放含氰化物的点心。4 府县 16 家便利店内发现含氰化物的森永硬糖。之后，流通业开始撤下森永制果的商品。森永股价大跌，损失金额高达 70 亿日元。高岛屋、阪急、大丸等 27 家公司收到恐吓信。

10 月 9 日　NHK 大阪收到了挑战书，一同寄来的还有下毒的点心。邮送的点心自 10 月 22 日起共 5 个。

10 月 11 日　用于恐吓的录音带被公开。女声的音频是 4 月 24 日晚上打到格力高监察董事家的电话[1]，童声的音频是 9 月 18 日晚上打到森永制果关西总部的电话。

10 月 15 日　警察公开了发现含氰化物点心的便利店的部分监控录像。录像显示，一戴棒球帽的男子在货架前举止可疑。

10 月 25 日　在大阪府警，警察与大阪社会部长会举行畅谈会，商讨签订报道协议事宜。

11 月 1 日　**第二次森永交易之一**　森永制果收到恐吓信。案犯要求 2 亿日元，指示森永在《每日新闻》的广告栏刊登回复。

11 月 6 日　森永在《每日新闻》早报（东京、大阪总社发行版）中发布寻人启事："致二郎，坏朋友不在了。"以此回复案犯。

11 月 7 日　**第一次好侍食品交易**　好侍食品工业总务部部长家收到了恐吓信。案犯要求 14 日准备 1 亿日元。

11 月 13 日　签订报道协议总协议。
挑战书寄到了东京的报道机构。7 月丸大被恐吓一事曝光，信中也提及 9 月 18 日的森永交易。

11 月 14 日　**最接近犯罪团伙的一天**
18:10　运现金的车从好侍食品公司出发。

---

　① 本书第四章中说被公开的女声音频是同年 3 月 19 日打到格力高人事部部长家的电话。不知为何对应不上，原文如此。

19:25 运现金的车停在乡里餐厅停车场。

20:21 好侍食品北大阪办事处接到电话。电话播放了童声录制的录音带，指示去看"城南宫公交车站的长椅背面"。

20:31 运现金的车从乡里餐厅停车场出发。

20:36 到达城南宫公交车站，发现要求前往"大津服务区"的指令信。

20:40 运现金的车从城南宫公交车站出发。

20:57 到达大津服务区。高速公路观光指示牌背面发现指令信，要求交款人去看"草津停车场长椅背面"。
　　　狐狸眼男出现在大津服务区。
　　　※按照上司指示"不许进行警方盘查"，又没抓到他。

21:03 运现金的车从大津服务区出发。

21:18 滋贺县警的巡逻车在栗东町河边的县道上发现可疑的小型货车。

21:20 到达草津停车场。在长椅后面发现了指令信，要求"以时速60公里往名古屋方向行驶。找白布下的空罐子"。

21:23 运现金的车从草津停车场出发。

21:24 滋贺县警的巡逻车跟丢了货车。

21:25 发现被丢弃的货车。

21:45 运现金的车抵达白布地点。

22:05 滋贺县警知道可疑货车逃走事件，但搞错了白布所在的位置，便判断货车与案件无关。

22:20 未发现空罐子，警方指示停止调查。滋贺县警向大阪府警综合对策室提供了"可疑小型货车逃走"的信息，但"认为没有关系，仅供参考"。

22:30　运现金的车离开白布地点。

翌日 0:00 过后　驻滋贺县警记者俱乐部得到消息："在货车中发现无线电机。好像和一一四号案有关系。"

※最终，案犯没有出现在勒索金交付场所，但警方放跑了停在附近的可疑车辆，犯了大错。车内留有监听警方无线电的机器。"世纪大错"就由因报道协议聚集在记者俱乐部内的各家媒体"直播"出去了，颇具讽刺意味。

11 月 19 日　**第二次森永交易之二**　森永收到恐吓信，案犯要求其发布招聘广告，提出要"2 亿日元"。

好侍食品收到恐吓信，寄到系统管理科科长家，内容是"员工很优秀，忙于对付对手森永啊"。

11 月 30 日　**第二次森永交易之三**　森永制果收到恐吓信，案犯第四次要求其刊登广告。

12 月 1 日　大阪府警在记者招待会上公布了森永制果的恐吓信。

12 月 7 日　**第一次不二家交易**　不二家收到恐吓信。信中附有录音带和氰化物。恐吓信的内容是"不想一样倒霉就拿出 1 亿吧"。

12 月 10 日　大阪社会部长会经上午协商后，傍晚 5 点决定解除报道协议。

12 月 17 日　**第二次不二家交易**　不二家收到第二封恐吓信，内容是"于 12 月 23 日从大阪府梅田的阪神百货店屋顶撒下 2000 万日元"。

12 月 28 日　**第三次不二家交易**　不二家收到第三封恐吓信，内容是"1 月 5 日星期日，从池袋的大楼上撒下 2000 万日元"。

- **1985 年（昭和六十年）**

1 月 10 日　公开了狐狸眼男的模拟画像。

1 月 12 日　各媒体报道了"不二家恐吓案"。

1 月 26 日　好侍食品再遭恐吓，"这次是 2 亿日元，1 月 28 日打电话给名古屋分店"。

2 月 2 日　好侍食品再次收到恐吓信，信中称"被搞花样了，歇歇吧"。

2 月 6 日　格力高再次受到恐吓，案犯要求其"拿出约好的 6 亿"。

2 月 12 日　东京和名古屋被投放巧克力。到 2 月 13 日为止，案犯在 12 个地方投放了 13 个，其中 8 个检测出了氰化钠。

2 月 27 日　案犯发来挑战书，称"原谅森永……还在考虑有趣的事情"。

3 月 6 日　骏河屋收到了要求 5000 万日元的恐吓信。

8 月 7 日　滋贺县警山本总部长自焚身亡。

8 月 12 日　收到案犯的恐吓信。案犯一方发出了终止宣言，称"不再对食品公司进行恐吓"。

- **2000 年（平成十二年）**

2 月 12 日　格力高-森永案所有相关案件追诉时效期满。

节目制作团队

NHK 特别节目《未解决案件文档第　File.01 格力高-森永案》

第 1 部　剧场型犯罪的冲击（二〇一一年七月二十九日播出）

　　　　谈话档案（同上）

第 2 部　消失的"怪人二十一面相"（二〇一一年七月三十日播出）

第 3 部　目击者的告白（同上）

　〔采访〕菅原研　笠松弘治　清水将裕　角田舞　平山升　矢岛有纱

　〔摄影〕米津诚司

　〔照明〕下垣圭三

　〔声音〕前川秀行

　〔影像技术〕德久大郎

　〔影像设计〕冈部务

　〔CG〕高崎太介

　〔音响效果〕小野纱织

　〔编辑〕日外隆之　冈田耕治　米泽惠太

　〔编导〕小川海绪　小口拓朗　宫崎亮希　石井有

　〔制片人〕中村直文　海老原史

NHK SPECIAL MIKAIKETSU JIKEN GLICO‑MORINAGA JIKEN~
SOSAIN 300 NIN NO SHOGEN by NHK SPECIAL SHUZAI‑HAN
Copyright © 2012 NHK SPECIAL SHUZAI‑HAN
All rights reserved.
Original Japanese edition published by Bungeishunju Ltd. in 2012.
Chinese (in simplified character only) translation rights in PRC reserved by Shanghai
Translation Publishing House under the license granted by NHK SPECIAL SHUZAI‑HAN,
Japan arranged with Bungeishunju Ltd., Japan through Bardon-Chinese Media Agency,
Taiwan.

图字:09‑2020‑1128 号

图书在版编目(CIP)数据

消失的怪人二十一面相:格力高－森永案三百名搜查
员的证言/日本 NHK 特别节目录制组编著;李莹译.—
上海:上海译文出版社,2023.4
(译文纪实)
ISBN 978‑7‑5327‑9110‑1

Ⅰ.①消…　Ⅱ.①日…②李…　Ⅲ.①纪实文学—日
本－现代　Ⅳ.①I313.55

中国国家版本馆 CIP 数据核字(2023)第 030030 号

消失的怪人二十一面相
[日]NHK 特别节目录制组　编著　李　莹　译
责任编辑/常剑心　装帧设计/邵　旻　观止堂_未氓

上海译文出版社有限公司出版、发行
网址:www. yiwen. com. cn
201101　上海市闵行区号景路 159 弄 B 座
上海市崇明县裕安印刷厂印刷

开本 890×1240　1/32　印张 10.5　插页 2　字数 175,000
2023 年 4 月第 1 版　2023 年 4 月第 1 次印刷
印数:0,001—8,000 册

ISBN 978‑7‑5327‑9110‑1/I・5657
定价:56.00 元